当代中国最具实力中青年作家书系

胡性能 著

生死课

中国言实出版社

图书在版编目（CIP）数据

生死课 / 胡性能著 . -- 北京：中国言实出版社，
2018.8

（当代中国最具实力中青年作家书系 / 付秀莹主编）

ISBN 978-7-5171-2873-1

Ⅰ . ①生… Ⅱ . ①胡… Ⅲ . ①中篇小说—小说集—中
国—当代 Ⅳ . ① I247.5

中国版本图书馆 CIP 数据核字（2018）第 173048 号

责任编辑：丰雪飞
责任校对：史会美
责任印制：佟贵兆
封面设计：仙　境

出版发行	中国言实出版社
	地　　址：北京市朝阳区北苑路 180 号加利大厦 5 号楼 105 室
	邮　　编：100101
	编辑部：北京市海淀区北太平庄路甲 1 号
	邮　　编：100088
	电　　话：64924853（总编室） 64924716（发行部）
	网　　址：www.zgyscbs.cn
	E-mail：zgyscbs@263.net
经　　销	新华书店
印　　刷	阳谷毕升印务有限公司
版　　次	2018 年 9 月第 1 版　　2022 年 1 月第 2 次印刷
规　　格	710 毫米 ×1000 毫米　 1/16　 15.25 印张
字　　数	180 千字
定　　价	42.00 元　　ISBN 978-7-5171-2873-1

●付秀莹

猛虎嗅蔷薇，或者密林里那些身影

　　作为同行，当我面对这一套"当代中国最具实力中青年作家书系"的时候，心里既有感佩，亦有骄傲。这些当代作家中的佼佼者们，他们活跃在中国当代文学现场，以他们的文字，以他们对时代生活的深刻洞察、对复杂人性的执着追问，以他们对小说这门艺术的理想追求，抵达了这一代人所能够抵达的高度。作为女性作家，当我面对这些男性作家作品的时候，心里既有惊诧，更有震动。相较于女性，他们看待这个世界的眼光是如此的不同。在某种意义上，他们的视野更加宽阔，更加辽远。他们的姿态更加从容，更加镇定。有时候，他们也犹疑，彷徨，踌躇不定，他们在那些人性的罅隙里流连，张望，试图从习焉不察的细部，窥见外部世界的整体图景。然而更多的时候，他们是自信的，确定的。他们仿佛雄鹰，目光锐利，势如闪电，他们在高空翱翔，风从耳边呼啸而过。山河浩荡，岁月绵延，世界就在他们脚下。

　　在读者眼中，李浩或许属于那种有着强烈个性气质的作家，具有鲜明的个人标识。多年来，李浩近乎执拗地致力于小说艺术的探索，建构起独属于自己的艺术王国。他是谦逊的，又是孤高的，貌似温和家常，其实内心里饲养着野生的猛兽，凶猛而傲慢。

他是野心勃勃的小说家，不甘于通达却庸常的大路，深山密林的冒险于他有着更大的诱惑。

同为"河北四侠"，刘建东则属于藏在民间的高手，大隐于市，是另一种不轻易露相的"真人"。低调，内敛，甚至沉默。他深谙小说之道，是得以窥见小说堂奥的有幸的少数。以出道时间计，刘建东成名甚早。对于创作，他是严苛的，审慎的。他只肯留下那些精心打磨的宝贝，他绝不允许自己有半点闪失。从这个意义上，他是悲观的吧。时间如此无情，而又如此有情。大浪淘沙，总有一些东西终将远去。

骨子里面，或许叶舟更是一个诗人。他在文字里吟唱，醉酒，偃仰啸歌，浪迹天涯。莫名其妙地，我总是在他的小说深处，隐约看见一个诗人的背影，月下舞剑，散发弄舟，立在群峰之巅，对着苍茫天地，高声唱出心中深藏的爱与哀愁，悲伤与痛楚。叶舟的小说有一种浓郁的诗性的气质，跳跃的，不羁的，沉迷的，有时候柔肠百转，有时候豪气干云。

从精神气质上，或许胡性能与刘建东有相通之处。他不张扬，不喧哗，在这个热闹的时代，他懂得沉默的珍贵。他的作品也并不算多，却几乎篇篇锦绣，字字留痕。大约，他是爱惜自己的羽毛的吧。他从不肯挥霍一个小说家的声名。生活中的胡性能是平和的，他只在小说里暴露他与世界的紧张关系。他是复杂的，正如他的小说，又温和又锋利，又驳杂又单纯。

刘玉栋则显然具有典型的山东人的精神特质，沉稳，有力，方正而素朴。他以悲悯之心，注视着大地上的万物。他的文字里饱含着深切的忧思，对故乡土地的深情，对前尘往事的追念，对人间情意的珍重，对世道人心的体察，他用文字构建了一个自足的精神世界，他在这世界里自由飞翔。小说家刘玉栋飞翔的姿势耐人寻味，不炫技，不夸耀，却自有动人心魄的力量。

广西作家群中，田耳和朱山坡是文学新势力的优秀代表，同为七〇后一代，田耳有一种与生俱来的小说家的敏感气质，外部世界的细微涟漪，都有可能在他内心深处掀起惊涛骇浪。他看着那浪潮起起落落，风吹过来，鸟群躁动不安，俗世尘土飞扬，一篇小说的种子或许由此慢慢发芽，生长。他期待着与灵感邂逅时的怦然心动，享受着一个小说家隐秘的不为人知的幸福时光。朱山坡则一直坚持在"南方"写作。他丝毫不掩饰自己的执拗，也不打算解释自己的"偏狭"。南方经验，南方记忆，南方气息，南方叙事，构成了丰富而独特的文学的"南方"。他执着地构建着自己的"南方"，也构建着自己的小说中国。这是一个小说家的自信，也是一个小说家的强悍。

江南多才俊。同为浙江作家，东君、海飞、哲贵却有着强烈的差异性。多年来，哲贵把温州作为自己的精神起源地，信河街温州系列成为他鲜明的文学地标。他写时代洪流中人心的俯仰不定，精神的颠沛流离。他在文字里仰天长啸，低眉叹息。生活中的哲贵，即便是酒后，也淡定而沉着。作为小说家的哲贵，他只在文字里喧哗与骚动。而海飞，文学成就之外，近年来更在影视领域高歌猛进，声名日炽。敏锐的艺术触角，细腻的感受能力，赋予了他独特的个人气息，黏稠的、忧郁的、汹涌的、丰富的暗示性，出人意料的想象力，看似波澜不惊，实则激情暗涌，成为独有的"这一个"。与海飞、哲贵不同，东君的写作，却是另一种风貌。他的文字浸染着典型的江南气质，流淌着浓郁的书卷味道，古典的，传统的，温雅的，醇正的，哀而不伤，含蓄蕴藉。东君深受中国传统文化浸润濡染，深得传统精髓之妙。从某种意义上，他既是传统的，又是现代的。在人们蜂拥"向外"的时候，他选择了"向内"。他是当代作家中优秀的异数。

在同代作家中，黄孝阳有着强烈的探索勇气和激情，他以自己充满野心的文本，努力拓展着小说的思想疆域和艺术边界。他是不甘平庸的写作者，永远对写作的难度心怀敬畏。他飞扬跋扈的想象力，一意孤行的先锋姿态，以及由此敞开的内部精神空间，新鲜的，陌生的，万物生长，充满勃勃生机，挑战着我们的审美惰性，也培育着我们的阅读趣味。

中国当代文学现场，藏龙卧虎，总有一些身影隐匿，有一些身影闪现。无论是显是隐，他们都是这个世界的在场者、亲历者和创造者。他们以斑斓的淋漓的笔墨，勾勒着我们这个时代复杂蜿蜒的精神地形图。或者高歌，或者低唱。或者微笑，或者流泪。他们在文字的密林里徜徉，奔跑。心有猛虎，细嗅蔷薇。

是为序。

戊戌年盛夏，时京城大热

（作者系当代作家，《长篇小说选刊》主编）

目录

重生

一

一八八八年一月，一位名叫柏格里的英国牧师历经一个月，由重庆步行来到位于滇东北的古城朱提。他带来了当时这座古老县城所有人从未见过的照相设备，一种当地人称之为能够摄取魂魄的机器。没有人能够弄得明白，自己为什么会缩小、变薄、失去血色，跑到一张相纸上。满城的人因此陷入难以言状的恐慌，直到开始有胆大的人家，把冒险拍摄的全家福挂在堂屋的正中，并且安然无恙地生活，这才慢慢减轻人们的恐惧。多年以后，照相的摄魂之说成为一个愚昧的笑话，但是在朱提古城，摄影师郑福却碰到了一桩古怪的事情。

陈棋给章瑶讲那个与照片有关的故事时还活着，高考刚结束，在等待考分公布的日子里，如果不下雨，他喜欢在傍晚时分去乐马城郊外的打谷场，有人把去年打谷剩下的稻草扎成一个个草垛，放置在打谷场边。陈棋与章瑶爬上稻草堆，身体藏在垛尖之间。他们躺在那儿，看西天远山上的落日一点点隐没在山的后面，有的时候他们也看星河如何在天幕上铺陈开去。陈棋告诉章瑶说，他的舅舅当年在离矿城乐马几百公里以外的朱提城乡下插队。朱提城是陈棋母亲的老家，位于云南的东北部，现在少有人知。但是在遥远的古代，朱提城名闻遐迩，至今在明清的笔记小说中，还不时能看到那座古城的身影。唐代的诗人韩愈曾写过这样的诗句："我有双饮盏，其银得朱提。"说的就是那个地方。

"朱提那两个字的发音很奇怪，"陈棋用食指在章瑶的掌心写下了这两个字说，"读音像'苏轼'，过去以产银而闻名。"

陈棋的食指在章瑶掌中写字时，痒痒的，仿佛有一个逃命的蜘蛛在上面乱窜。这是两个人之间秘密的游戏。没有外人的时候，他们喜欢让对方闭上眼睛，然后相互在手掌里写字让彼此猜。那天，陈棋在章瑶掌心中写的是："章瑶是个小笨蛋！"而章瑶则在陈棋掌里写的则是："陈棋是只打屁虫！"

当天晚上，两人商量过几天要去照一张合影。他们不想让其他人知道，因此是去镇上的相馆照，还是借陈棋父亲珍藏的那架徕卡相机照，两人有了不同的意见。章瑶暂时还不希望她与陈棋恋爱的事被陈棋的父亲知道，这件事情就搁了下来。一个星期之后，陈棋被几个小流氓刺死，此后章瑶最后悔的事情，就是没来得及与他有一张合影。

在陈棋讲述的故事中，二十多年前，也就是二十世纪七十年代初期，那时他还没有出生。他的舅舅高中毕业以后，胸戴大红花，被人敲锣打鼓送到了朱提城下面的乐居公社柳湾大队插队，每到周末，他都会骑上一辆飞鸽牌的自行车回到城里，星期天在家吃过晚饭以后再返回。陈棋说，小时候他去过外婆家，那时他的舅舅已经返城，成为一所学校的体育老师，车技非凡，精力充沛。舅舅曾用自行车载他去过插队的地方。在陈棋的记忆中，从朱提城到乐居公社有二十多公里路，中途要翻越一座叫红石岩的山梁，三四百米高，顺着公路骑到山顶以后，可以不再用力，自行车全凭惯性，就可以直接抵达舅舅所在的知青户。

有一次，城里的电影院放《爆炸》，是一部罗马尼亚电影，上面有水手格斗的镜头。尽管此前这部电影陈棋的舅舅已经看了不下五遍，但出事的那天，他在吃完晚饭后并没有急着返回插队的乡下，而是又看了一遍《爆炸》，这才借着满天的月光返回乐居公社的知青户。正是夏天，晚风习习，公路两侧的苞谷已经长得有人高。出城以后，四周安静下来，只有远处的稻田里传来蛙鸣，以及自行车轮碾过乡间公路发出的沙沙声。插队已经两年，曾经上百次往来于乐居公社与朱提县城之间，陈棋的舅舅对这条公路哪里有块石头，哪里有个水坑都一清二楚。大约夜里十一点，他蹬着自行车精疲力竭来到了红石岩山顶，浑身被汗水打湿，穿在身上的衣服像绳索一样，把他捆得又死又紧。陈棋的舅舅在山顶停了下来，左脚支撑在公路上，转过身去望了望已经睡意蒙眬的朱提城，这才放开刹车，嘴中吹着口哨往乐居方向的山下意气风发地滑行。借着山势和惯性，他觉得自己像一只大鸟，风从衣领和袖口中灌进来，将身上的衣服高高地撑起，这让他的身体变得更加的轻盈。但是在一个Z字形路口，过快的车速让他根本来不及拐弯，危急之中，陈棋的舅舅只有捏死刹车，飞鸽牌自行车停了下来，摔在了公路上，他却飞了出去，滚下了山岩……

陈棋开始讲这个故事的时候，月亮已经升起来了，星空神秘而深邃，四周一片静谧，章瑶不知道为什么，突然打了个寒噤，但她还想听下去。

陈棋说，舅舅滚落到山岩下，昏迷了一会儿，等他醒过来以后，发现自己正躺在一间屋子里，有一位姑娘正用红药水给他擦洗伤口。

很奇怪，从那么高的地方摔落下来，陈棋的舅舅并不觉得身体痛得动不了，他悄悄挪动了一下手脚，发现一点事都没有，只是身上有一些地方给擦伤了。姑娘在灯下一边为陈棋的舅舅疗伤，一边与他聊天。她告诉他说，她叫夏明雨，在红石岩下面的生产队插队，已经下来一年了。

那天夜里，共同的插队经历让两人交谈甚欢。夏明雨对陈棋的舅舅说，她城里的家在怀远街 166 号，就在粮食局的对面，门口有一棵梧桐树。两人约好，下一个周末到城里去看电影，届时她会在城里的家里等他。

两个在乡下插队的人就这样开始了恋爱。每个周末，陈棋的舅舅都会从乐居公社赶回城里，与夏明雨约会。他非常奇怪，每次约会，只要他到了怀远街夏明雨家的门前，还不等他敲门，夏明雨仿佛都知道似的，会自己走出来。很快，两人感情迅速升温，已到谈婚论嫁的地步，夏明雨甚至提出两人去相馆照一张合影，以便不久以后办结婚证用。

这个提议得到了陈棋舅舅的赞同。星期天一大早，两人换上过年才穿的新衣服，赶往朱提城位于陡街的人民照相馆。时间实在是早了一点，平时热闹异常的陡街显得有一些冷清，等了差不多一刻钟，街上才走过来一个人，他就是相馆里的摄影师郑福。陈棋的舅舅提出要照一张相，他开了票，带着夏明雨进了摄影室。

郑福打开屋子里的灯，黑暗的屋子瞬间被照亮，相机对面的墙上，是一幅风景画，画的是位于朱提城西的清官亭公园，而供照相的人所坐的凳子，就放在公园大门的前面。也就是说，如果以墙上的画为背景照相，那么相片会让人产生在清官亭公园门口照的错觉。好在，陈棋的舅舅要的就是这种错觉。

相馆里的摄影师郑福是个快五十岁的男人，长着一张蟾蜍样的脸，严重的甲亢让他的两只眼珠悬置在额头下，像金鱼的眼睛一样凸出。他在朱提城的照相馆工作了三十年，相机上那块用来遮光的黑布已经用坏了好几块。这一天，陈棋的舅舅一进来他就想发笑，这个精神病一个人来，却对他说要照结婚照，而且一个人自言自语，仿佛他的身边真的有一位未来的新娘。摄影师有恶作剧的心态，他一边装胶片，一边与陈棋的舅舅聊天，还问他的女友叫什么名字，怎么认识的，是不是朱提人，住在哪一条街。也许是那一天陈棋的舅舅心情格外好，他极有耐心，不厌其烦回答了摄影师提出来的每一个问题。

在摄影师的安排下，陈棋的舅舅在凳子上正襟危坐，他面对镜头，身体朝右边倾斜，仿佛是想和坐在身边的夏明雨靠得更近一些。而摄影师也鼓着一对金鱼眼，一脸坏笑地调整他的坐姿。"好啦！就这样，两人的头靠近一点！再靠近一点！"摄影师说。

突然，陈棋的舅舅站了起来，男左女右，他也许觉得应该让夏明雨坐在右边，就背对着摄影师，低下头来与夏明雨交谈，然后在清官亭的背景幕布下调来调去。不知道为什么，刚才还和蔼可亲的摄影师突然变得情绪很糟，他失去了耐心，大声呵斥陈棋的舅舅，要他迅速坐好，不要磨蹭。然后，摄影师幅度很大地把相机上的黑布盖在了头上。

黑布里面一片漆黑，只有前面的镜头里传来两个人的影像。一位身穿红底白花灯草绒衣服的姑娘坐在陈棋的舅舅身边，她梳了一对辫子，辫子的尾部各用粉红色彩带扎了一只蝴蝶，一脸幸福的表情。摄影师郑福用力眨了眨眼，他不相信自己的眼睛，但是定睛一看，镜中的影像的确是两个人。有一丝寒意从他背部升起，就像那里贴了一块潮湿的青苔。摄影师猛地把罩在头上的黑布掀开，从照相机的侧面伸出他那张蟾蜍一般的脸。

对面的凳子上，只有小伙子一个人坐在那里，微笑着望着他。摄影师以为是自己的眼花了，他揉揉眼睛，再次套上黑布，可在镜头里看到的，的确是两个人，而且摄影师还看见两个人的头不断往中间靠拢……怪了！等摄影师第二次把头从黑布里伸出来，看见对面凳子上坐着的依然只有小伙子一个人时，他意识到自己撞鬼了！好在摄影师在崩溃之前，把相机上的黑布又胡乱罩在头上，他顾不得镜头里那对男女的坐姿了。"别动！"他说着用力握住手中的气门，相机上方的灯闪了一下，摄影师从黑布下面钻出来，用极为不耐烦的声音对坐在凳子上低声耳语的小伙子说："走！走！走！走！走！我要关门。"等陈棋的舅舅一出门，他冲出来，把照相馆的门锁上，逃之夭夭。

陈棋在讲这个故事的时候，离他被人杀死只有一个星期。故事讲到这儿的时候，章瑶已经有一些恐惧，但她又特别想知道结果，就把身子轻轻地靠近了陈棋，陈棋伸出手来，从她的后颈下穿过，搂住了章瑶的肩膀。陈棋发现，章瑶的肩膀圆润、柔软、带有美妙的弧度，关键是，他在抚摸那儿时手指轻触到了一根细细的带子，令人浮想联翩的带子，让陈棋心旌摇荡，以至于他的讲述停了下来。

"后来呢？"章瑶把陈棋的手拉开，贴在了自己的脸上。

陈棋说："摄影师撂挑子不干了，他找到了照相馆的领导，把自己经历的事情绘声绘色说了一遍，但是照相馆领导根本不相信他的话，大家受唯物主义教育多年，早已不相信有鬼神，郑福撞鬼这件事情被他弄得沸沸扬扬。后来包括相馆领导在内的一群人来到相馆，大家聚集在暗房里，等待着摄影师把底片洗出来，看相片上有没有他说的那位姑娘。"

底片浸泡在显影液中，水底下，有人像正在模糊地呈现。照片，仿佛是用显影液，把一个人的魂魄打印出来，望着相片上相互依偎的一对男女，摄影师有口难辩，不知道怎样解释才好，好在他记忆非凡，在清晨与陈棋舅舅的交谈中，记下了姑娘家的住址。于是摄影师与相馆里的人一起，带着刚清洗好的照片，赶到了怀远街 166 号夏明雨的家。

看到了相馆送来的照片，夏明雨的父母大吃一惊，他们在认真辨认后，确信照片上的姑娘就是他们的女儿。夏明雨的父亲告诉一脸疑惑的摄影师说，去年，他们的女儿骑车经过红石岩时出了车祸，后来就把她安葬在了红石岩的山崖下。

其实，陈棋给章瑶讲的这个故事有很多漏洞，比如他舅舅摔下红石岩的当天夜里，在离开夏明雨之后，是怎样爬上几百米高的山顶，他的那辆飞鸽牌自行车还在不在。即使夜深人静，那辆自行车还好好地躺在公路上，那陈棋的舅舅在伤好了之后，为什么就没有去红石岩下面找夏明雨，而是每次都进城与夏明雨约会？而约会之后，作为夏明雨的男友，他骑没骑车把夏明雨送回红石岩下面插队的家？当然，也许这个故事只是陈棋的舅舅看了《聊斋》之后，对他外甥虚构的一个故事。十多年前的那个夏夜，陈棋其实并没有把他舅舅的故事讲完，他发现怀中的姑娘早被故事吓坏了，正用两只手捂着耳朵，一脸惊恐地望着陈棋。

"好啦！今天就讲到这儿吧！"陈棋用头顶在了章瑶的额头，微笑着说，"有我在，你什么都不用害怕！"

大地忘我般安静，静得可以听得见彼此的心跳以及两人的轻喘声。陈棋发现章瑶闭上了眼睛，近距离看这张他喜欢的脸，看她关闭的眼帘，看她长长的睫毛，看她坚挺的鼻子和下面润泽的嘴唇，陈棋的心中擂响了大鼓，他也闭上了眼睛，把嘴唇贴在了章瑶的嘴上。

这是章瑶的初吻。她吓得睁大眼睛，却没有挣扎，只是感觉好像有一只温暖的水蛭钻进了她的嘴里。那一瞬间，章瑶从陈棋的肩膀望出去，极遥远的天幕上，天空中的群星，仿佛一下子与章瑶的内心一起摇晃起来。

算上去，章瑶是在初潮的前后，注意上男生陈棋的。陈棋比章瑶高一级，两人的家相隔不远，他们往往是一前一后去上学。大约在十四岁的某一天，章瑶在见到陈棋时，她的心突然慌乱起来，不知所措，紧张而又忐忑。随着初潮的到来，章瑶变得润泽的心悄悄为一个男生打开了。

那个时候，陈棋也许从章瑶的身上，也闻到了一股有别于其他女生的味道。说不清道不明的味道，仿佛是一个心花怒放的陷阱，让人内心有莫名的激动，想去旷野奔跑和呼叫。从那时起，他们在上学的路上心照不宣，两人不紧不慢地行走着，彼此隔着十来米的距离，这样的距离从他们离家时开始，到学校时都没有

当代中国最具实力中青年作家书系

变化。照理说，章瑶与陈棋个子有不小的差距，那个刚进高中就蹿到一米八的大个子男生，步子的跨度大，可他却能让自己的步速，与章瑶的一致。

这是两人内心的秘密，内在的节奏，带来了隐秘的兴奋和快乐。

有差不多几年的时间，他们就这样默契地结伴而行，彼此的内心仿佛有一根看不见的导线通着。每一天早晨醒来，洗漱完毕，吃过早点，他们都能够预感到对方出门的时间，从而在离家不远的十字路口相遇。原本枯燥的生活一下子色彩斑斓起来。章瑶进入高中，她开始与陈棋秘密约会，近距离相处以后，她才发现那个大男孩有一个习惯，他总是喜欢在没有人的时候，蹲下去，抱住她的双腿。多年以后，每当章瑶在夜深人静的时候想起这个情景，身体还会轻微战栗，她甚至会在事隔近二十年后，重新在空气中捕捉到保留在她记忆中陈棋的气味。那样的夜晚，章瑶肯定整夜失眠，她会望着模糊的天花板想，如果当年陈棋不是被那几个小流氓用刀捅死，那自己今天是不是早已为人妇为人母，过着平静安宁的家居生活？

陈棋被刺死的那年只有十八岁。结束高考的那个暑假，他经常与章瑶一起去矿山的礼堂看电影，他们并不结伴而行，而是分头行动，反正座位紧挨在一起。章瑶也喜欢在影院的黑暗中，逐渐靠近陈棋的那个奇怪的过程。有时候，章瑶故意在电影开场之后才进影院，然后在检票员微弱手电光的引领下，悄无声息来到陈棋身边。往往是，电影还没看到一半，坐在身旁的陈棋不知什么时候悄悄把手伸了过来，攥住了章瑶的食指。

这是陈棋的一个习惯，他只攥一个食指。

初潮之后，章瑶迅速出落成一个引人注目的姑娘，身体蹿到了一米六五，胸部和臀部都丰满起来。出事的那个夜晚，两人看完电影之后，假装分头回家。按照事先的约定，他们来到了小镇郊外的打谷场。月光明亮，空气中散发着稻草的清香。章瑶没有注意到，当她离开会堂的时候，小镇上的几个小流氓已经悄悄尾随在身后。等章瑶与陈棋到了打谷场，还没来得及爬上堆放在那儿的稻草垛，矿城里那几个小流氓一下子就围了上来。

　　混乱的打斗过程像一团乱麻，此后章瑶怎么也梳理不出一个头绪，只听到满耳的咒骂声，接下来是打斗，追逐，杂乱的脚步声和尖叫声回响在耳际。等打谷场终于安静下来，章瑶看到一个人躺在了地上。是陈棋，他身上的刀口正在流血，好几个刀口，章瑶的手根本堵不住，着急，不知所措，章瑶坐在地上抱住了陈棋，哭了起来……

　　陈棋终究没有抢救过来。事发之后的那些日子，章瑶觉得一切都不真实，虚幻，仿佛生活在梦境之中。直到开学之后独自一人去学校，那条通往学校的路空旷而忧伤，章瑶才清醒过来，明白陈棋的确是走掉了，而且，永远也不会再回来。

　　此后，陈棋在章瑶的记忆里就再没有成长，永远十八岁。而章瑶却按照正常的时间节奏，度过了自己的少女时期，后来又成了一位大龄剩女。等过了三十岁，章瑶再想起陈棋来的时候，内心有了很微妙的变化。过去她觉得陈棋是一个大哥哥，现在想起他来，却觉得陈棋更像是她的一个没能长大的孩子。章瑶记得，他们约会的时候，陈棋喜欢蹲在地上，环抱着她的双腿。或许是陈棋的母亲早逝，他蹲在地上的模样，看上去像是跪着，内心有外人难以感受的孤单与紧张。当然，章瑶当年的内心比陈棋还要

当代中国最具实力中青年作家书系

紧张，她那时发育的时间还不长，身体里面的东西也还不太有规律，两个月，甚至更长，才会突然降临。她一直担心，陈棋会闻到她身体里面的秘密，这让她感到害羞和不安。

二

陈棋被刺死后，章瑶在矿城乐马成为人们议论的话题，她的美丽，她在人们口中流传并被放大的风流，她的我行我素，考上大学离开之前，章瑶走在矿城的街上，总是有人在她的身后指指点点。

章瑶也的确过了一小段放纵而混乱的生活，陈棋的死让她觉得活下去没有任何意义，一方面她自暴自弃，觉得她这样的人，陈棋根本犯不着用命来保护她，另外一方面她又痛恨自己这样堕落下去。陈棋死了以后，章瑶常常会去矿城北郊的公墓，看望埋在那里的陈棋。有时候她去得很早，天不亮就去了；有时候又去得很晚，等黄昏时分公墓里没有人之后她才去。很奇怪，因为陈棋埋葬在矿城的公墓里，原来令人恐惧的坟场并不让章瑶感到害怕，她知道，如果真有鬼怪来袭扰她的话，陈棋不会袖手旁观。

周年祭日，章瑶去了公墓，那时候，她虽然参加了高考，但感觉考得并不好，主要的是，她隐隐约约觉得自己不应该去读大学。一年前也差不多是这个时候，离矿城十字路口不远的教育局门口，贴出了高考学生的录取红榜，陈棋排在红榜非常靠前的位置，名字上有一个用毛笔画的黑框，突出，醒目，有异样的沉重。即使考得再好，对陈棋也没有任何意义了。当时，站在红榜下面的章瑶望着陈棋的名字，突然感到鼻头发酸，她慌忙从那儿离开，心想以后自己真的考上大学离开，要把陈棋孤单地留在矿城，她觉得会对不起陈棋。

一大早，章瑶就去了墓地，里面没有什么人，坐在陈棋的墓碑旁，四周格外安静，风拂过附近的树梢，让人感到寂寥而又落寞。望着不远处山洼里火化厂用红砖砌成的烟囱，一年前发生在打谷场的那一幕像近镜头一样移动了过来。章瑶仿佛又看见浑身是血的陈棋被矿山救护车送进医院的手术室，看见陈棋最终没被救活，而是被人用铝制担架从手术室中抬出，用白布覆盖着送进了运尸车。她好像又回到了去年那段恍恍惚惚的日子，跟随着陈棋的亲人和学校的老师，去了不远处的那座火化厂，亲眼看着陈棋化成青烟从那个砖砌的烟囱里飞走，只留下些许白而碎的骨骸。

火化的当天下午，陈棋就被埋在了矿城公墓的那些矽肺病致死者中间，灰色的水泥墓碑上，用黑色的油漆写着"陈棋之墓"几个字。封墓结束，有人在一侧的空地上点燃鞭炮，算是给陈棋送行。尔后，前来参加陈棋葬礼的人陆续离开，最后只剩章瑶一个人坐在陈棋的墓旁。她在那儿一直坐到傍晚，看阳光均匀地在附近的山冈上镀上了一层金，又看着那层金子的颜色漫漫变淡，最终消失，就像是陈棋退潮的生命一样。四周安静极了，章瑶用手摸着陈棋的墓碑，有一会儿她觉得里面埋着的只是一堆白骨，并不是陈棋。陈棋仿佛是跟着那些撤退的阳光去了一个遥远的地方，章瑶抬起头来仰望虚空，她能够非常真切地感受到陈棋的存在。那一天离开公墓的时候，章瑶突然有了一个念头，等她明年长到十八岁的时候，她会在陈棋的祭日追随他而去。

那天章瑶去公墓之前，沿途在附近的山冈上采摘了一些不知

当代中国最具实力中青年作家书系

名的花。等她到公墓的时候，阳光已经越过群山的阻拦，照耀在山谷里那些静寂的墓碑上。水泥拓制的墓碑有序排列，远远看去白花花的一片。章瑶抱着那些摘来的野花，穿过无数的墓碑，来到陈棋的墓前。从那里可以眺望几公里外的矿城，有一会儿，她仿佛看见生活在那座城里的人，正三三两两向这个方向赶来。从小，章瑶就生活在这座叫乐马的矿城，记事起，每年她都会随父母来这个墓地，这里躺着的大多是患矽肺病死了的矿工，清明节已经过去好几个月了，季节性的遗忘弥漫开来，公墓很少有人来祭奠，显得格外的冷清和萧瑟，只有陈棋的墓前放着章瑶带来的野花，那唯一的亮色，带给了章瑶难以言说的甜蜜与忧伤。

从公墓回来的那天中午，章瑶鬼使神差来到了陈棋的父亲家，仿佛是为了来向暂住在那里的陈棋告别。虽然去年他就已经走掉了，但章瑶总是觉得陈棋还住在原来的房子里，夜晚，才会飞回郊外的公墓。有时候，想着陈棋在夜晚孤单地穿过矿城清冷的街道，悄无声息回到墓地，章瑶就会难过。站在陈棋家的门口，章瑶犹豫了一会儿，最终还是鼓起勇气敲响了陈棋父亲的房门。门打开之后，站在屋子里的那个优雅的上海男人勉强笑了一下，他认识章瑶，也知道去年儿子是为了保护眼前的这位姑娘，才被矿城的那几个小流氓用刀捅死的。他还知道，章瑶常常会去公墓看望他的儿子，这个失孤的男人因此备感安慰。上班之前，他带着章瑶在儿子过去的房间，翻看了陈棋的相册。相册里面的照片，细心的上海男人在每幅下面都用钢笔写了说明，陈棋的年龄、拍摄的时间以及地点，甚至有的还标明了拍摄时的光线和气候。

位于滇北腹地的矿城乐马，曾经是一座青春的竞技场。二十世纪五十年代中期，天南海北的工程师、技术员和产业工人云集于此。陈棋的父亲是上海人，他来到这座矿山的时候已经是六十年代了。长相英俊的上海人，被人称作矿山的达式常，一个活跃于二十世纪六七十年代的男影星。但是，让陈棋的父亲拥有女人缘的，并不是他的长相，而是他精湛的手艺以及对女人的细腻。他是矿山上的花花公子，是许多女工春梦中的主角，胆大的女人会在夜里悄悄溜进他的房间，享受一夕之欢。陈棋的母亲不详，据说她原本是矿城的医生，有一次进矿洞抢救冒顶掩埋在里面的工人，结果把自己也埋了进去。此后，矿城里那些怀有梦想的女人像走马灯似的，轮流照顾着陈棋父亲的生活。

事隔一年重新来到陈棋的家，章瑶发现，他的屋子还保持着他死之前的模样。陈棋活着的时候，趁父亲去上班，曾悄悄带章瑶来过这里。仿佛那只是昨天的事情，章瑶还能清晰地记得她跟着陈棋来这里的感受。自从与陈棋每天早上心照不宣结伴去上课，章瑶就不止一次设想过他的房间。每一天，他是怎样起床，又是怎样入睡，平时他在里面如何生活，因此当跟在陈棋的身后，远远地刚看见他的家时，章瑶的心就跳得难以控制，过去与陈棋热恋时的那种感觉又回来了。其实，陈棋屋子里很简单，就一张单人床、一张书桌和一个实木打就的笨重衣柜。书桌上，靠着白色的墙体有一排书，除了陈棋的高中课本外，那排书中还有一套金庸的武侠书《天龙八部》。书旁有一台红灯牌收录机。第一次来这儿的那天中午，陈棋带着章瑶在这里听过里理查德·克莱德曼的钢琴曲。《秋日的私语》《海边的阿狄丽娜》，这些钢琴曲的旋律章瑶至今还记得，那是多么幸福的时光啊，如今想起来，有些恍惚，有些甜蜜，也有些忧伤。

儿子死后的这一年，陈棋的父亲，那个衣着整洁的上海男人仍然像一只走时准确的瑞士手表，每天都会打扫儿子的房间，仿佛儿子依然与他一同生活着。如果是有谁动过房间里的东西，他会在发现的第一时间，迅速把物品归位。思念儿子的男人，害怕这间屋子里有一件小物品移位，都会导致儿子回来迷路。

通过那些照片，章瑶得以知道在她认识陈棋之前，陈棋隐隐约约的生活。不知道为什么，陈棋年幼时的那些照片更让章瑶喜欢，仿佛，那些照片能够让章瑶的怀念延伸得更长，可以抵达陈棋不为她所知的陌生的那一面。

上海男人去上班以后，把章瑶一个人丢在了陈棋的屋子里，他似乎喜欢让儿子与章瑶独处一会儿。那个下午，章瑶在陈棋的房间待了两个小时，她原本计划在这天晚上自杀的，用安眠药，据说这种死法会很平静，不会让脸变得难看。但奇怪的是，就在章瑶进入陈棋的房间以后不久，她就强烈地觉得陈棋仿佛从墓地赶了回来，就在她头顶上某个不确定的地方，注视着她。章瑶并不害怕，相反她会因为陈棋的注视变得安静、懂事和乖巧。趁着屋里没人，章瑶又将陈棋的照片看了一遍，偶尔，她还会把相册抬起来，把夹在玻璃纸后面的照片拿出来，贴在她的脸上，仿佛是要让照片上的男孩，试一试她脸上的体温。后来，章瑶感觉到陈棋在与她对话，那个看不见，却又无处不在的人并不喜欢章瑶为他殉葬，他要章瑶从他那本厚厚的相册中，每一年选出一张他的照片来。他说，到时他会把灵魂附在照片上，陪同章瑶一起长大。

章瑶内心本想反抗，可是她表现出来却是格外的顺从。她轻声地与陈棋交谈，并且听从陈棋的吩咐，打开相册，从中挑选陈棋的照片，每一年挑选一张，一共选了十八张，有陈棋婴儿时期的，也有陈棋高中毕业前夕拍摄的。很奇怪，带着陈棋的照片离开陈棋的家时，章瑶就不想自杀了。当天晚上，章瑶做了一个梦，她梦见陈棋变成一个小小的婴儿，而她成了一个牵肠挂肚的母亲，喜悦，甜蜜，章瑶开心得不得了。天亮以后夜醒来，章瑶又再次把陈棋的那些照片拿出来仔细端详。其中有一张照片，陈棋坐在高高的儿童椅上，歪着头，好奇地打量着这个世界。那是陈棋的满月照。章瑶把那张照片小心地放进了钱夹的插袋里，这样每当她打开钱夹时，都会看到陈棋。

从那个时候开始，每一年，章瑶都会在自己的钱夹里换上一张陈棋的照片，是顺着陈棋的年龄依次放的，这让章瑶隐隐感到，她陪着陈棋慢慢地长大。

一晃就过去了十多年。

新年的前一天，雪从天黑的时候开始下，到了午夜时分，地上积起了两三寸深的雪。前几天气象预报曾经说，有一股强劲的寒流已经从西伯利亚南下。年末，当它的尾部扫过西南地区的时候，印度洋上空的暖湿气流也越过横断山脉，在丹城上空汇合，一个临时性的巨大的制雪机器就此形成。

章瑶住的丹城望海路丹枫小区，原本是在郊外，但这几年城市发展太快，小区已经缩进城里来了。从章瑶住的房间往外看，远处那些耸立的塔吊像一只只阴险的钢铁怪兽，正从四面合围过来。与这座小区里的大多数住户不同，有空暇的时候，章瑶喜欢绕过围墙，到外面城中村里的那个晚市菜场闲逛。纷乱的人群，摆在街道两侧的各种蔬菜和水果，总是会让章瑶想起年少时生活过的那座矿城。傍晚时分，那里出售的东西格外便宜，神色疲惫的小贩，急于将最后的蔬菜出手，他们的吆喝声此起彼伏，带给人隐隐的焦灼。

那一天晚上，章瑶听见有人在外面大叫下雪了，就从房间里出来，站在阳台上往高空眺望。雪从有光的地方开始掉落，再高，是夜空广阔无边的黑暗。雪从什么样的高度开始孕育与诞生，又穿越了多长距离的黑暗空间？这一切均不得而知。不过如果仔细观看，雪夜的天空与往常还是有一些不同。章瑶觉得，这个夜晚天空的颜色呈现出晦暗的猩红，仿佛隔着厚厚的天幕，天的另外一面正燃烧着熊熊大火。章瑶打开阳台的护窗玻璃，几片雪花随冷风蹿了进来，扑在了脸上，带来异样的清新与冰凉。

章瑶的楼下，原本有一个跳蚤市场，往昔的这个时候，能够听见小贩充满激情的吆喝声传上楼来，但是今晚，人行道上一个摆摊的人也没有，雪安静地下，有一会儿甚至见不到汽车驶过。章瑶望着那些晶莹的花瓣从天空缓缓飘落，有一瞬间，她觉得眼前的情景似乎经历过，是在梦境之中，还是多年以前的一段切身经历？人生的许多体验在记忆中重叠在一起，不按照时间的前后来排列。此刻，细小而脆弱的雪花融入进街道上的白色积雪，这一年最后的夜晚，纷飞的大雪仿佛是消音的粉末，正将这座城市的喧嚣吸纳和覆盖。

这个雪夜章瑶做了一个梦。她梦见自己回到了矿城，与陈棋一起去矿城的照相馆照相。这一次是，摄影师能看见她而看不见陈棋，这让洞悉秘密的章瑶有一些隐秘的快乐。陈棋成了一个隐身人，这个世界只有章瑶能够看见，再也没有其他姑娘能够染指于他，章瑶对此非常开心。半夜的时候，有一辆从楼下驶过的汽车把她从睡梦中惊醒，章瑶有些恼怒。即使是在梦中，她也希望自己能与陈棋多待一会儿。这十多年来，每一年章瑶都按照年龄顺序换上一张陈棋的照片，她在目睹那些照片的时候，总是觉得照片上那个不停长大的人不是她的男友，而是她的孩子。一次次，章瑶从凝视陈棋的照片中，体会到了一个小母亲才会有的那种魂牵梦萦的感情。

新年的清晨，一夜的大雪让空气变得格外清新。章瑶起床以后，洗漱完毕，还化了淡妆，才从床下拖出一个紫色的小皮箱。皮箱里面有个精致的黑漆小木盒，打开以后，里面是一个小小的相册，上面系了一根蓝色的丝带，散发出薰衣草淡淡的清香。相册里面是陈棋的照片，黑白照，从婴儿时期一直到青年时期。章瑶坐在床边，借着从窗帘缝隙里透进来的光线，安静地翻看着相册里的照片，小心而缓慢，仿佛照片上的男孩还在睡眠之中。相册里一共应该有十八张照片，倒数的第二张空着，去年的今天它被章瑶从相册里取出，放进了自己钱夹顶端的插袋里。那张照片是陈棋高二时在一块麦地里照的，应该是傍晚时分，陈棋身后有几株高大的白杨，能够看见白杨的倒影投射到麦地尽头的斜坡上。现在这张照片被章瑶从钱夹里抽出来放进相册，即将替换它的，是陈棋一寸的正面照，那是陈棋高中毕业前在矿城照相馆照的，原来准备用在毕业证上。照片上，陈棋穿着灰色的灯草绒夹克，眼睛里满是对未来的期待。

"如果你还活着，现在你长成了什么模样了？"章瑶把那张照片贴在脸上，望着窗外积雪的世界说了一声。

当代中国最具实力中青年作家书系

三

　　每个星期，蒋一都会选择两个下午来体委医院做理疗。他患肩周炎已经好几个月了，治疗前，他觉得自己的右肩像是摁进了许多颗生锈的图钉，原本灵活的手被固定死了，抬不起来，也伸不直，时间一长，蒋一发现自己年轻时举哑铃练出的肱二头肌，像是化在了疼痛中。

　　几乎每一次来体委医院做理疗，蒋一都会看见医院大门左侧的墙边，停着一辆红色的标致206，蒋一之所以对那辆红色的轿车感兴趣，是他发现那辆标致206停靠得与墙体几乎没有空隙。已经有十来年驾龄的蒋一知道，要停出这样的效果，仅有技术是不行的，停车人还得有格外好的耐心，或者是停车人患有别人不易发觉的强迫症，才能把车停得像是墙体生长出来的一样。那一天，蒋一离开体委医院的时候，从他随身携带的包里抽出了一张名片，插在了红色标致车的后视镜与墙体之间，让他惊奇的是，名片并没有掉下去。

　　女友小美去浙江美院进修以后，工作之余的蒋一突然变得无所事事。当内心空掉以后，杂草开始疯狂生长，他学会了在无聊的夜晚到丹城的望海路一带去泡酒吧，并把那种看上去顺眼又一拍即合的女人带回家过夜。纯粹的肉体放纵，没有一丝情感的痕迹，直到章瑶的出现。

　　后来，每当蒋一重新来到体委医院做理疗时，远远地他就开始搜寻那辆红色的标致206。有时候车在，有时候不在，但只要看见往日停泊标致206的那个车位空着，蒋一就会有小小的失望。

可当他做完理疗，开着他的桑塔纳从医院出来，恰巧那辆标致车迎面驶了过来。意外的惊喜，蒋一的心里咯噔了一下，当时就感到，如果开车的是个女子，那就会与她发生点什么。

透过车窗，蒋一看见驾驶红色标致206的是一个女人，由于戴着一副宽大的茶色太阳镜，她的年龄不容易判断出来，这让蒋一有些失望。与女人擦身而过之后，蒋一把汽车靠路边停下。桑塔纳的反光镜里，红色的标致206缓慢离去，在体委医院大门左边停下。看来女人的确有强迫症，她倒车的技术娴熟，一次次靠近墙体，不满意，又把车开离，再次靠近……蒋一抬手看了看表，女人花了将近五分钟才把车停好。

女人从车上下来，关上车门，挎着包走进了体委医院。蒋一一直注意着她的背影，直到她消失在医院的门诊大楼里。此后，蒋一在车里坐着发了一会儿呆，想了想，又从车上下来，走到女人停车的地方，歪着头看女人停的车是否与墙体有距离。蒋一注意到，墙体上面，有一条不易被察觉的细线，那是标致车的倒车镜与墙体轻微的摩擦留下的。蒋一在标致车旁站了一会儿，离开时，他再次掏出名片，把它夹在了汽车倒车镜与墙体之间。但这一次女人停得似乎没有上一次紧密，蒋一的名片夹得并不太稳，后来，他干脆把名片插在车窗玻璃上。

这是章瑶见到过的最简单的名片了，除了名字，以及名字后面心理治疗师几个字，就只有一个电话号码，而且规格比普通的名片要窄一些。上面没有其他的信息，是有意隐藏，还是原本就如此简约，暂时不得而知。那一串印在名字斜下方的黑色阿拉伯数字，在暗红色的纸上，成了通向名片主人的唯一渠道。章瑶感

当代中国最具实力中青年作家书系

到奇怪，每一次，当她从体委医院出来，她停在围墙边的汽车倒车镜与墙体之间，总是会插着同样的名片。有时候，像是为了提醒她似的，名片还插在她的车窗玻璃上。最初的时候章瑶并没有在意，以为是那些机票代售点的广告卡片，等章瑶留意到是名片的时候，她对名片上那个叫蒋一的名字有了好奇。

朵朵说："那你就拨一个电话给他，问他是什么意思，要不，我来替你拨？"

章瑶拒绝了。从十五岁起，她遇到了太多的追求者，有递纸条的、有写信的、有送花的。在医科大学读书的时候，她甚至还碰到一个沉默的追求者，他从大二开始，每天下午到章瑶的宿舍，把她的两个水壶打满开水，一直到他毕业离开。像这种不停地发名片，章瑶还是第一次碰到。而且是这样简约的名片。

朵朵是章瑶在医科大学读书时的闺蜜，两人从学校起就形影不离，她们的友谊延续了十多年，亲密得就像是同性恋。朵朵毕业以后分配到体委医院工作，改行学起了中医的推拿与针灸，每次章瑶来，都是她给做的理疗。

章瑶体会得到，朵朵替她按摩的时候，手指上是带了情感的。手法尽管差不多，章瑶却能体会到其中微妙的差别。

名片上的蒋一，成了章瑶与朵朵谈论的话题。后来，朵朵有意识与其他医师调班，为蒋一按摩了两次。朵朵的手法不错，在按摩时，她还会一边按摩一边对患者讲解人体的结构，让人在接受服务中长了见识。没有费太大的功夫，朵朵就从与蒋一的交流中，摸清了他的生活状况，尤其是婚姻状况。

"他的确还没结婚呐，"朵朵有些兴奋地告诉章瑶，"不过他已经有了一个同居的女友，提起女友来，感觉他很深情。"

"我只是奇怪是什么人，不停地在我的车上插名片。"

"不会又是一个花痴吧？"朵朵说，"其实，你当年应该嫁给那个给你提了四年开水的男生！"

"都好多年前的事情了！"章瑶说。

"婚姻其实就是把一个陌生人变成亲人。"朵朵以过来人的口吻说，"当年那个持之以恒提水的男生的确适合做丈夫，会照顾人！"

"不来电，没感觉！"章瑶说。

"其实，哪怕他真是个枯燥无味的人，也比现在资产闲置的好。"犹豫了一下，朵朵说，"如果这个蒋一可以的话，花点心思，把他给撬过来？"

"看来他给你留下的印象不错？"章瑶问。

"我就免了吧，结过婚，还有孩子！"

朵朵之所以如此操心章瑶的婚姻，是她隐约感觉得到，如果不进入生活正常的轨道，结婚、生子、过寻常的生活，那么从章瑶从十七岁起就埋在她身体里面的自杀的种子，不知道什么时候就会发芽，从而弄得无法收拾。

早些年，章瑶也认真考虑过找人结婚的事情，但是每当谈婚论嫁时，陈棋就会顽强地从他记忆中浮现出来，章瑶想，这个世界的确是再也找不到陈棋那样的男子了，有担当，还专情，与他花心的父亲背道而驰。

过了三十岁以后，章瑶相反并不急于把自己嫁掉，反正都是剩女了，再剩还能剩到哪儿去？这几年，章瑶不停地与各种男人相亲，他们中的好几个甚至是朵朵替她介绍的，但最终还是没有

当代中国最具实力中青年作家书系

什么结果。那几个男人各方面的条件都不错，朵朵初选过的，她不明白章瑶为什么会不满意。章瑶说其实说谈不上什么满意不满意，主要是没感觉。当然，这些年来，在章瑶一次又一次的相亲当中，也碰到了很少的几个让她有好感的男人，如果对方也有这样的愿望，章瑶也不拒绝与他们上床，但他们的关系充其量就抵达这里，很难再往前延伸。章瑶明白，这些年来，有一个人一直站在她通往婚姻的路上，那个人就是陈棋，算上去，他离开这个世界快二十年了。

当年，陈棋的死给章瑶带来很大打击，无数个静寂的夜晚，她想起陈棋的时候，思念中竟然会夹杂着一丝恼恨。她恨陈棋为了保护她而送了命，把她一个人留在这个纷乱而又冷清的世界。如果时间能够倒流，章瑶宁愿自己遭到那些小流氓的强暴，也不愿意陈棋为保护她而丢了性命。陈棋死后有一段时间，章瑶突然对自己的身体有强烈的厌弃，尤其是当她的身体发育，脸部出现青春痘时，她觉得自己最痛恨的就是镜子中的那张脸了。高中毕业前夕，章瑶望着自己镜子中的脸，越望越生气，觉得陈棋根本不值得为这张脸丢掉性命。那一次，她在无限的悔恨中，扬手把镜子摔在洗脸池上，然后用破碎的刀片，划伤了自己的手腕。那是章瑶的第一次自杀，至今在她的左手腕上，还能看到一条模糊的疤痕。

直到，章瑶去了陈棋的家，把他的照片拿来夹在自己的钱夹里，她才慢慢平静下来，放弃自杀的念头。后来进了医科大学，当朵朵成为章瑶的闺蜜之后，她常常发现章瑶看着自己的钱夹发呆，脸上的表情是又天真又专注。朵朵凑过去一看，发现是一个婴儿的照片，黑白照，照片上的婴儿戴着尖尖帽坐在童车里，朵朵甚至看不出是男孩还是女孩。

"你小时候？"朵朵一脸的好奇。

章瑶摇了摇头

"那是谁的？"

"陈棋的。"

朵朵这才知道章瑶与陈棋的故事，她也因为陈棋用生命保护章瑶免遭小流氓的欺负而感动。朵朵后来还发现，章瑶收藏了几乎陈棋各个年龄段的照片。有初生时的婴儿照，也有戴着红领巾的少年照。当然，还有陈棋临死前为毕业证准备的标准照，一共有十八张。章瑶告诉朵朵说，陈棋的父亲是个上海人，精通各种机械，包括相机。他用他的那台徕卡相机，给矿城的许多女人照过相，许多女人就因为他的摄影技术，而心甘情愿爬上他的床。陈棋的那些照片，除了为毕业证准备的那张照片外，其他的都是他父亲照的，章瑶每一年选了一张，如果把那些照片依次摆放在桌子上，就能看到一个歪着头的婴儿，是怎样一步一步成长为一个英俊的青年的。

章瑶并不喜欢陈棋的父亲，但她却莫名其妙爱上了陈棋。她告诉朵朵说，高中毕业以后，她曾经想自杀，尾随陈棋而去，但是陈棋不同意。

"他不是已经死了？"朵朵有些疑惑地说，"还怎么同意不同意的？"

"是的，但我还能听见他对我说话！"章瑶仰头望着虚空，仿佛陈棋正在头顶的某个地方。

朵朵那时整天与章瑶形影不离，而且担心章瑶什么时候又想不开。但是章瑶要朵朵放心，她说她答应过，要陪陈棋再活一次。

所谓的陪，其实就是把陈棋的照片放在随身携带的钱夹，每过一年，章瑶就会把她钱夹里陈棋的照片替换一张，作为见证者，朵朵看着照片上的小男孩，随着时间的流逝慢慢长大。

朵朵一直不敢问一个问题，那就是把陈棋最后的那张照片放完之后，接下去章瑶的钱夹里放什么呢？重新放陈棋的婴儿照片，来一次循环？朵朵担心，要是没有了新的寄托，章瑶也许还会再走极端。

麻醉师的工作让章瑶的生活没有规律。两个白班之后是一个夜班，接下来休息一天。休息的这一天，如果没有什么特殊的事情，章瑶总是会下午来到体委医院做理疗。她平时睡眠不是很好，但奇怪的是，只要一来到体委医院，躺上那张铺着白色床单的按摩床，她就会很快进入梦乡。章瑶的母亲也是医生，在她的记忆中，母亲身上终年散发出一股淡淡的来苏水味，这种气味让章瑶宁静、踏实和安心。但是最近，章瑶来体委医院做理疗时，睡得不那么踏实了。她很奇怪，那个插名片的人为何对她毫无规律可循的生活了如指掌。有时候，她在体委医院理疗的时候，会突然从床上跃起，跑到窗边，看那叫蒋一的究竟是一个什么样的人。

有好几次，章瑶差点就忍不住要用手机拨那个电话号码了。仿佛是蓄意进行一种对抗，章瑶每次都在按拨出键时放弃了。那个叫蒋一的人不就是等着自己给他打电话吗，章瑶偏偏不想让他的阴谋得逞。

有一天，章瑶驾驶着她的红色标致206来到体委医院，像往常那样，她不断调整角度，终于让车子紧紧贴在医院的围墙上。从车里出来，锁车门的那一瞬间，灵光乍现，章瑶突然反应过来，那个叫蒋一的人一定就在她身后的什么地方注视着她。她转过身去，街的对面是一排商铺，在一个美容所和一间服装店之间，是一家名叫卡瓦格博的咖啡屋，章瑶能够感觉到，有目光正从咖啡屋的玻璃窗后面投射出来。

卡瓦格博咖啡屋里，一个穿蓝色条纹衬衫的男子，坐在里面往这边眺望。

好奇心一下被激发，章瑶改变了进医院做理疗的计划，而是穿过马路，走进了对面的咖啡屋。午后，正是咖啡屋一天中生意最为冷清的时刻，屋子里除了服务生和坐在窗边的那个人，没有其他人。

仿佛是带着一丝挑衅，章瑶放着那些空着的座位不坐，而是走到窗边，在男子对面的沙发上坐了下来。服务生走了过来，问章瑶喝点什么，章瑶望着对面的男人，没说话。

章瑶的举动让蒋一有些意外，短暂的惊愕之后，他好像明白什么似的突然笑了起来，对服务生说："来杯云南小粒咖啡！"

章瑶不说话，她把冷冷的目光刀一样扎在了蒋一的脸上。

蒋一有些尴尬，他没有与章瑶的目光对视，而是转过头去眺望外面的街景。三月初，春天从大地深处渗透出来，顺着街道两边的行道树，爬上了高高的枝头。花朵是植物的性器，要不了两个星期，那些紫色的、如同倒悬着的小钟一样的花朵将挂满枝头。有一会儿，男人从窗玻璃的反光中看见女人面带愠色望着自己，他有些不自在，就像是有一只蚂蚁爬在他的脖颈上，痒痒的，让人难受。

服务生送咖啡来之后，蒋一已经从刚才的窘态中缓过神来。"加糖吗？他问。"

当代中国最具实力中青年作家书系

章瑶摇了摇头，把目光收在了她面前冒着热气的咖啡上。

"你比我想象的要聪明！"蒋一微笑着说，他想打破两人间让人尴尬的气氛，问道，"凭什么你就认定是我？"

"我没兴趣跟你开玩笑！"章瑶表情严肃地问，"你一而再，再而三地把名片插在我的车上，什么意思？"

"好奇！"

"好奇？是不是没见过女人？"章瑶不仅表情冷淡，声音也冷，仿佛她两片水蛭一般的嘴唇的里面，藏着一个小小的冰箱。

"我见过那个叫蒋一的男人了！"一天，章瑶躺在按摩床上，突然对朵朵说。

"感觉怎么样？"朵朵一边给章瑶按摩一边问。

"他一再解释说他没有恶意，纯粹只是好奇！"

"男人的借口。"朵朵说，"他为何不对其他女人好奇，唯独对你好奇？"

"他说我的车，停得与围墙几乎没有空隙，说从来没有见过这样停车的。"

"他的意思是，一次一次在你的车上插名片，是为了查看你的车与围墙间是否还有距离？"

"是的，他怀疑我患有强迫症，说我每次都把车紧紧地贴在墙上，已经与技术无关，而是潜意识中的一种惯性！"章瑶说，"蒋一是个心理治疗师，从我停车这个小细节，他看出我的性格相当执拗！"

"他分析得有道理！"朵朵说。

"他说他也有强迫症，"章瑶说，"他告诉我，现在他每次来体

重生 27

委医院做按摩，只要我的车停在那里，他都要用名片去试一试，看看会不会掉下去，他也控制不住自己。"

有一会儿，朵朵的按摩起了作用，她的手施于章瑶身体的力量转移了章瑶的注意力。一阵困意袭来，章瑶不知为何，感觉自己仿佛置身于一个魔方车间。那是几年前章瑶在中央电视台上看到过的画面，二十多个人在屋子四墙坐了一圈，他们的面前是简易的木桌，木桌上放着一个个打乱了的魔方。那些魔方的爱好者们并不交谈，而是全神贯注凝视着手中的魔方，十根手指飞快地拨动着魔方块，他们每个人都希望通过自己的努力，让那些色块混乱的魔方在一分钟甚至更短的时间内完全还原。在魔方车间的现场，章瑶目瞪口呆，也许这些魔方爱好者每天的业余生活，就是不停地转动魔方。也只有专注、忘我、全身心地投入，才会以惊人的速度还原魔方。那个现场采访的节目给章瑶留下深刻的印象，以至于很久以后，她还能看见飞快晃动着的手指，就好像，灵魂从大脑中移居到了每个人的指尖……

意识变得逐渐混沌，章瑶刚要睡过去，可还没到梦乡的大门口，大脑却突然又清醒过来。她奇怪自己的大脑里刚才为何会出现魔方作坊，看来大脑可以指挥身体，唯独指挥不了自己。那一天，如果不是蒋一提醒，章瑶不会意识到自己的车每次都紧紧靠在墙上。也许自己真像蒋一所说的那样，患有强迫症，只是自己并不知情而已。

不过自从在卡瓦格博咖啡屋与蒋一有过交流以后，章瑶再来体委医院做理疗的时候，没有其他要紧的事情，章瑶会在做完理疗之后，到医院对面的咖啡屋坐上一会儿，独自享受自由的时光。蒋一有时候也会来，如果碰到章瑶，又恰巧是章瑶一个人，蒋一

当代中国最具实力中青年作家书系

就会走过来坐在章瑶的对面，毫无主题地聊一些彼此都感兴趣的话题。章瑶发现，自从认识蒋一以后，他已经不再在她的车身上插名片，而且近距离接触后，章瑶发现蒋一对她并没有什么恶意。

那一段时间，两人来体委医院做理疗变得频繁起来，他们不是为了做理疗而做理疗，而是都抱着等待什么的心情，去那家咖啡屋坐上一会儿，彼此间有了一种默契。两人从来没有预约过下一次什么时候来，但每一次的不期而遇，依然能给彼此带来好心情。

一天，章瑶从外面进来，看见蒋一坐在窗边他平常坐的那个位置，就走了过来。她先是坐在蒋一的对面，后来她去了一次卫生间，回来的时候坐在了蒋一的身旁，看他手机上拍摄的照片。章瑶能够感觉得到，当她低头看照片的时候，蒋一会在身旁望着她，目光专注。那一瞬间，章瑶仿佛又捕捉到了年轻、有人注视时带来的那种奇妙感觉。抬起头来，碰到蒋一的眼神，她发现蒋一眼睛里有内容，问他怎么了，蒋一笑而不答，仿佛他拥有了一个天大的秘密。

一个月以后某个宁静的夜晚，章瑶突然问蒋一说："那天下午，在卡瓦格博咖啡屋，你笑什么？"

蒋一的屋子在顶楼，有一个外挑出去的露台，站在那儿可以看见稀疏的星斗，以及星斗后面深邃而黑暗的天空。与楼下的万家灯火相比，天庭是那样的冷清。五月了，雨季还没到来，丹城进入一年中最为炎热的季节，不停攀高的气温仿佛让空气都变得黏稠，即使是在二十八楼的露天阳台，也感觉不到一丝风。

"那天我坐在咖啡屋看着你进来，就预感到也许有一天我们会走得很近，"蒋一把头靠近章瑶悄声说，"我甚至预感到你会爬上我的床！"

章瑶有些不快，她将身子从蒋一身边闪开说："你的预言成功了，你觉得自己是个胜利者，占了天大的便宜？"

"没这个意思！"蒋一走过去搂住了章瑶的肩膀说，"那天你去卫生间返回来，没有坐在我的对面，而是坐在了我的侧面，这小小的细节，说明你其实并不拒绝我。"

蒋一的屋子显得有些零乱，即使是准备把章瑶带回来，他也没有认真收拾。两居室的房间，其中的一间用作书房。用作卧室的房间，直通阳台，里面放置了一张结实的大木床，床对面的墙上，挂着一张奇怪的油画，一个模糊的人影，被关在一个四面通透的玻璃屋子里。蒋一告诉章瑶说，那是他女友小美的作品。

那天晚上，两人在做完爱以后，躺在一起聊天。章瑶吃惊她身边的这个男人有着惊人的坦率，他告诉章瑶说，他之所以会注意到章瑶停车，是因为他也想给女友小美买辆红色的标致206。那种车精致、小巧，适合年轻女人驾驶，而且也在自己的经济承受范围之内。

在一个女人面前饱含深情谈论另外一个女人，蒋一不觉得难堪。他说他的女友小美也是个奇怪的人，自从去浙江进修以后，电话打得越来越少，常常是一周还通不上两次电话，一点也不像是在与他热恋。蒋一还告诉章瑶说，如果小美在那边有一个临时的男友，他也不反对。蒋一这样说的时候，他没有注意到，有泪水从章瑶的眼眶里滚落出来，掉在了身下的凉席上。

蒋一的话触动了章瑶内心最为柔软的地带，她想起了自己的初恋男友陈棋，她甚至能想象那些冰冷的刀刃刺进他身体里面的

当代中国最具实力中青年作家书系

感觉。当年，陈棋就像一个被扎破了的水袋，血从身上流了出来，染红了章瑶的半个身体。他的身体在沉睡下去的时候散发出了一股腥甜的气息，直到今天，每当章瑶偶尔在空气中闻到血腥味的时候，她就会控制不住自己对陈棋的想念，她的左心室像是埋藏着一个间歇性电极，疼痛从那里一阵一阵扩散开来。如果真还有另外一个世界，章瑶不知道陈棋在那边是不是也会有一个女友，会不会像她这样，至今仍然单身。

蒋一没有注意到身边的章瑶安静下来，他不知为何突然有了强烈的倾诉欲望，似乎是想让章瑶在最短的时间里了解他更多的情感经历。小美，那个章瑶只闻其声不见其人的画师，成为蒋一这天晚上谈论得最多的人。在蒋一看来，他的女友小美在情感上是一个恒温动物，蒋一与她同居了两年，从来也没有见她大喜或大悲过，很多时候，蒋一觉得她的灵魂与肉体是分离的，就是在做爱的时候，无论蒋一多么深入，他也无法从她体内感受到原本这个年纪姑娘应该有的能量。这让蒋一稍稍有一些受挫，时间长了，蒋一仿佛也被小美控制了似的，渐渐地不以物喜不以己悲。"所以，"蒋一突然用感情饱满的声音说，"真的很谢谢你！"

章瑶心里明白，蒋一真正心里想感谢的，是她刚才的热情与身体的回应。

蒋一告诉章瑶，他当初之所以会注意到她驾驶的那辆标致车，完全是因为车的颜色。"红色，火焰的颜色，象征外向、张扬和极端。"在蒋一看来，喜欢这种颜色的人，性格会与小美会有很大的反差，仿佛是挂钟的钟摆有短暂停留的两极。当然，蒋一也承认，他后来到体委医院做理疗时，其实就是想认识车主。

"你第一次看到我的时候，是什么样的印象？"章瑶有些好奇地问。

"你的身材不错，裙摆下端的小腿有着美妙的弧度，"蒋一偏了偏头看了看枕在他手臂上的章瑶说，"你的脸其实长得也挺端庄的，但初次见的时候会觉得它因缺少表情而陷入僵滞。"

蒋一又说，当时挺失望的。他告诉章瑶说，他的女友小美也是个板着面孔的冷美人，长久的相处已经让他的内心有了轻微的抵触，所以当看到章瑶毫无表情的脸时，他其实心里很失望。但是那一天，当章瑶锁好车门向体委医院走进去的时候，她的背影给蒋一带来了相反的感受。

"你在走动时，"蒋一说，"从后面看上去，能够看到你的臀部在裙子里面左右扭动，丰盈、生动，潜藏着无限的风情。"

"你看出了放荡？"

"不是，"将一说，"我只是很奇怪，刻板与风情，反差如此大的两种东西，怎么会同时嫁接在一个女人的身上？"

四

即使是同床共枕，章瑶也很难像蒋一谈论小美那样谈论陈棋。那是她心中最为隐秘的部分，只用来想念，不用来交流。章瑶发现，一旦她与蒋一谈及到了陈棋，她就决定这个狂乱的夜晚之后，不再与蒋一联系。然而，蒋一却想从此与章瑶保持一种特殊的关系，章瑶身体的热烈反应让蒋一如获至宝，他不停地要，仿佛想用这种方式，让自己扎根在章瑶的生命中。

那天夜里，蒋一半夜醒来，身体重新苏醒的他对身旁的章瑶万般柔情，那时的章瑶还在睡梦中，她梦到了陈棋，依旧是当年

当代中国最具实力中青年作家书系

的那个样子，穿着一件灰色的夹克，瘦长的身体让人想起孤独的火烈鸟。章瑶后来是在蒋一忘我的撞击下醒来的，那一瞬间，她突然拒绝身上重压着她的蒋一。她的反抗与挣扎唤醒了蒋一内心无休无止的激情，两人的搏斗缠绵，柔软而有力，仿佛是性爱的一部分。当蒋一最终偃旗息鼓，章瑶从蒋一的耳廓旁望出去，落地的玻璃窗外面是浩大的天宇，无边无际的黑幕上，章瑶看到了陈棋的脸，他在上面注视着大地上发生的一切，躺在蒋一身下的章瑶突然羞愧不已，她把手挣扎出来，捂住了自己的脸。

当年，在矿城乐马郊外的打谷场，陈棋第一次亲吻了章瑶，后来当他想进一步有所作为，手从章瑶的腰间往下伸进去时，章瑶挣脱身来，抽了陈棋一个耳光。突如其来的耳光，打在陈棋脸上的声音清脆、响亮。这个耳光把两个人都打得怔住了，陈棋刚才还难以遏制的欲望突然烟消云散，他有些不知所措，把头低下来，埋在章瑶的身前。而章瑶也被她的突然出手吓坏了，她只是下意识地想以这种方式表明自己的纯洁，也有一个少女从柏拉图的情感转向身体时的拒绝，章瑶伸出手来抱住陈棋的头，第一次感到一种母性的温柔在身体里绵延不绝。

"早知道你后来会被人刺死，当初还不如给了你！"后来，每当想起陈棋来，章瑶总是有淡淡的遗憾。

在蒋一那儿留宿的那个夜晚，章瑶半夜醒过来之后就再也无法入睡，置身于蒋一的怀抱中，章瑶却回到了从前生活过的那座矿山小城。郊外，阳光下的稻田铺陈到远处，空气中有一种谷粒灌浆的气味，隐隐约约，像是在耳边发生幻听的一段旧乐曲。

章瑶想起了十四岁的那年初夏，她的身体突然发生了变化，初潮的来临是那样的突然，她被吓坏了，尽管母亲早有暗示，章瑶仍然感到不知所措。她向老师请了假，牛高马大的体育老师，脸上的笑容古怪，章瑶感觉到全班同学都跟随他一起，目送着她离开操场，这简直让章瑶无地自容，羞愧得想死的心都有了。但奇怪的是，当章瑶离开学校，经过校外的那一片稻田时，刚才的羞愧、难堪和痛楚都消失得一干二净，她突然不能自持。中午的时候短促下过一阵雨，田野湿润，有热气在附近的山冈上蒸腾。章瑶看见满眼的绿，夏天敞开了怀抱，大地勃勃生机。那一瞬间，她在空气中捕捉到了一股神秘味道，好闻、亲切，仿佛有着无限广阔的未来等待开展，带给人莫名的甜蜜。

陈棋曾经对章瑶说，她的身上有股好闻的味道。"其实，你身上何尝又不是这样呢？"只是当年身为姑娘的章瑶，无论如何也开不了这样的口。

章瑶后来相信，一个姑娘发育的时候，身上一定弥漫着一种奇特的味道，她从操场上那些男生的表情里感觉到了。也许，很多时候，人们敏感的嗅蕾会长久地沉睡，它只在该醒的时候醒过来，就像在陈棋发育的那段时间，她一样也能从陈棋身上，嗅到一股令人身体燥热的蓬勃之气。那种气味，与夏天野外阳光下雨后的土地所升腾的气味有一些近似，气味的兴奋剂，让身体里有不安的东西在悄悄生长。

朵朵一直觉得，章瑶只有结了婚，并且碰到一个真心呵护她的男人，日常生活强大的腐蚀力，才会把她对陈棋刻骨铭心的思念变淡，从而打消她十七岁起就埋藏在心里的自杀念头。近几年来，朵朵总是不厌其烦地给章瑶介绍男友，她不想让章瑶一有机会就去想陈棋。章瑶也明白朵朵的善意，很多时候，她并不想去

当代中国最具实力中青年作家书系

相亲，但她不忍心看朵朵一脸失望的表情。

这几年，章瑶的相亲大多集中在春末夏初的这一两个月。每一个星期她都走马灯一样与不同的男人见面，有的还一起吃个晚饭，有的就只是简单喝个茶。相亲的次数太多，章瑶怀疑丹城那些急于找老婆的单身男子，她都已经见过面了，但总的感觉是越见越失望。好在过了这浮躁的两个月，章瑶又会慢慢进入情感的冬眠期，变得心静如水，这时给她介绍再优秀的男子，她都会找理由拒绝。章瑶有自己的情感周期，每年"小满"前后的这一两个月，她都能从空气中闻到一股奇怪的味道，那种植物勃勃生长所带来的气息。

当年，父亲活着的时候，不叫她章瑶，而叫她小满。这是她的小名。父亲一个人的专利。因为自己的小名，章瑶曾查阅过二十四节气。与万物复苏对应的，应该是惊蛰，可是章瑶身体里的二十四节气，与自然界中的总是晚那么两个多月。她也不明白身为工程师的父亲，为什么给自己取了个与农业和土地有关的小名。唯一的解释是，她出生的日子与小满节令相差没有两天，父亲是不是从季节的更替里得到启发，给自己取了这样一个只供他叫的名字，章瑶已经无法求证。那个矿业工程师几年前患肺癌去世了，临走之前，他最放不下的是，女儿都已经三十岁了，但还没有一点结婚成家的迹象。

章瑶的父亲，那个技艺精湛的机修工程师已经走掉五年了，可是章瑶还是不时会梦到他。一个女人的一生，也许会有两个男人让她忘怀。一个是父亲，另外一个是男友。章瑶想起了她六岁的时候，在那座矿山小城，她被一群孩子带到了城郊的水塘边，有人给了她一个充气的救生圈，让她套在上面，漂浮在水塘中。

傍晚时分，太阳西坠，池塘上面金光灿烂，套着救生圈的章瑶不知不觉漂到了池塘中央，怎么也回不到岸边。背光，太阳像是一个巨大的火球，章瑶看到一个人从火焰中冲了过来，在岸边踢飞了脚上的鞋子，扑通一声跳进水里。来的人是父亲，他把章瑶从池塘里拉上岸以后，顺手捡起地上的柳条，对章瑶一顿暴打。为此，章瑶在心里痛恨过父亲好长一段时间。

多年以后，章瑶才从父亲的愤怒中明白他的担心，但是那个像陈棋一样疼爱她的男人也离开人世了。

父亲去世后的最初几个月，章瑶表面上看不出有什么变化，可是当夜晚安静下来以后，那个工程师就会变成一只悲伤的马达，在章瑶的身体里发动起来。那是种从心底深处往外渗透出来的痛，绵延、持久，仿佛每一个细胞都在哭泣，章瑶根本控制不住自己。

好在时间是愈合一切伤口最好的药，而且，那种缓慢、绝望、丧失未来的疼痛，章瑶十七岁时就体验过了。

壁虎和蛇从高空坠落时身体保持了优雅的平衡，空气像梦中的伤口一样被撕开，又迅速愈合，没有任何痕迹可寻。那个雨夜，蒋一的女友小美从顶楼的露台上一跃而下，天边不时炸响的闪电是否照亮了她无法控制的身体？事情已经过去了两个月，章瑶一直在小美的自杀中无力自拔，凭直觉，章瑶感到那个姑娘的死与她有关。就像读中学时，每当有同学弄丢失了水笔，尽管与章瑶毫无关系，可她都会怀疑是自己盗窃的一样。尤其是从陈棋被人杀死那年开始，章瑶总是会感到莫名的恐慌，她的心理从那时起就出了问题，内在的隐疾，没有人知道。许多时候，她甚至怀疑自己前世是一个祸精，身边发生的一切不幸，仿佛都与自己脱不了干系。

消息是章瑶从蒋一博客上看到的。偶尔，章瑶会到蒋一的博客上去逛一逛。

接下来的一段日子，章瑶常常会想起小美从二十八楼的高空坠落下来的情景，在大街上，在商场，或者在饭馆，有时甚至在拥挤的地铁里，小美总是会不经意地出现在章瑶的脑子里。奇怪的是，章瑶只记得她模糊的模样，越想回忆起来，小美的样子就越模糊。当然，小美的笑容有时也会清晰地浮现出来，短促、惊艳，像节日夜空绽放的礼花，正当章瑶准备把她在脑子里固化时，小美却已经迅速隐没进记忆的黑暗深处。

今年的初夏，章瑶在蒋一的手机上看见过小美，长头发的美女，被蒋一作为自己手机的屏显。当时，章瑶还猜想，蒋一还会不会把小美的头像也作为电脑的屏显。很显然，当时躺在章瑶身边的男人蒋一正在热恋中，他一点也没有照顾到章瑶也是个女人，非常直白地在她面前，表现出对手机屏显上那个姑娘的喜欢。"她去浙江进修去了！"蒋一把手从章瑶的后颈下穿过，让她舒服地枕着他的手臂。这个小小的细节让章瑶对蒋一充满了好感。就像陈棋一样，蒋一应该也是一个体贴的男人。不知道为什么，从蒋一的身上，章瑶总会联想起陈棋的父亲，那是个像瑞士表一样的男人，精致，干净、井井有条。

记得那天晚上，蒋一把他手机中珍藏着的姑娘照片在章瑶面前一一打开。"是位画画的！"蒋一说。章瑶从蒋一的手机上看到，照片上那个风情万种的姑娘的确很年轻，只有二十四五岁的样子，她的脸上有着这个年龄段的姑娘不施粉黛就能浮动的光彩，但如果仔细观看，又会发现她明亮的眸子里，有一丝难以察觉的冷漠与悲观，让人联想起了初春时节，阳光朗照之前草地上轻覆的霜。

令人羡慕的爱情如此短暂，仅仅是两个月之后的一个雷暴之夜，那个姑娘就从蒋一居住的二十八楼跳了下去。雷声夹杂在密集的雨点之中，仿佛有一个顶天立地的巨人，在大地的摇滚乐中踏步而来。那时，章瑶驾驶的车陷在立交桥下的匝道里，进退困难，只好眼睁睁看着从天而降的大雨，像是被谁从黑暗的天空中投下的一张张巨网，密集地倾覆下来。雨的鼓点敲打在车窗的玻璃上，疯狂的鼓手不停地挥舞双臂，那连绵而不知疲惫的声响让章瑶有些喘不过气来。

那是丹城几年来最大的一次降雨，城区的不少地方因积水过深而陷入瘫痪，有公交车甚至完全隐没在立交桥下的积水中。那个夜晚，是什么力量让那个叫小美的姑娘克服了对窗外暴雨的恐惧，像一只鸟一样，义无反顾从阳台的铁栏飞出，投进那无边的巨大虚空中？

小美自杀后不久，章瑶曾经找机会又去了一次蒋一的房间。当时，房间的布置没有任何改变，与上次章瑶来的时候一样。蒋一告诉章瑶，小美从楼上跳下去的时候他正在大理，是接到警察打来的电话，才知道小美出事的。警方在对现场进行认真的勘查之后得出结论：自杀。可小美为什么要自杀呢？蒋一直到现在也没有想通。章瑶注意到，在那个通向阳台的房间，画架上还有一幅来不及完成的油画，凑近看，画布上是一堆混乱的颜色，凝固的色块让画布凹凸不平，根本看不出死者想画什么。但是当人退到墙边，眯眼去看，原本色彩混乱的画布上出现了一束插在陶罐里的花：有雏菊、百合、郁金香和满天星。

当代中国最具实力中青年作家书系

站在这间屋子里，章瑶突然有些羞赧，想起在这儿疯狂的那一夜，她觉得自己仿佛从这儿盗走了什么。两个月前的那个下午，她突然收到了蒋一的短信："如果今晚有空，到文林街的夏沫年华酒吧泡吧！"正巧当天章瑶无所事事，于是给蒋一回了短信。与蒋一在体委医院对面的卡瓦格博咖啡屋一起聊过几次，章瑶渐渐喜欢这个男人身上与众不同的气息，因此即使是坐在夏沫年华酒吧的红男绿女间，他也能给人鹤立鸡群的感觉。章瑶从这个男人的身上，看到了她二十年前男友陈棋的影子。

　　已经过了那么多年，但只要想起陈棋来，章瑶的心还是会隐隐作痛。有一会儿，章瑶把头轻轻偏朝酒吧外面的街道，初夜时分，街上人来人往，借着窗玻璃的灯光，坐在自己对面的男人面容模糊，仿佛不是一个人的肉身坐在那儿，而是他的灵魂。如果陈棋不死，活到现在，那么这天晚上陪同自己坐在这儿的，还会是他吗？

　　跟随蒋一回去的决定就是在那个时候做出的，被红酒浇得暧昧的夜晚，章瑶试图从眼前这个男人的身上，捕捉到陈棋残存的气息，就算是毒药，章瑶准备试一试，她甚至都不在乎被蒋一看成一个轻浮的女子了。

　　当年，陈棋被一群小流氓乱刀捅死，事后，那个一心想把章瑶弄到手的流氓头子被判了重刑，但他手下还有几个参与的马仔却逍遥法外，谁也没有想到，就在陈棋被人捅杀以后不久，章瑶开始了她放荡不羁的生活。她暗中与矿山上另外一拨小流氓混在一起，抽烟、喝酒，甚至与里面最凶残的那个小流氓做爱，拼命地作践自己。狂野、刺激，玩的就是心跳。她几乎没有费什么力气，就让矿城里的那些小流氓为她大打出手，每当他们在郊外用砍刀追杀的时候，章瑶总是袖手旁观，她喜欢看他们身上流出来的鲜血，还会在他们有所懈怠时，用撩人的目光，去点燃那些小流氓逐渐消退的斗志。

打斗之后的凶案现场，当小流氓们一哄而散之后，总是会呈现出异样的安静，就像是这块土地原本的声音被提前透支。也只有在这个时候，章瑶才会小声地哭泣出来。那是一段混乱而恍惚的生活，章瑶自暴自弃，故意让自己成为一个脏女人，一个根本不值得陈棋拼了性命去保护她贞洁的女人。她其实只有一个简单的愿望：陈棋活着，与她说话，每天陪他走三公里的路到矿城边上的学校读书。为此，她愿意付出一切代价。

当蒋一得知陈棋的故事之后，他曾经委婉地劝章瑶，即使再作贱自己，陈棋也活不过来了。再说，那已经是快二十年以前的事情了。

那个激情澎湃的初夏之夜，整个过程，章瑶都闭着眼睛，她动用自己所有的感觉，把身上的这个男人想象成为陈棋，倾尽所有的迎合，她的奉献以及和盘托出让蒋一大感意外。"做爱中把眼睛闭上的女人，"蒋一把嘴凑近章瑶的耳朵轻声说，"骨子里都是保守的！"那个时候，蒋一也许更满意章瑶放荡的行为中，骨子里的那种保守，因此，当蒋一看到身下的这个女子，凹陷的眼眶里有了晶莹的泪水，突然很有成就感。

那么多年了，章瑶经历过了不少男人，唯独在蒋一的身上，她闻到了一股与陈棋类似的气息。不确切的体味，梦境一样恍惚，有因清醒而导致的失真感，它总在章瑶想认真把握的时候，突然消失得无影无踪。

当代中国最具实力中青年作家书系

恍惚中，章瑶感觉到蒋一用手机替她拍了几张照。她睁开眼睛，看到了墙体上挂着的那幅画，仿佛有一个模模糊糊的人镶嵌在墙体里望着她。看到章瑶睁开眼，蒋一说："你睡觉的样子真好看！"不知是安慰还是恭维，当章瑶提出要蒋一删除手机中的照片时，蒋一提出保留一张她侧脸的照片以作纪念。

"除了我之外，没有人知道这张照片是你！"蒋一说。

那是两个月前的事情了。之后蒋一约过章瑶几次，都被章瑶拒绝了。到后来，蒋一再也没打电话来，章瑶敏感，她知道，去浙江美院进修的小美回来了。

从二十八楼往下望，是小区里的花圃和通道，让人有轻微的晕眩。抬起头来，城市朝远天铺展开去，一些明显的地标建筑，出现在城市的各个方向，与章瑶平时从地面感觉到的位置不一样。大街上行人穿梭，汽车密集驶过，章瑶突然产生强烈的飞翔愿望，甚至，都有些难以控制。就好像有一个小人驻扎在大脑里，不停地命令你往下跳。

把身体伏在蒋一阳台的栏杆上，章瑶想，如果自己再次自杀，也许选择小美的这种方式不错，在生命落幕的时候，体验一次飞翔的感觉。她甚至觉得，自己的灵魂与肉身，会在跃出阳台的那一瞬间完全分离，就像那些被弹出机舱的飞行员一样，她的灵魂会借助肉身的迅速坠落而获得上升的力量。但章瑶又想，如果从那么高的楼上跳下去，那么她的身体一定会摔得血肉模糊，这是章瑶不愿意看到的，她不想让在天堂的陈棋在见到她的时候，会因她身体的残破而认不出她来。

出于难以控制的好奇，在小美死了以后，章瑶曾经通过不同的小道打听过那个姑娘。蒋一曾对章瑶说，小美一直有着轻微的忧郁症。他说小美从小生活在单亲家庭，父母在她出生不久后就开始日复一日的争吵，在他们旷日持久的战争中，小美会一个人走出家门，坐在门外的楼梯上默默地哭泣。她的忧郁症就是那个时候患上的。

但是章瑶仍然固执地认为，小美的死与自己有关。她后悔自己当时由于心软，没有坚持要蒋一把手机上照她睡姿的照片全部删除。她担心，小美会从蒋一的手机上看到那张照片。不用说，如果墙体上的那张油画是小美画的，那么蒋一那天夜里用手机给章瑶照的照片，背景上的那幅画哪怕只是一个小小的局部，也会暴露初夏的那个夜晚发生在这个屋子里的一切，谁让她是一个学美术的呢？小美从章瑶与蒋一做爱的卧室走出阳台，从那儿飞身而下，是否是以这种方式来对蒋一的滥情表示抗议？

五

水从头顶上淋了下来，跌落在章瑶的肩上，然后化成无数细小的水花，反弹到了整体浴室的玻璃上。自杀前的那些日子，章瑶几乎每晚都要到浴室里洗个澡，仿佛想把这些年曾经留在她身体上的印迹洗掉，才能去另外一个世界见陈棋。自杀的那天晚上，当章瑶脱光衣服钻进浴室，家里的电话就响了，专注而且持久。章瑶不知道此时是谁打电话来，她也不想知道。借着卫生间里的灯光，章瑶看着那些水滴缓慢移动，慢慢汇聚成一股股细流，沿着玻璃流到了地面。

这样的洗浴已经接近两个钟头，像是在享受最后一次沐浴，章瑶的洗浴充满了强烈的仪式感，缓慢、专注，完全沉浸在对自

当代中国最具实力中青年作家书系

己身体的抚摸中。手机是早已关机了，但在她洗澡的过程中，一直有人把电话打在座机上，而且每一次铃响，延续的时间都特别长，可以感觉到打电话的人是一直举着电话，直到所打的电话无人接自动断掉。但是间隔的时间不超过五分钟，电话铃声又会响起。

终于，章瑶洗完了澡，她来到卧室，换上了一套白底蓝格的棉布睡衣，然后用吹风机将头发吹干。镜子里，是一个女人美丽、平静而又决心已定的面孔。章瑶注意到，沐浴之后，搽上晚霜，她的脸上几乎没有岁月留下的痕迹，尤其是嘴唇，即使是不化妆，也洋溢着一种鲜艳的色泽，这让她感到很满意。把这一切收拾停当以后，章瑶对着镜子里的脸笑了一下，然后她来到客厅、书房、主卧室、卫生间，把所有的窗子都关死，最后她返回到客厅，把通向餐厅的门敞开，走进去打开了煤气，才从容地来到卧室。凭感觉，章瑶觉得电话是朵朵打来的，她没有勇气接她的电话，担心只要拿起电话来，她就会动摇。章瑶有些歉意，趴在床头柜那儿，给朵朵留了遗言，然后才躺在那张她新换了被子和床单的床上。

章瑶的身旁，在她的左手和身体之间，放着那个小木头盒子，里面是陈棋的照片。那一天晚上，当章瑶把一切都安排妥当后，她闭上眼睛，等待着最后时刻的到来。煤气已经飘进卧室来，章瑶看不见它，却能感觉到它正轻盈地覆盖下来，可就在这个时候，床头上放着的电话突然响了起来，章瑶接起电话，果真是朵朵打来的。"别了，朵朵！"章瑶没有给朵朵说话的机会，她压下电话，把床头的电话线也给拨了，她知道，现在即使他们知道她打开了煤气准备自杀立马赶来，也来不及了！

屋子里的气味越来越浓了，章瑶昏昏欲睡，她感觉到自己身下的床像是变得越来越宽，而且非常的柔软和舒适，恍惚之中，她看见了陈棋的脸。

由于朵朵的介入，章瑶最终还是没能够自杀成。那天章瑶的自杀不仅惊动了120，也惊动了110，他们合力在章瑶跨入鬼门关的那一瞬间，把她又给拽了回来。事后，朵朵与章瑶形影不离，但她也不知道怎样解开章瑶的心结。

从医院回来养病的那些天，章瑶整天把陈棋的那些照片翻出来看，表情极尽温柔，这启发了朵朵。

"要不，收养个孩子吧，或者，干脆人工授精，生个自己的孩子？"朵朵说。

章瑶不想说话，她摇了摇头。

"真的，怀一个你的孩子，你可以把他当成陈棋来养！"

章瑶抬起头来望了一眼朵朵，她把朵朵的话听进去了。

朵朵虽然这么建议，但真要实施，事情又变得非常具体和复杂。

如果小美不以自杀的方式结束人生，并且让章瑶心中有些歉意，那么蒋一也许会是章瑶愿意接受的捐精对象。但是小美现在成为了章瑶心中的一个阴影，她知道自己只有彻底忘记蒋一，才能最终把小美也忘掉。

一旦决定接受人工授精，有一系列的事情要做，先得有结婚证，以证明自己是久婚不育，才能办理相关的手续。朵朵花了五百块钱，找人为章瑶做了一份结婚证书。结婚的照片是合成的，女的就是章瑶，而男的则是朵朵的前夫。照片是黑白的，章瑶笑容满面，仿佛为即将到来的婚姻生活陶醉，而朵朵的前夫却面无表情，如同是被章瑶绑架了一样。章瑶也弄不明白，朵朵与她的前夫在离婚前三天两头吵，都视对方为眼中钉，离了婚以后，关系相反比原来好得多，不时会约了在餐馆吃顿饭。

"还会不会上床？"章瑶有一次问朵朵。

"太熟悉啦！"朵朵摇了摇头说，"何况他也没提出来过。"

"他要是提出来……"章瑶歪着头问，"你不会拒绝吧！"

"睡就睡吧！"朵朵一副无所谓的样子，"又不是没有睡过。"

办好结婚证，又要向医院提出申请，好在这一切都有朵朵替章瑶操心。医院是不能在章瑶的医院，大家都知道她没有结过婚，弄个结婚证来申请人工授精，容易穿帮。好在朵朵本身也在医院系统工作，有不少熟悉的人，因此没费太大的力，就为章瑶联系好了一家三甲医院。

然而真的要接受人工授精，新的问题又来了。要是捐精者潜藏没有被检查出来的家族疾病，或者长相太难看无法接受怎么办？折腾来折腾去，朵朵甚至建议："要不让杜天宇来捐？"杜天宇就是朵朵的前夫，他是位退役了的游泳运动员，年轻时有着极好的身材，倒三角形，脸部要棱有棱要角有角，但退役以后，游泳池把他当年化在里面的脂肪又还给了他。

"太熟的人不行。"章瑶说，"真的有了孩子，以后不知道怎样相处！"

"也是，何况现在的他根本看不成了。"朵朵说，"只是十多年时间，他怎么就从一只青蛙变成了一只牛蛙？"

通常，接受捐精的人与捐精者不会见面，以免以后有牵扯不清的事情，但是朵朵还是把邹树义带来给章瑶认识。当然，朵朵说，她并没有与邹树义说捐精的事情，只是说几个朋友聚一聚。

邹树义不是丹城人，他成长的地方在几百公里以外的贵阳，有着修长的身材和英俊的五官，据说在大学读书时，还是校排球队的。关键是他还是个天体物理的研究生，学这样专业的人，智商不会低。

"邹树义是最理想的人选了！"朵朵说。

提前几天，朵朵就在丹城一个小资味十足的餐厅"赖克春天"订了一个卡座，但接受捐精的章瑶远远不像朵朵那样热心。到了约会那天，上午朵朵还打电话提醒过，但因为没有往心里去，到了下午章瑶把这事情又忘了，那天是周末，章瑶在自己的卧室睡到了下午五点，把与邹树义见面的事情忘记得一干二净，直到朵朵把电话打过来。

"要不算了？"章瑶懒洋洋地说。

"你来了之后，见到邹树义，你就会动心的，我保证！"朵朵在电话里说，"真正的帅哥，关键是还有内涵！"

经不住朵朵的一再恳求，章瑶决定还是去见见朵朵隆重推出的邹树义。出门前她对着卫生间的镜子化了淡妆。镜子中的那张美丽的脸有些虚幻，仿佛有什么东西正在流失。不知从什么时候起，她越来越不满自己这张脸，呆板、冷漠、寡趣、毫无生机，仿佛谢幕以后的舞台。一个女人过了三十岁，镜子中的脸就开始凋零，尤其让人悲观的是，即使对这张脸再失望，它也是你这一生最美的时刻，以后还将随着时光的流逝而塌陷。每一天在镜子前面对这张脸，似乎感受不到太大的差异，只有章瑶心里清楚，就像蓄电池一样，外表没有什么变化，但里面的能量消失得差不多了。

开车从小区出来，恰好遇上傍晚下班的高峰期，街上的汽车仿佛被谁突然施了魔法，全部熄了火，只有喇叭偶尔无谓地响起。章瑶所在的丹城，因为最近在修地铁，路面突然出现无数的铁皮隔挡，就像一个人的主动脉出现无数血栓，再活泼的血液也难以流动了。与章瑶的标致车并行的，是一辆小奔，里面坐着一个穿红衣的姑娘，看上去年纪与自己差不多，她徒劳地转动着方向盘，偶尔会泄愤一般按两声喇叭。章瑶猜想她或许也是去相亲的。这几年，丹城的大龄女子越来越多，她们整天不是在相亲，就是在去相亲的路上。

"赖客春天"是丹城的一家西餐厅，弥漫着小布尔乔亚情调，只要开业，里面从早到晚环绕着靡靡之音，抒情、感伤，容易让人逆时光重温往昔刻骨铭心的经历。

章瑶把车泊好走进去的时候，已经快晚上七点半了，街上的路灯已经开始工作，空气中不知道从哪儿传来央视《焦点访谈》的背景音乐。这个地方以前章瑶来过，刚走进去，朵朵就从卡座上站起来，向章瑶招手，借着餐厅里的灯光，章瑶看到有一个男子坐在朵朵的对面，的确像朵朵说的那样，长相英俊。

章瑶注意到，当她坐下来的时候，坐在她对面的邹树义很注意地望了她一眼。就是这一眼，章瑶知道朵朵一定跟邹树义谈到了她想要人工授精的这件事情。

与邹树义见面，给捐精带来了一些麻烦事情。原本，邹树义答应给章瑶捐精的，但见到章瑶以后，他改变了主意，所以在约定好的时间，邹树义没有去医院。

"不是说得好好的吗，小邹？"朵朵打电话问邹树义。

"主要是……"邹树义吞吞吐吐地说。

"对你也没有什么伤害啊？"朵朵说，"你们男子，水满则溢，何况有时你们不也自我解决？"

"我是说……"邹树义在电话里试图解释。

"如果你愿意的话，我们还可以再付你点报酬！"

"我不是那个意思！"邹树义说。

"那是什么意思？"

"我能不能直接捐给你的那位好友章瑶？"

"你的意思是？"

"与她直接发生性爱，捐给她不是更自然？"

"你混蛋！"朵朵气得挂断了电话。

但是在给章瑶打电话说这事的时候，朵朵又改变了主意。

"我们不就想怀上一个孩子吗？"朵朵给章瑶做工作说，"至于选择哪一种方法授精，并不重要。"

但是章瑶反对，她说："世界上最枯燥的性爱，莫过于这种有目的有计划种人的性爱了！"

"邹树义说的其实也挺有道理，既然能够自然受孕，为什么还要做人工的呢？我在一个资料上看了，自然受孕的孩子，要聪明一些。"朵朵说。

章瑶依然反对："他不捐就算了！"

"自然捐精就自然捐精吧，"朵朵说，"没什么大不了的！"

"这种事情过于别扭！"章瑶说。

"以前，你不是也有过这种经历嘛。"朵朵劝章瑶说，"和那个叫蒋一的心理医生，你不也有过？"

"身体有了需求与人上床是一回事情，这种纯粹为了要孩子与人上床又是另外一回事情。"章瑶说，"为了怀孕这种事情与一个人上床，还要与他的目光对视，太难受了。"

"也不能怪人家邹树义。"朵朵说，"邹树义跟我说了，你是他见到的最性感的女人，他根本控制不住自己。"

"那是他的事情！"

"说明你有吸引力嘛！"朵朵说，"就一次，完了咱们就再不与他见面！"

经不住朵朵的苦口婆心和一再劝告，章瑶只得同意了，却提出与邹树义见面的那天晚上，不能开房间里的灯。

朵朵是个细心的女人，她在丹城酒店订了一间大床房，还特意在房间里作了布置，洒了章瑶特别喜欢的男士香水，又嘱托邹树义到时要温柔一些，她说章瑶虽然年纪要大几岁，但女人在这种事情上，骨子里常常是被动的。

然而让朵朵意外的是，那天晚上，当邹树义进入房间以后，章瑶就后悔了，她拉亮了电灯，费劲地与邹树义交流，但邹树义根本不听去，他走过来抱住了章瑶，说箭在弦上了，哪能不发，那一瞬间，章瑶不知道为什么，突然会想起二十年前，那个在矿城用刀刺死陈棋的小流氓来。

"邹树义！不行！"章瑶的声音相当坚决。

但邹树义却不管章瑶行不行，强行去脱章瑶的睡衣，章瑶在邹树义的身下开始反抗和挣扎，但是这个校排球队前队员显然知道如何用手控制住对手，当他固执地进入章瑶身体的时候，趁他得手之后的疏忽，章瑶腾出了手来，抓伤了邹树义，她想让他知难而退，哪想到她的暴力反倒刺激了邹树义。

事毕，邹树义心满意足离开了丹城酒店，临走时还伸手拍了拍章瑶丰满的臀部，章瑶蜷缩在床上，委屈得哭了起来。

看来，邹树义还真是个生命力强的男人，第二个月，例假没有如期到来，章瑶去药店买了测试纸。真见鬼！还真的怀上了邹树义的孩子，只是让朵朵不明白的是，为什么章瑶在身体有反应之后，冷着心肠把邹树义硬塞给她的孩子，又还给了自然。

"睡都睡了，好不容易怀上孩子，做掉多可惜？"朵朵有些生气。

"我只是觉得，"章瑶说，"与邹树义生的孩子，以后不会像陈棋！"

"那和谁生出来的会像陈棋？"朵朵说，"除非陈棋活过来！"

有什么东西在心里一动，当时，章瑶就有了一个怪异的想法。

大约半年以后，章瑶回了一次乐马矿城。

矿城变化很大，几乎看不出当年的痕迹。时光的流逝让所有人变得苍老，唯有小镇不断地脱胎换骨，变得年轻而陌生。记忆中的老建筑消失了，灰飞烟灭，无迹可寻。过去的空间耸立起崭新的建筑，近在咫尺的建筑，让曾经的记忆虚幻而可疑。

但是，街尾一幢低矮但绵长的建筑，却从矿城日新月异中保留了下来，昔日的粮管所仓库，墙体的颜色呈黄色，与矿城所有的建筑大相径庭。陈棋大步从仓库外面的公路走过的情景，久远而清晰，那时，他只有十六岁，刚上高中，唇边细细的绒毛开始变黑，身上有一股青涩玉米的味道。章瑶记得自己跟在他的身后，仿佛他走过之后，空气中留下一个看不见的甬道，人一进去，大地迅速沉沦，让人幸福而迷醉。后来她又想起出事的那天下午，当她与陈棋去郊外的打谷场，两人在通过粮站的仓库外面时，陈棋停了下来，蹲在了章瑶的身旁，为她系上散开的鞋带。红色的鞋带，系成了蝴蝶的形状，透过陈棋脑后短而密集的头发，隐约

当代中国最具实力中青年作家书系

可以见到下面发青的头皮。

陈棋的母亲早逝，好像是在章瑶刚上小学的时候就去世了。章瑶是在长大以后，才逐渐明白过来，为何在当年，没人的时候，陈棋喜欢蹲下去，抱住她的双腿，把头埋在她的大腿之间。多年以后的章瑶想起这个情景，内心突然变得潮润，有呵护和疼惜谁的强烈愿望。是啊，当年的陈棋多么像一个孩子，他蹲在地上抱住她的模样，清晰而又具体。但是在当年，章瑶体会不到这些，每当陈棋抱住她的时候她都会非常紧张，担心陈棋发现她的秘密。

仿佛又回到了多年前的那个夏天，那个刻骨铭心的下午，她与陈棋一同去矿城外的打谷场，阳光下的稻田铺陈到远处，空气中有一种谷粒灌浆的气味，隐隐约约，像是在耳边发生幻听的一段旧乐曲。正在发育的少女章瑶突然心旌摇荡，不能自持。那时，昨晚降落的雨水，正顺着火辣辣的光线升腾，她捕捉到了空气中的一股神秘味道，好闻、亲切，仿佛有着无限广阔的未来等待开展，带给人莫名的甜蜜。

章瑶这次回矿城，住在了表姐家。

章瑶的表姐当年没能考上大学，中学毕业以后在矿山的机修厂找了份工作，后来又辞职出来，在矿城开了一家餐馆。四十的表姐看上去已经有了沧桑感，虽然还残存着尚未褪尽的风韵，但她的笑容里已经沉淀了太多的世故与欲望。不过如果从后面看过去，会有另外的感受。表姐的背部看上去远比正面更动人。看不见面孔，相反让人有想象的空间。表姐是宽臀，走起路来左右轻微晃动，丰盈中的肥沃，让人想入非非，这块土地如果用来孕育新的生命，一定会活力无限。

回到矿城的当天夜里，章瑶约请表姐与她同睡。得知章瑶至今仍然单身，表姐非常不解。她说，以你这样的条件，想找什么样的人找不到啊？

"如果要找个人结婚并不难，但找不到像陈棋那样对我好的人了！"

"他死了都快二十年了，"表姐叹了一口气说，"你还没忘记他？"

说起当年，章瑶之所以注意上了陈棋，还是因为表姐的母亲，也就是章瑶的姨妈来家里玩的时候，常常会谈起陈棋的父亲——那个技术了得的机械师。

"他父亲现在怎么样了？"

"退休几年了啊，"表姐说，"他之后又结了两次婚，但都离了，女人们喜欢他，可一旦跟他生活了，又接受不了他不时会出墙。"

"表姐……"

"嗯？"

这天夜里，章瑶把一切都告诉给了表姐，包括她十八岁的那年准备自杀，又怎样冥冥之中感到陈棋在阻止她，靠着陈棋的那些照片，她又活了十多年。现在，她想怀一个孩子，把他当陈棋来养。

"你的意思是？"

"我想怀一个孩子，而且希望这个孩子生出来以后，像陈棋！"

"像陈棋？怎么可能呢？除非……"

"是的，表姐！"章瑶说，"可这种事情我没法出面，而且也无法面对，所以只好请表姐帮忙了！"

沉默了一下，表姐缓缓地说："我知道你的想法了！"

当代中国最具实力中青年作家书系

第二年的初夏，当章瑶重新回矿城的时候，她的身体看上去臃肿。来的路上，雨一直在下，空气中弥漫着一种腐殖土的气息，好像雨水把土地的表皮翻开，陈年的气味散发开来，就像是有意让人想起过去遥远的一段记忆。

　　车窗内外气温有别，从天而降的雨水让车外的温度要低一些，车窗的玻璃上，因此覆盖了一层水雾，让原本光滑通透的玻璃变得毛糙而晦暗。矿城乐马的街景变得模糊起来，章瑶伸出手指，在结满水珠的车窗上画了两只眼睛，对称的眼睛，线条变得明亮，能从中看见外面移动的景物。但是，当新的水雾覆盖上去，章瑶看到眼角的地方变得浮肿，雾气结成的水滴从那里流了下来。像是谁的泪水，带给人与季节完全背离的凉意。

　　来到矿城乐马的当天下午，雨停了，太阳从云缝中露出头来。这是五月初的一个下午，章瑶一个人悄悄离开了表姐的家，去了郊外的公墓，一个人走得格外缓慢与小心。与十多年前相比，公墓的规模扩大了许多，章瑶在一片灰白色的水泥墓碑里找到陈棋。章瑶有些费劲地在墓旁坐了下来，望着公墓对面青翠的远山，感到周遭的一切充满了生机。

　　在重返乐马矿城之前，章瑶在自己的医院找熟人检查过了，是个男孩子。腹中的这个孩子，照理说应该算是陈棋同父异母的兄弟。但不知道为什么，坐在陈棋的墓前，章瑶用手轻轻地抚摸着肚子里的胎儿，总觉得她怀上的就是陈棋。

　　"没想到，"章瑶望着自己的肚子悄悄说，"你是以这种方式重生。"

　　那天下午，章瑶在陈棋的墓地坐了很久，以前，他总是觉得陈棋在什么地方偷偷地望着她，而现在，她感觉他跑进自己肚子里来了。"陈棋！"章瑶轻轻叫了一声，仿佛是与她呼应似的，腹中的孩子用力蹬了章瑶一脚，章瑶把脸埋在手里，她想起了二十年前，陈棋蹲在她的身前，抱着她的腿，像一个孩子那样，章瑶突然笑了。

　　离开墓地之前，章瑶不知为何想起了当年陈棋讲过的那个关于照片的故事，她从包里拿出手机来，调到照相的功能上，然后伸直右手，把手机上的镜头对准自己的脸，在按下快门的那一瞬间，章瑶突然想，手机照下的影像里，她的身旁，会不会有陈棋影子？

当代中国最具实力中青年作家书系

下野石手记

　　多年来，我一直保持着记录梦的习惯。在那些没有被意识遮蔽的睡梦中，一定隐藏着许多人生秘密。我做过许多古怪的梦，梦中我天马行空，来去自由，手握一张万能的通行证，在天堂与地狱或者过去与未来之间往来穿梭，无人阻拦。一些梦，仿佛埋下的人生伏笔，此后的生活经历会或明或暗作照应，而另外的一些梦，有如突发的偶遇，与此后的人生背道而驰。还有一些梦，与我的记忆掺杂在一起，难以辨别清楚是非真假。有一天，当我翻阅那些我记录下来的梦时，我注意到了一个地名："下野石"。那是我三十多年前插队的地方，当我把涉及下野石的梦搜索出来，意外地发现那些或独立，或相互联系的梦，竟然可以按一定的故事逻辑进行排列。

　　奇怪的是，那些可以按照一定故事逻辑排列的梦，时间上却显出了混乱。就像一排行走在公路上的人，如果我按高矮的秩序将他们进行排列，他们的年龄未必都与身高成正比。有一些梦，按照故事逻辑应该在前，但在我的记录时间上却比较靠后，这增加了我排列的难度。

很多时候，一个夜晚的梦并不单纯。它们混沌、杂乱、模糊，一些片断却又无比清晰，仿佛现实中的亲身经历。如同在矿石中冶炼出真正的金属，就必须抛弃掉大量的废渣一样，很多时候我的记录只保留了梦境中的某个片断，或者只是一个场景，目的是为了让清晰的更清晰，让模糊的沉入记忆的深处。

二○○三年五月二十五日，星期日，雨

雨一直在下，空气中散发着泥土的腥味，仿佛地上的每一片落叶背后，都藏着一尾正在腐烂的鱼。我背着简单的旅行包，从滇西的扶贫点回来，行走在昆明城寂静的街道上。四周没有其他的人，只有雨，无休无止的雨。有一会儿，我看见了雨停留在空中，它们像被施了魔法，突然停止了下落，失去了速度。停在空中的雨滴，颗粒圆润，饱满，看上去晶莹剔透，如同一面面小小的镜子，我在里面看见了自己的脸。

穿过单位的大门，我把飘浮在空中的雨滴吮吸进嘴里，就在我越过后院花台的时候，雨重新恢复了速度，以我熟悉的方式降落下来。好在宿舍就在眼前，我穿过雨幕，看见有人在我屋子的木门上面画了一个模糊的头像。我以为是单位同事那调皮的小孩画的，但是当我认真一看，木门上的头像线条简洁，手法干练，绝不拖泥带水，不像出自孩子顽皮的手。雨天空气潮湿，粉笔画的线条看上去有些暗淡，但却无法掩盖头像那桀骜不驯的个性。木门的下方，一些看不见的雨水正顺着木质的纹路向上攀援，在木质的深处，成千上万的水分子悄无声息暗夜疾行，是它们让木门的下部显得色泽较深，隔着一定距离看上去，木门上的水迹仿佛一件奇特的上衣。

这里是我过去单身时的住房，离异以后我又搬回了这里。当我把宿舍打开，里面陈腐的空气立即涌了出来，带着一股呛人的霉味。宿舍是单位的老房子，新中国成立以前的老建筑，带有哥特式的意味，空间很大，有一个高耸的窗户，常常勾勒出一枚导弹丰满的剪影。屋子靠门边的地板上，散落着几封信件，它们是我离开昆明以后，收发室的老马从门缝里塞进来的。放下手中的行李，借着身后的亮光，我把信拾了起来，并且注意到了其中的一封信既没有贴邮票，也没有写收信人地址。信封上只写了我的名字，流畅的字迹舒展大方，我端详了片刻，一直没有把这封信，与门上那个模糊的头像联系起来。

那封有着漂亮手书的信引起了我的好奇。打开屋子里的灯，我在靠窗的藤椅里坐了下来。我把信封撕开，打开里面的信纸，看见有人在信纸的当头，把我称为"猴子"。这是个相当陌生的称呼，遥远得恍若隔世。这是二十多年前，我在下野石插队时的绰号，已经多少年没人叫了，以至于我对信件上曾经的亲密称呼，有一种因间隔时间太长而产生的轻微不适。但是我知道，写信的人一定是我在下野石插队时关系密切的朋友。我迅速打开最后一页信纸，看了信纸下面的落款，但是字迹太潦草，一时辨认不出来，仔细看，依稀是"老枪"两个字。

信的主要内容，是老枪回忆这二十年来，他在沙平湾农场劳动改造的简要过程。我怎么不知道曾有一个哥们儿关在沙平湾？信中，老枪告诉我他刑满释放了，想回下野石去看看小美，给她烧点纸钱。在读信的过程中，我一直在回忆老枪是谁，大脑就像一个黑暗的仓库，我根本无法整理和清点。可是当我把目光重新停留在信纸最后的署名时，黑暗的仓库被天空中的闪电照亮。老枪不就是海青的绰号吗？我的手指仿佛被信封携带的电流弹开，信纸飘落在地上。

海青二十年前被枪毙了。脑子有些木，我发呆地看着地板上的信纸，一共五张，飘得最远的是两张，中间一张横贴在地板上，靠近我的两张叠在一起，这几张信纸晃眼看去，构成了一个人模糊的面孔。我想起了木门上那个粉笔画的头像，海青的面孔在我的脑子里渐渐清晰起来，如同暗室里显影液中逐渐成像的底片，从记忆的深处脱颖而出。

印象中早已死掉的海青在二十多年以后，来昆明找我，并且告诉我他已经去了下野石。我决定像他那样，重返当年我插队落户的地方。

一九八七年十月七日，星期三，晴，中秋

一大早我来到车站，准备到下野石去。

迎面扑来的是嘈杂的人声，远远望去，昏黄的电灯下面，是无数的小面馆和米线摊，黑暗的空地上，间或看见一个冒着火苗的火炉，上面是散发着白色蒸气的蒸笼。人影幢幢，空气中弥漫着让人心急的气息。黑夜仿佛正变得越来越漫长。离天亮还差不多有一个小时，人们乘坐长途汽车赶远路，通常要赶早。在云南，公路的等级低，弯道多，路面凸凹不平，接下来的旅行吉凶难料，因此长途汽车司机总是选择天不亮就发车，路上的时间充裕，可以从容应对一些突如其来的麻烦。

仿佛是要与余乐庆一起去，他是我单位的同事，喜欢吹黑管。他没有在下野石插过队，也从来没有去过那里。

从昆明到下野石有大约六百公里的路程，我得先乘车到滇东北重镇昭通，再从那里转车到靖江。当然也不是真正到靖江，而是要在从昭通去靖江的路上下车，有一个地方叫岔河，从那里沿谷往西拐进去，大约二十公里，就是我当年插队的下野石。当然，如果从四川宜宾方向过来，则要先到靖江，才可能到岔河。

　　差不多有十年没有这么赶早乘车了。由于担心误车，临行前的夜晚总是难以睡踏实，不停地惊醒，不停地看表，等真正睡意来的时候，往往该起床往车站赶了。除了那些依靠车站谋生的人们，我估计不会有太多的人喜欢车站，尤其是黎明前的车站。在我看来，黎明前的车站，有如城市一块难以愈合的溃疡，混乱、红肿、不洁，永远弥漫着一种危险的气息。

　　不知道为什么，我乘坐的汽车总是无法发动。司机骂骂咧咧，从座位后面抽出一个 Z 字形的搅棍，打开车门，跳了下去。他来到汽车的前方，把搅棍从防护杆前面的一个小孔插了进去，用力旋转了几下搅棍，汽车终于发动起来。

　　直到汽车启动，余乐庆都没有出现。他像是忘记要与我一起去下野石的事了。独自旅行让我有一些失落。透过车窗玻璃望着乱糟糟的车站，我发现这是一个改变人生的地方。坐上长途汽车，一切就身不由己。生命和安全被一个完全陌生的人掌握，无法左右，只能听天由命。当汽车驶出车站，穿行在黎明前昆明的街道，我看见那些紧闭的店铺在窗外迅速向后退去。人有些恍惚，一切都显得虚幻，感觉自己仿佛是在睡梦之中，逃离一座空城。当汽车驶出郊外，清新的空气从窗缝中吹拂过来，仿佛又才回到踏实的世界。但是天空依旧没有放亮，此时的汽车打亮车灯，如果从远处观看，黑暗中行驶的汽车就如同一个发光的箭镞，在滇中大地缓慢游动。

只有在梦境中，我才可能在须臾之间到了空山一带，月光清冽地从天空照射下来，空气透明得没有一丝杂质。弹石铺成的公路泛着白光，随山势向远处延伸。公路两旁合抱粗的行道树，全部被腰斩，秃头秃脑的树，排成两行，身子僵硬，固执的肉身，灵魂已经远去，却将根须伸进了土地的深处。

有一会儿，当我从汽车前面的挡风玻璃望出去，车灯照射下的公路，如同一个移动的传送带，由远及近，消失在车轮下面，传来沙沙沙的声音，似乎是汽车停着，而传送带快速地滑动。偶尔，又会觉得汽车是一只怪兽，正将车灯照射下的公路一段段吞食。只是，当汽车惊醒夜宿在路边的鸟儿，群鸟在汽车的驱赶下往前飞行，在熹微的光线中，它们翻飞如落叶。

一九七九年五月八日，星期二，晴

不是每一块生活过的地方都让人怀念，比如下野石。可是偏偏每隔一段时间，就会梦到自己又回到那里，绝望地进行无休止的劳作，不知何时是尽头。

好像是从家里过完春节返回下野石。由于是从四川宜宾方向过来，我得先在靖江住上一夜，再从那儿搭便车到岔河。如果运气好的话，我可以在路上碰到大队运粮的马车。那个时候，在下野石插队的知青已经流失了不少，曾有过的战天斗地的激情，被日复一日繁重的劳作所吞噬，我之所以过完年就老老实实往插队的地方赶，就想给队里的干部留下一个好印象，我心里盘算，如果不出意外的话，该推荐我去读大学了，最次也应该给我一个招工的名额。

在靖江的那天夜里，我一直难以入睡，等我醒过来，已经是上午快十点了。我慌忙洗漱之后离开招待所，来到城外通向岔河的公路边等汽车。从城里出来时，我就感觉到有一些奇怪，街上见不到什么行人，小城里有一种古怪的安静。

　　在城外的桥头坐了十多分钟，从那里可以看见下面的金沙江。江水流淌，传来河水撞击岩石的声音。江边有空旷的河滩，阳光的照射下，鹅卵石散发着白光。突然，我听见有喧嚷声传来，回头一看，身后的小城有人狂奔而出，越来越多，孩子们跑在最前面，紧接着是成年的男人和妇女，紧张的脸上有奇异的兴奋，好像都涂抹了一层亮亮的桐油。他们从我面前的石桥上跑过，不顾一切蹿下河滩，人们发出嗷嗷嗷的叫声，杂乱的脚步将公路上的尘土扬起。

　　发生什么事了？我满腹疑惑望着越来越多的人，但是很快，我就看见了从城里缓慢驶过来的汽车。

　　我突然就反应过来了。原来是县里处决人犯。在靖江，也许在中国的每一座县城，枪毙人犯都是件让人好奇的事情。人为地突然终止一个人的生命，似乎会带给许多人奇异的感觉，否则我找不到他们好奇的理由。刚才还空旷和冷清的河滩，瞬间来了许多人，仿佛那个地方很快有一个巨大的仪典就要开始。

　　我没有跟随着人们去河滩，而是爬到桥头一旁的土埂上。站在那里，可以毫无障碍地看见押解人犯的汽车驶过来，一共四辆汽车，车顶的篷布被取掉了，两排持枪的民兵整齐地站在车厢的两边。在打头的一辆解放牌汽车的车厢里，被五花大绑的人犯被剪光了头发，胸前挂着一个纸牌，上面是用毛笔蘸墨写就的人犯名字以及一个红色的大叉。等汽车驶近，我突然发现打头的人犯是海青。

像是被速冻了一般，我浑身僵硬，张开的嘴无法合上。我看见目空一切的海青，他的眼睛一直凝视前方，他没有朝我站的这个方向看，否则我可能会立马瘫掉。我的皮肤一阵阵发麻，有千颗万颗小针同时刺着，做贼心虚的报应。

人群潮水一般涌向江边的河滩地，地势的凸凹不平，使黑压压的人头不断起伏，在黄土地上，如同墨汁泼洒在劣质的宣纸后迅速洇洇。阳光的照射下，我有一些恍惚，暂时的失聪让我听不见其他声音，只有烦躁的蜂鸣从天而降，空中仿佛有一个无形的网罩。我一屁股坐在土埂上，身旁的一切突然变得虚幻，像是梦境之中的梦境。一只蚂蚁离开泥土，爬上了我脚边的一棵倾斜的茅草。

喧嚣的河滩安静了下来，人犯被带下汽车，押解到了靠近江水的河滩边。两排手握钢枪的基干民兵站成一个弧形，形成一道稀疏的人墙，把看热闹的人们隔在了外面。三个等待处决的人犯一字排开，他们中就有海青。远远望过去，我看见他们面对江水跪在沙地上，每个人的身后都站有一个扎红布带的民兵，正用带刺刀的枪抵着他们的后背。一个身着老式公安蓝警服的人站在一旁，他的手中举着一把红旗，我听见他喊预备的声音传来，尖利，刺耳，让人恶心。他手中的红旗有力地从上往下挥过。"放！"他的口令声刚刚响起，砰的一声枪响，三个面向江水跪着的人一齐往前扑了过去，脸贴在了江边的沙地上。

枪声响起的时候，我感到后背一阵剧痛，空气中像是弥漫着浓烈的血腥味，我弯腰在土埂上呕吐了起来，翻江倒海的呕吐清空了我胃里的所有食物，那些从胃里喷射出来的污物，把那只在茅草尖犹豫不决的蚂蚁淹没了。我最后吐出的，是发着苦味的胆水。

　　当天上午我从靖江县城仓皇逃离。我没有能够搭乘上汽车，而是坐上了一辆从县城到岔河的马车。一路上我失魂落魄，从河滩传来的枪声一直回荡在我的耳边，我知道，如果不是我去告密，海青不至于葬身在靖江县城外面的河滩。

　　　　　　　　　　一九八三年六月二十八日，星期二，阴

　　又梦见自己生活在下野石的知青房。这个梦也许与我大学毕业等待分配有关。内心的紧张和焦灼变化成梦境，夜半醒来，望着宿舍浅黄色油漆涂抹过的天花板，心有余悸。每一次梦见自己又回到下野石生活，身子就会不由自主地发紧，肌肉与皮肤收缩，仿佛只有这样，心脏才不会大幅度跳动。

　　下野石的知青房建在玛楚河边，六七幢石墙草顶的房屋排列整齐。其中三幢住的是女生，四幢住的是男生。刚到下野石时，大队分组，一个生产队一个知青小组，而且按男女生名额各半分配。海青大叫，我们组只要男生！我也跟着鼓噪，其实我是很希望有女生分到我们组的。

　　知青房的一侧，是与河流平行的堰沟，一米多宽的堰沟，里面的水流平缓，伟大的建筑师，让堰沟从上而下一路蜿蜒而来呈匀速降低，仿佛一个人逐渐平复的心情，从而保证了堰沟里面的水流波澜不惊却又暗藏力量。

　　沿途有不少出水口，堰沟里的水借此滋润了玛楚河一侧零星的稻田。在离知青户大约一华里的地方，是大队搭建的磨房。借助堰沟里水流的力量，磨房下面的转轮可以带动皮带，从而让上面的钢磨与擀面机运转起来。偶尔，会有人背着苞谷来磨面，或者把麦子磨碎制成面条，那就要把堰沟通向磨房的闸门打开。磨房工作的时候，钢磨会发出刺耳的嚣叫，尖厉的声音可以传出很远，仿佛是铁质的构件间正发生亡命的撕咬。

不过大多数时间，磨房里面是宁静的。空旷的磨房有一丝热闹过去的静谧和落寞。

一九七六年的秋天，我们的那座知青户只剩下我和海青两个人了。原本住在同一幢房子里有五位知青，其余的三人有一个招工去了县城，有一个被保送去读了大学，另外一个回家养病去了。为了也能够回城，海青把自己的脸弄得像是被硫黄熏过，蜡黄的脸和蜡黄的眼仁，看上去就像一个躺在墓坑边的肝炎患者。

为了配合海青，我躺在床上，把刮胡刀片在手腕上划了一个小口，血从里面流了出来，我准备等人们发现我自杀的时候，我刚好气若游丝。屋子里安静极了，我侧耳倾听外面的声音，我在等待着人们赶来救我。是的，我听见了脚步声传来，伴随着声音的响起，我看见许多从空中踩踏过的脚底，它们越来越大，从我的头上像乌云一样掠过。

一九八四年七月二十日，星期五，阴

晚饭前，我与海青照例打赌做饭。

我们每人都有一本一九七四年新版的《新华字典》，知识青年的标志，谁来都不借。没有更多的书阅读，就读《新华字典》，从头读到尾，又从尾背到头。如果我能说出一个字难住海青，那么这个下午的饭就该他做了。但是我们都更喜欢被人提问，因为一本《新华字典》上的字，都被我们认全了。游戏还得继续下去。不认字了，而是随便说一个字，要对方回答出在几页。后来，这

当代中国最具实力中青年作家书系

一招也玩腻了，主要是难度降低，于是随便说一个字，各人一下子打开字典，谁离那个字的页数最近，谁就是赢家。

我与海青曾凭借这一拿手绝活，外出游荡。从一个知青点到另外一个知青点，不知疲倦。我们像两个走街串巷的货郎，为他们表演认字，还可以一下翻到他们所说的任何一个字所在的页码，让知青们目瞪口呆。我甚至可以把一本《新华字典》顶在左手的食指上旋转起来，让它变成一个眼花缭乱的篮球。但是从外面游历回来，海青对认字没兴趣了，他不知道从哪个知青房顺手拿回来几本书:《民兵反坦克手册》《打空降资料》，还有一本是《外国民歌200首》，不过从封皮上看不出来。

知青房外面，地里的苞谷已经开始灌浆。海青哼:一条小路曲曲弯弯细又长，一直通向迷雾的远方……盛夏季节，最后一次薅草之后，炎热的气候和潮湿的空气代替了我们的劳作，植物在夜晚的水汽中拔节，在白天的阳光下生长。

坐在屋子外面的小凳上，我的确看到了一条小路通向迷雾的远方。

一九九八年九月十九日，星期六，晴

每一个村庄都会有一个自己的客厅。下野石的客厅是位于堰沟边的谷场，离知青户五六百米远，有四五个篮球场大。地面是用石灰、黏土和砂石搅拌后，不断锤打夯实的三合土。每年的秋天，如果天气晴朗，谷场会成为晒场，里面晾晒着从附近田地里收割回来的庄稼，有苞谷、稻谷、大豆……公家的粮食，晒干以后，收进谷场边的仓房。

梦中的谷场，安静，就像刚刚被雨水清洗过。

我刚到下野石的时候，谷场上放着两个大斗。木制的大斗，下面窄上面宽，有将近一米高。一同到野石插队的知青没有人知道它的用途。我喜欢在月明星稀的夜晚，爬进大斗，斜靠在底部，望寂静无垠的星空。我会想到同一个星空下遥远的故乡，我熟悉的街道以及疼爱我的亲人。

不久以后，大斗从谷场上失踪，它被人拖进了谷场边的仓房，直到来年的八月，田里的稻谷成熟，谷场上堆满了从四周稻田里收割回来的稻子，人们才又把雪藏了将近一年的大斗拖到谷场。赤裸上身的庄稼汉子，会抓紧稻秆，用力挥臂，将稻穗拍打在大斗上面。谷粒四下飞溅开来，落进了木制大斗里。

盛夏季节，野石河谷气候炎热，夜晚的谷场成了纳凉的去处。谷子收进仓房，稻草在谷场上面堆积如山。村子里的女人，喜欢晚饭后来到谷场，坐在稻草上做女工，丰腴的女人们，散发着新鲜稻草的气息，让人迷惑。一个十三四岁的男孩也来到了稻草堆旁，立即遭到了村妇们的调笑。男孩用语言反击，给了女人们借口，有人招呼了一声，女人们放下手中的针线，开始在堆满稻草的谷场里追捕男孩。成长中的男孩，隐约知道了女人的好处，似乎并不想真正地躲避，他灵活的身体穿行在女人之间，间或伸出手，就近摸一摸女人晃动的胸脯。被摸的女人立即发出幸福的咆哮，表情认真，目光专注，她快速迈动双腿，伸长手臂，将猎物死死锁定。温柔的天罗地网，终于罩住了男孩，如同一群秃鹫覆盖住猎物。一阵嬉笑之后，男孩被剥了个精光。哺乳期的女人，掏出丰满的乳房，挤了男孩一脸的奶水，女人们嬉笑着一哄而散。追捕与被追捕者角色立即转变，男孩光着身子，一边擦着脸上的奶水，一边朝提着裤头飞奔的女人扑去，女人却瞅准时机，将手中男孩的裤头往后一传，扔在了高高的稻草堆上。

有一会儿，我觉得自己仿佛变成了那个男孩，我在羞耻中感到了一种莫名的快慰，以至于从此之后，我喜欢在夜晚裸睡，但是再也没有如此多女人的手，同时抚摸我年轻而光滑的身体。

不是只有我一个人迷恋上谷场上那木制的大斗。寂静的夜晚，我难以入眠，独自离开知青房，来到谷场。清冷的月光，让大地安静下来，远处的山峦、近处的村寨都清晰可见，没有人影，世界仿佛空掉，只有不远处的河谷里传来流水的声音。木制的大斗里却突然传来响动，眼前站起来两个惊慌的人，光着身子，女人有饱满的乳房，长发飘落下来，遮住了她脸。

一九八四年十月二十五日，星期四，晴

一年中的大多数日子，谷场是空闲的。偶尔，县里的电影放映员会下来放电影，消息提前几天传来，空气中立即弥漫着节日的气氛。到了预定放映的日子，满怀期待的下野石知青会在下午散步时绕到谷场，看那里支没支得桌子。谷场中的桌子，仿佛电影的消息树，见到它，居住在附近的人就会早早来到谷场，把家中的凳子找个好位置放好。等有人把白底黑边的银幕挂在谷场边的篮球架上，意味着这天晚上放电影已经确信无疑，再无变化。

激动人心的时刻就要到来。

通常，如果晚上要放电影，那么在晚饭的时候，电影放映的一切准备皆已就绪。谷场中间的桌子，凳子的统帅，率领无数的板凳，对着白色的银幕，整齐地排列，就像上面坐着一个个看不见的灵魂。

挨近天黑，下野石附近的人们陆续赶来了，谷场里坐满了黑压压的人群。每逢这样的夜晚，谷场里的电影放映员就成为下野石的帝王，人们望穿秋水，期待他的出场，但这个人总是姗姗来迟。由于手中握有左右他人快乐与悲伤的权力，队上的人会好生招待放映员吃晚饭，酒足饭饱之后，放映员才会在人们的翘首以待中出现，一台早就置于谷场边的发动机响了起来，电影机旁的灯影里终于出现了放映员，他看上去庄重、神秘，仿佛比队长还要像队长。

但是只要电影还没放映，谷场上就是沸腾的。大人呼喊小孩或者同伴相互呼唤的声音，此起彼伏。有手电筒的光照过来，又照过去。黑暗让知青格外欣喜，他们可以借助夜幕的掩护，袭击那些年轻的姑娘。惊叫声、责骂声与娇嗔声，让很多人的心中都有一种隐秘的期待。

只要谷场里放电影，其他大队插队的知青也会赶来。河埂上不时有手电光晃过来晃过去。很多人，为了看场电影，宁愿走几十里的山路。电影散场以后，谷场中央那根临时插上的竹竿上，电灯散发着虚弱的光亮，刚才还在电影的召唤下聚集在一起的人们，此时已经消失在谷场四周的田野。电筒的光亮晃动着，向远处弥散开去，星空下，河水流淌的声音再度清晰起来。

在下野石，我看过的电影是阿尔巴尼亚的《第八个是铜像》，电影一开始，六个成年人和一个孩子，在蜿蜒曲折的山路上，护送着一尊铜像。他们要把它送到铜像主人生前的故乡。苍老的游击队员，一路回忆起了与"铜像"易卜拉欣一起的战斗岁月。电影放过之后的一段时间，知青们路上碰到打招呼，全换成了电影里的台词：

一个说：消灭法西斯；

另一个总是回答：自由属于人民！

二〇〇七年二月十二日，星期一，阴

我们都把调皮的知青叫作青皮。王七屯来了个知青也是个青皮，是赵昌的朋友，听赵昌叫他豺狗，说是打架相当厉害。豺狗时常来下野石，与这边的知青都熟了，晚饭过后，大家一起散步到谷场，坐在那里聊天。这一天的豺狗很兴奋，他要告诉大家一个激动人心的消息。左右张望了一下，豺狗低下头来，压低声音告诉我们，下午他在山脚游泳时，看见河里有知青妹子洗澡。衣服一湿，小美的奶子就像……豺狗不知道怎么去形容，他的双手在空中焦急地比画。谷场上的青皮们不相信豺狗有这样的眼福，大家有意表示怀疑，豺狗见自己的发现得不到足够信任，他着急了："狗日的说谎！"豺狗一边诅咒，一边模仿小美在河里洗澡的样子，他出色的表演，让不少青皮激动不已。有青皮打了个呼哨，豺狗得到鼓励，愈发得意，忘情地闭上双眼，嘴唇微张，下嘴唇努力向后收缩，而双手却按在胸前，仿佛他干瘪的胸脯上突然长出一对丰满的乳房。

青皮们屏气凝神，看豺狗模仿小美的样子，如痴如醉地搓洗。突然，豺狗停了下来，伸长脖子手搭凉棚往四周极为夸张地瞭望了一下，然后猛地把头上的军帽拉歪，低下头对坐在谷场上的青皮们说：

同志们啊，你们猜猜我当时想干啥？

有青皮明知故问：想干啥？

想干小美这个呢！豺狗的双手合在一起，比了一个很痞的动作。

就在豺狗忘情表演的时候，海青坐在我的身旁低头咂烟，偶尔抬起头来阴沉地看豺狗一眼。我那一年如果不是身体单薄，也敢阴沉地看豺狗。看豺狗得意的模样，我非常希望海青能够站起来，与豺狗打上一架。

豺狗终于表演累了，他一屁股坐在了地上，从衣服口袋里掏出半包红缨牌香烟，自己抽出一只叼在嘴上，其余的丢在地上让青皮们抽，很大气的样子。海青站了起来，走到豺狗身边，仿佛是弯腰去拿烟，却出人意料把豺狗头上的军帽摘了下来。公鸡叫，母鸡叫，各人抢了各人要！海青一边喊一边把军帽抛在空中，谷场里立即弹起几个青皮，把豺狗的军帽扔过来扔过去。豺狗无法抢到，装作很生气的样子，站在谷场上大叫大嚷，要青皮们把军帽还他。但是军帽被海青用力扔进谷场边的堰沟里去了。

我以为豺狗要奋不顾身跳进堰沟里打捞，没想到他走到海青面前。"捞起来！"豺狗很冷地望着海青。"不捞！"海青说。豺狗伸手用中指摸了一下海青的下巴，两个人就扭打了起来。

哦嗬，哦嗬，坐在谷场上的青皮们兴奋起来，围成一圈观看。有青皮高声叫喊要闪开一些，免得血溅在身上。在下野石插队的知青，都听说过豺狗以打架骁勇闻名，他开过许多人的脑壳，但是他终于碰到对手了。这天不是他开了别人的脑壳，而是自己的脑壳被海青用谷场上的砖头磕开了，血从他头上流了下来，涂了豺狗一脸。

一九七七年三月十五日，星期二，雨

玛楚河边有一座河神庙。不过不是河神住在里面，而是看守仓房的跛子老王住在那里。古老的庙宇，估计建有一百年了，庙子里的那棵核桃树，据说是修建河神庙时栽种的，现在要两个知

当代中国最具实力中青年作家书系

青手拉手才合围得过来。

过去，河神庙里还有一口铜钟。其实也不是铜钟，而是铁钟。很难想象铜钟被撞响后，钟声回荡在玛楚河谷是怎样的一种景象。在中国的乡村，一个小小的庙宇也可能成为世俗生活中的教堂，让人的内心有寄托、担忧与恐惧。但是大炼钢铁的那会儿，铜钟被强行拉去回炉，最后尸骨无存。守仓房的老王说，自从铜钟被拉走以后，河神庙里的蛇就多了起来。蛇是无毒的菜花蛇和乌梢蛇，不时能看到从庙子的廊檐下爬过。

跛子老王与蛇天生有仇。每到冬天，蛇回到洞里休息，丧失抵抗力的爬行动物，躲避是它们唯一的武器。但惊蛰以后，蛇从漫长的睡眠中醒来，它们爬出藏身的洞穴，到旁边的仓房，那是它的餐厅。粮食喂肥的老鼠，是蛇最喜欢的美食，可是老王整天手里拿着一根竹条，背着手，在河神庙和仓房四周巡视，只要见到蛇，他必定躬身上前，用竹条猛抽蛇头下面最细的地方。那是蛇的七寸，最薄弱的地方。我一直不明白为什么蛇的重要器官都藏在身体最细弱的地方。每打到蛇，跛子老王就会用竹竿挑着，来到知青房，有知青敢吃蛇，这让敢打蛇的老王大为惊叹。

后来，跛子老王见到有蛇爬过时，不再急着用竹条去抽打，而是暗中跟踪。好多次，他发现蛇总是爬进核桃树旁地面上的一个石洞里。大小不一的蛇，让老王坚信这是蛇的窝子，为了一劳永逸，跛子老王在石洞周围堆起了柴草，又在柴草上倒了煤油，这才跳进柴草中间，用借来的撬杆把石洞旁的石板撬开。果真蛇窝，大大小小几十条蛇盘踞其中，它们同时晃动着头，吐着芯子，看得人眼花缭乱。跛子老王手中的撬杆一松，砸了下来，吓得老王往后一跳，撬杆重重砸在了地上。盘踞着的蛇突然群体惊醒，它们扭动身体分散突围，窜出柴草的包围，从此不知去向。

跛子老王大为惋惜，许多天以后都还捶胸顿足。让他没有想到的是，蛇消失以后，仓房里的老鼠家族迅速繁衍壮大。它们身手矫健，根本不把跛子老王放在眼里。甚至，它们成群结队来到河神庙，到过去天敌的领地巡游一番，仿佛仓房是它们的餐厅，而河神庙是它们的卧室。无论白天还是夜晚，它们都喜欢在跛子老王住的房屋墙壁里，追逐打闹。原本紧密的墙体，被老鼠弄得漏洞百出，以至于一个风雨交加的夜晚，石墙垮了下来，压死了忠于职守的跛子老王。

记得，在跛子老王发现蛇窝之前，海青在仓房外面抓到一条菜花蛇。一米多长的菜花蛇，无辜扭动着身子，被海青藏在裤腿里带了回来。当天下午，海青把菜花蛇悄悄放进了小美她们知青房。海青说，只要她们一叫，他立即过去把那条菜花蛇捉拿归案。那天夜里，我们大张着耳朵等待着姑娘们发出尖叫，但是直到天亮，我们也没听到小美她们知青房有任何响动。

一九九八年七月十三日，星期一，多云

仓房的木门紧闭。褐色的木门没有任何着漆的痕迹，日渐变暗的颜色表明木门已经在空气中暴露了太长时间。这是一个长约四十米，宽为十多米的单体建筑，一层高，墙体上用石灰粉刷过。为了透气，瓦檐下的墙体上每隔七八米就开有一个小窗子。秋天的一个傍晚，我和海青曾经站在谷场上，看见有无数的麻雀从其中一个窗棂破烂的窗口飞出，那个时候，如果我们在窗口外面支一个网袋，那么将会有不少麻雀自投罗网。

我从城里来到下野石以后，认识了一些常在这条河谷两侧生活的鸟。乌鸦、麻雀、斑鸠，它们都是这里的土著，长年生活在这里，不同的是麻雀喜欢将巢安在房屋的瓦檐下或者墙洞里，而乌鸦和斑鸠则要矜持得多，它们的巢建在村外大树的顶端，树枝搭建的巢，如同一个黑色的球体。耐心的建筑师，球体表面的粗糙，使巢能更好地固定在树的顶端，而巢的内部，则是柔软的茅草铺就的卧榻。与乌鸦斑鸠相比，麻雀是邋遢的流浪汉，它们既胆小又莽撞，总是成群结队外出觅食，甚至，它们可以从破损的窗户中，飞进堆满粮食的仓房。

海青用麻绳编了一个网袋，他贴着仓房的墙壁蹲了下来。等我从破损的窗洞中钻进去以后，他把网袋罩住了窗口。受惊的麻雀会慌不择路，落进海青和我为它们准备的陷阱。我的身材如发育前般瘦小，像一只营养不良的猕猴，把头从窗洞伸进仓房一看，离窗口一米来高的地方，就是秋天收割之后晒干的粮食。当我从窗口那里跳进粮食堆里时，地下箭一样弹起来无数的鸟，主要是麻雀，它们盲目乱窜，有不少朝着窗口的亮光飞了过去。

外面的海青短促地叫了一声，那些落入网袋的麻雀让他高兴坏了。

黑暗中我渐渐适应了仓房里的光线，我看见了装满粮食的麻袋构成了一个倾斜面的环形墙体，墙体里面则是秋天进仓的苞谷。但是突然，我的身子僵掉了，我看见了一个人躺在地下，一个女人，仰面斜靠在麻袋上，但是看不清她的脸。谁？我短促地叫了一声，然而仓房里静得出奇。我回过头去呼喊了一声海青，但海青忙着在外面处理那些落入网袋的麻雀，我大着胆子向那个女人靠近，并且擦亮了火柴，借助火柴一晃而逝的光亮，我看见了一张青乌的脸，谁的脸如此狰狞，我返身爬上粮食堆，准备沿原路返回。但是麻烦来了，我脚下是松软的粮食，每当我努力跃向窗口时，脚下砂粒一般堆积的粮食根本无法借力，而且往往因为我的用力而下陷，让我在恐惧中陷得更深。好不容易凭借一厢情愿的念头，我终于在半睡半醒之中爬上了窗口，恐惧、筋疲力尽，让我只得像一个装满粮食的麻袋那样，从窗口那里跌落了下去……

醒过来之后，我发现自己的身体蜷缩着，一身的汗水。

二〇〇五年四月二十三日，星期六，阴

海青有了秘密。以前，他喜欢在晚上举石锁，弯下腰去，一只手抓牢石锁，吸气、收腹，猛地把石锁举在空中，直到举出一身汗来，方才告一段落。但是后来他很少举石锁了，要举，也是"暴饮暴食"地举，一口气乱举一通，间或发出一声嚎叫，显然有什么东西憋在心里。

更多的时候，海青坐在油灯下面发呆，好在谷场里面又放电影了，是罗马尼亚的影片《爆炸》，那天晚上，赶到下野石谷场来看电影的人实在太多了，电影放至一半，谷场里有人打架，一群人追过来又追过去，黑暗中的谷场一片混乱。终于平息了下来，原来是海青与王漆屯插队的知青干架了，因为他们中有人趁乱摸了小美的屁股，还有人把另外一个人推到小美的身上，而被推的那个人装作重心丧失，一抱，抱住了小美，牙齿还在小美脸上留下一圈难看的牙印。是可忍，孰不可忍。下野石的知青在海青的率领下，与王漆屯的知青大打出手，彼此都有人的脑壳被对方开了，海青的耳朵旁也有了一个大口子，他借机去了一趟公社的卫生所，把自己包裹得像伤兵。

伤好以后的海青会在夜晚的油灯下写纸条，我想看，他不让看，还神秘地折叠好，藏在衣兜里。我看见他鬼祟地出了知青房，在堰沟上警惕地回头张望。最终，海青来到了磨房，把纸条藏在了石墙中的一个缝隙中。无数的缝隙，其中的一个藏有海青的隐私，我曾在他消失以后，把脸贴在石墙上寻找，我凭直感意识到，海青所藏的纸条，与小美有关，这个发现让我莫名其妙地兴奋和冲动。

磨房石墙上的缝隙，是一个简易的邮筒，里面只装海青与小美约会的纸条。每一天，小美出工回来，都会绕道磨房，装作靠在那里休息，然后把海青留下的纸条取出，两人乐此不疲。其实在下野石，插队的知青约会并不是稀罕的事情，但是以一种地下的方式秘密接头，仿佛会带给两人异样的情欲。

按照纸条指引的方向，海青与小美，会在黑夜或者宁静的午后，在山那边僻静的河边约会，有时也会是堰沟边的磨房。偶尔，海青也会与小美约了去公社，甚至到县上。我曾留意过海青的行踪，远远跟随着他，因此看见了一幕让人血脉偾张的画面。小美与海青坐在玛楚河边，他们靠得很近，突然海青伸手抱住了小美，奇怪的是小美并没有挣扎，而是顺势倒在了海青怀里。强悍的海青，像是一个饥饿的囚犯，把小美的头当成了装满美食的土碗，他埋着头，啃食着碗里的美食，忘情而专注。在此之前，我在谷场看电影队放映的罗马尼亚电影《爆炸》时，就知道我们所说的亲嘴，别人叫接吻。小美这种美丽可爱的姑娘也会跟人接吻，这个发现让我绝望和忧伤，我原以为她这样的姑娘，连屎也不会拉的。

小美的表现让我失望到了极点，我也不再跟踪海青。但是很快，另外一个发现让我兴奋起来。大队的侯会计，就是那个长得像老鹳的男人，也偶尔会把脸贴在磨房的石墙上，东瞅西望。海青被队上派到公社背电影机的那个上午，我看见他与跛子老王赶着马车离开了下野石，但是下午，我看见了侯会计来到磨房，他像海青那样，把什么东西塞进了磨房石墙的缝隙里了。好奇心再次被点燃，等候会计走了以后，我在石缝里看见了他留下的纸条：晚上在仓房里见，我会打开仓房的锁。纸条上的字迹，看上去又有些像海青的，望着刺眼的阳光，我感到有些恍惚，仿佛有什么地方不对劲，但又不知道究竟是什么地方不对。

一九七九年九月二日，星期天，雨

高烧不退。烧得昏天黑地，烧得不知魏晋。恍惚中，感觉自己置身于一个巨大的露天采场，又像是在罗马的斗兽场。环形的看台由上到下，渐次缩小，一圈又一圈，螺旋式往底部无限延伸，带来无边的恐惧。

知青房里一个人也没有，异样安静。我看见墙上、木桌上、地面上，仿佛随便的几个黑点，都可能组成一个人的头像。千差万别的头像，小美青紫的脸从里面浮现出来，她的眼睛看着我，眸子上蒙上了一层白翳，我觉得有一束光从里面透射出来，轻易地穿过我的身体，落在我身后的墙上。

像是服从某种召唤，我从床上爬了起来，出了知青房，往谷场走去。远远地就看见仓房里亮着灯，走进去一看，原来队长正站在一个木凳上，唾沫横飞地讲着话。从人群中挤进去，小美躺在一块门板上，身上盖着一条白色的被里，看不见她的面孔。而小美的尸体旁，一口黑色的棺木平放在两条平行的条凳上。

人群中看不见海青，队长讲完话后从凳子上跳了下来，仓房的木梁上，挂着两颗瓦数很高的灯泡，刺眼的灯光照射下来，每个围观者的脸都显得极为苍白。尤其是侯会计。这个螳螂一样的瘦男人，脖子奇长，传说他有身子不动，头却可以完全扭过来的本事，曾经在县城把一个企图行窃的小偷吓得魂飞魄散。我知道海青不喜欢侯会计，他喝过酒后就曾经对我说，总有一天，他会把侯会计的头从脖子上扭下来。

黑色棺木的棺盖被打开了，空气中迅速弥漫着一股松香味。队长带着几个基干民兵挤了过来，看样子他们准备把小美的尸体放进一旁的棺木。围观的人们屏气凝神。灯光下，小美覆盖着白布的尸体相当刺眼，那几个基干民兵弯下腰来，抬起了小美已经变得僵硬的尸体。但是，他们在把尸体放入棺木的那一瞬间，像是有意停顿了一下。巧合的是，房梁上的电灯突然熄灭了，仓房里一下陷入无边的黑暗。

小美的尸体被惊慌失措的基干民兵掀翻，漆黑一团的仓房里发出巨大的响声，白色的光影扑向了刚才围观的人群。人们突然炸散，发出撕心裂肺的惨叫扑向透着模糊光影的仓房大门，他们在那儿推搡着，却没有人能够出去，我感觉到有一股温热的东西从腿上流了下来。

终于摆脱身上的无数双手，逃到了谷场里。凉风一吹，裤子刚才被打湿的地方冰凉一片。回过头去，仓房大门那儿依旧人挤，我看见侯会计尖细的脑袋，他的头发一根根直立起来，模样夸张而生动。

二〇〇〇年四月二十日，星期四，小雨

海青坐在堂屋门边的矮木凳上，弯腰用铁锤把半边瓷碗敲碎。

问他敲碎瓷干什么，海青神秘地笑笑，不说，但我从他的坏笑上面知道他正在搞什么鬼。爬起来一看，不知海青从那里弄来硫黄、硝石和木炭，与碎瓷拌匀，用绵纸小心缠绕成乒乓球大小的炸弹，又用肉皮包扎在炸弹上面。当天夜里，海青就摸黑出了知青户，他要把自制的炸弹，绑在侯会计家旁边灌浆的苞谷上。

木桌上的油灯发着微光，耳边全是蚊子嗡嗡的鸣叫，露在衣服外面的脸仿佛是巨大的停机坪，不时有蚊子空降在上面。只好从席子下抽出一根自制的艾蒿，把它点燃之后挂在床头。瞌睡来了，眼睛难以睁开，海青却还没有回来。

在离开下野石之前，我已经注意到了，海青一直在跟侯会计过不去。不过表面上看不出来。那个时候，几乎所有在下野石插队的知青，都在想办法讨好侯会计，传说侯会计有一个表兄在公社做知青干部，没有他盖章，下野石的知青就别想离开那个地方。有好几个知青妹子为了盖到章，就先让侯会计给她们盖了章。

现在想起来，海青与侯会计作对，一切都做得有计划有预谋。炸弹布置好了以后，海青悄无声息回到知青户，但我知道他一直在侧耳倾听。寂静的夜晚，随便一点轻微的响动，也能传很远，何况是炸弹爆炸之后的声响。那个年代的狗也常常吃不饱，它们学会了在苞谷成熟时，借助黑暗的掩护窜进地里，站起来咬苞谷。因此，大队安排人在那些即将成熟的苞谷地里，挂了一个又一个的土制炸弹。但没有人把炸弹挂在侯会计家旁边的苞谷地里，侯会计家的黑狗没有经历过危险，当它锋利的牙齿幸福地咬穿肉皮时，嘴里突然爆开一个巨大的火球，黑狗的嘴筒连同它锋利的牙齿立即不知所向。

所有的诅咒都没有用了。侯会计血红着双眼，他握住尖刀，在房檐下的阴影里剥狗皮。他没有把黑狗被炸死的账算在知青身上，知青们不会制作土制炸弹，他们只会偷鸡摸鸭摘水果，一定是大队上那些眼红他的人搞的。侯会计两个牙帮咬得紧紧的，脸颊上透出清晰的骨印。

仿佛一下子就到了秋天，当地里的苞谷收割以后，梨也成熟了。海青喜欢吃梨，我也喜欢吃梨，尤其喜欢吃侯会计家的梨。夜深以后，海青提着一个白布口袋，带着我来到了侯会计家院子里，我紧张得要命，海青却相当从容，仿佛是回到自己家的院子一样。我看见他用一只竹棍轻易把侯会计家的门给闩死了，然后心安理得爬上了侯会计家院子边的梨树摘梨。月亮静静挂在树梢，海青的口渴了，直接张嘴去咬挂在他头顶的梨。把果肉吃了，留下果核。海青告诉我说，这样一来，第二年侯会计家的梨树将会被虫蛀得不成样子。

海青似乎乐意激怒侯会计。我们把白布口袋装满了梨，侯会计还没有发现，海青很失落。他把梨扛在肩上，从地上捡起土块来，扔在侯会计家的窗子上。侯会计醒过来了，敏锐的耳朵告诉他有人在偷他家的梨，但是门被人在外面闩了，侯会计愤怒地摇着门，他看不见偷梨的人，他只有站在门后跺着脚发毒誓。

一九八九年六月五日，星期一，雨

一连做了几个梦，梦中有海青和侯会计。但醒过来之后，这些梦无一例外变得印象模糊。越是想回忆起来，梦境越是稀薄。这一天晚上，海青夜里摸黑出去了，不久以后他带回来一只公鸡。身体健硕的公鸡，脖子被折断了，羽毛上沾满了污血。海青把我叫了起来，我们劈柴烧水，给鸡褪毛、破肚，当晚就砍来炖了。

天亮之前，我们把那只鸡吃得一干二净。之后海青小心清理战场，不但把鸡毛和内脏扔进了知青户外面的堰沟，我们还把煮鸡用的炊具、砍鸡用的砧板抬到了堰沟边。我们用碱把炊具和砧板清洗得闻不到一点鸡的味道。顺便，我们还在地里摘了一锅四季豆，屋里的火还旺，完全可以把它煮熟。一切做妥当以后，我们才心满意足躺上床去，一觉睡到了第二天的下午。

阳光从窗户的缝隙中照射进来，如同一把刀一样，斜插在屋子的地上。女人的骂声同样薄如刀刃，飞进了大家的耳朵。侯会计的女人，正站在知青户外面的堰沟边，破口大骂。她在那里发现了证据：一羽贴在泥地上的鸡毛。看来百密也会有一疏。好在我们昨天夜里在清洗家什时，是在知青户下面的堰沟边。侯会计的女人，手里拿着那羽鸡毛，正用她能够想到的最恶毒的话，咒骂偷鸡的人。我有一些紧张，担心昨晚的事情会被人发现，更担心我会因此得罪侯会计。我不想在下野石一辈子，望着睡在我对面另外一张床上的海青，我的内心充满了悔意。

海青却非常从容。他当然也醒了，女人的骂声尖利、歇斯底里而又绝望，让人的耳朵发疼。海青向我做了个鬼脸，又翻身睡过去。他总是这么沉着，遇到再大的事情他都不慌张。我不知道为什么我的心咚咚咚跳得厉害，我甚至觉得侯会计的女人，是对着我们的门在咒骂。

没有知青打开门。此时谁打开门，谁就有偷鸡的嫌疑。高高低低骂了一阵之后，侯会计的女人得胜回朝。没有想到这只是一个序幕。晚饭以后，侯会计来到知青户，他以一种关怀的口吻询问我们晚饭都吃了什么，一边低头看桌上的锅碗，我知道他在用鼻子仔细捕捉偷鸡贼可能留下的蛛丝马迹。显然，一路下来侯会

当代中国最具实力中青年作家书系

计一无所获。不过后来，侯会计找各种理由，把知青一个个叫到他家里去吃饭。我也被他叫了出去，坐在他家的坑头上，侯会计语重心长地诱导我，他先是称赞我是个老实人，关怀备至询问我想不想家了，并以一种同情的口吻感叹我们从城里来到下野石，实在是遭罪。最后，侯会计把话题转到丢鸡的事情上，他说，有人在与他作对。炸他家的狗，偷梨不说，还把他家的门用竹棍闩了，让他一家人出不来，差点把屎都拉在裤子里。现在又来偷鸡，真是岂有此理。侯会计许诺说，如果谁告诉他偷鸡贼，那么他就会叫他的表兄推荐了去读大学。

这的确是一个诱人的承诺。

二〇〇七年二月十九日，星期一，阴

每一个告密者实际上都是胆怯的。即使是在梦中。

梦见自己坐老王的马车去了公社。道路两侧，苞谷正在茁壮成长，不少知青正在地里给板结的土地松土，他们纷纷停下手中的活计，拄着锄头，看着我乘坐的马车渐行渐远。没有人说话。我乐意被人看到离开了下野石。事实上，没有人会想得到当天晚上我就从公社赶了回来。由于是步行，当我回到下野石的时候，已经夜深了。

庄稼早已收割一空，大地裸露出来，月光照射下，安静得可以听得见自己轻微的呼吸。我没有回到知青房，而是躲躲闪闪来到了侯会计家外面的空地上，那里有一个从夏天起就堆放着的麦秸垛，我在那里坐了下来，犹豫着要不要去告诉侯会计，海青就是偷鸡贼。

远远地有一个人顺着堰沟朝这边走了过来，开始我以为是侯会计，但不像。来人瘦削。当然侯会计也瘦削。但来人的步子迈得很大，远非侯会计可以迈得出来。我知道来人是海青了，整个下野石，只有他这样走路，仿佛每走一步，都是在跨越一个壕沟。我还看见海青的嘴里叼着烟，烟头微弱的火光一明一灭，就像空中飞着一只巨大的萤火虫。我不想被他发现，就绕到了麦秸垛的另外一面。

我不知道海青为什么夜里来这里，在麦秸垛一旁的空地上，海青低着头，他在那里又抽了一支烟，仿佛正在思考什么。我感到了不安。如果海青来找侯会计，是想把偷鸡的事情栽赃在我身上，那岂不是要命？四周安静得出奇，只有远处偶尔传来一两声狗吠。一九七六年秋天的中国农村，悲伤的气氛一直没有散去，几位领袖的相继去世让人不知所措。生活在下野石的人们总是天一黑就关门闭户，人们似乎只有进入梦乡，才会感到踏实。

终于，海青深深地吸了一口烟，返身把烟屁股弹进了身后的堰沟里。他朝侯会计家走了过去，站在门那儿侧耳倾听了片刻，伸手敲响了门。不一会儿，侯会计家的门打开了一个缝，从中伸出一颗尖细的脑袋。我看见海青把嘴凑在那颗头上说了几句什么话，侯会计就从屋里出来，一边把手伸进衣袖里。

果然，海青告诉了侯会计，说我就是偷鸡贼。侯会计一改平时缓慢踱步的习惯，他猛地走了几步，突然又在麦秸垛旁站了下来。"你说，除了关平，一起吃鸡的都还有谁？"侯会计的表情有些狰狞，"还有，炸我黑狗偷我梨的又是谁？"

躲在麦秸垛后面，我的内心充满了愤怒。我差点跳出来，与海青对质。但我决定暂时忍耐一下，看海青是如何出卖朋友的。

"你家的黑狗也是关平炸死的，"海青发了支烟给侯会计点上，"还

当代中国最具实力中青年作家书系

有把你家的门闩上也是关平干的，他恨你，说小美是你害死的。"

"这些都是关平一个人干的？"侯会计的头往后一仰，用怀疑的眼睛看着海青说，"你怎么知道得如此清楚？"

"因为我也参与了！"海青说着脸上浮现出古怪的微笑，"你现在要是去知青房，会发现关平他们正在煮吃你们家的鹅。"

侯会计摇了摇头，他转身准备往回走。海青问他想不想到知青户捉赃。侯会计不屑地说，以后会慢慢收拾关平的。那个时候，我内心的愤怒差点就淹没理智，人心果然难测，原来我以为只有我这种胆怯的人会告密，没想到一向天不怕地不怕的海青，也会告密，而且告起来比谁都干脆。

发现侯会计不去抓现行，海青有些失望。他上前两步，对侯会计说：刚才说的那些，全都是假的。假的？侯会计停下脚步，扭过头来对海青说，你逗我玩？

由于他们站的地方离麦秸垛太近，加之夜深人静，我能听清楚海青与侯会计的对话。我看见海青用手指着自己的鼻子说：侯会计，其实，炸你狗摘你梨吃你鸡的人是我！侯会计扭过身子来，他大张着嘴，脖子伸长，像是准备重新看清楚海青。你狗日的胆子大呀！侯会计说。

我后来发现，当海青告诉侯会计他就是炸狗摘梨吃鸡的人时，他已经动了杀心。但是在下野石骄横惯了的侯会计没有意识到危险，他伸出手来指着海青，还没来得及说话，细细的脖子就被海青捏住了。

侯会计虽然身为下野石的会计，其实并无什么特别之处。他是一个身材瘦小的男人，除了具备身子可以不动，头却能完全转过来的本事之外，没有看见他有什么其他的特长。在知青房，海青每天都要奋不顾身举石锁，把两个手臂的肌肉练得像石头一样。现在，海青两只有力的臂膀派上了用场，侯会计被海青压在了麦秸垛上，他不顾一切挣扎，但是徒劳。我看见他猛烈摇晃着头，手还伸来抓海青，可是他除了抓住了死神，其他什么东西也没有能抓住。

突然间，侯会计安静了下来，整个人变得相当柔软，海青抓住他的头发，把他拖到了堰沟边。我听见海青抬起头来，望着稀疏的星空，说了一句：小美，哥帮你报仇了！然后海青把侯会计的尸体踢进了堰沟里。沉闷的入水声响过之后，四周复又陷入无边的寂静。我看见海青顺着堰沟，朝下面的知青房走去，我想叫一声海青，但我只是张了张嘴，却没有发出任何声音。

那天夜里，海青杀了侯会计以后，再没回知青房。他从下野石消失了，整个夜里，我望着对面空着的床铺，难以入眠。天亮以后，我才睡过去，我梦见了侯会计被卡在了磨房下面的转轮上，他的脑袋被水泡得发白，令人恐惧。

人们后来的确是在磨房下面的转轮上发现侯会计尸体的。经过一夜的浸泡，侯会计的头看上去有一些发肿。有人找来一床草席，盖在侯会计的尸体上。人们以为侯会计酒醉失足，掉进堰沟淹死的，没有人把他与海青联系起来。黄昏时分，公社武装部的罗部长赶来了，他背着一支手枪，冷静地围着侯会计的尸体绕了两圈，蹲下来，迅速看出了端倪。

我动身离开下野石返回昆明。临走之前，我去了公社，把侯会计遇害的真相告诉了罗部长。我希望公社在来年推荐我进工厂或者上大学时，考虑我的举报。

当代中国最具实力中青年作家书系

二○○七年十一月二日，星期五，阴

汽车沿着江边公路飞驰，两岸是高耸的群山，回过头去，身后的峡谷仿佛一道正在合拢的大门。而汽车的前方，江水延伸出去，同样像是一把钥匙，把合闭的大门打开。在这一开一合之间，如果从远处望过来，我所乘坐的汽车，一定像是一条在岸上迅速游动的鱼。

即使是梦中回下野石，心中也隐约有些激动。而且，周遭的景物有着模糊的相似，空气中隐隐约约弥漫着一股熟悉的味道，江边湿润的空气与阳光混合的味道。我在岔河下了车。汽车朝前驶去，扬起的尘土让我不得不屏住呼吸。等空气重新澄澈下来，我才发现已经站在了玛楚大桥上。虽然号称大桥，其实只是一座二十多米长的石桥，从玛楚流下来的河水从桥下穿过。沿江而行的公路紧贴着峭壁在不远的地方消失了，对岸可以看得见几个覆盖着苔衣的桥墩，那是内昆铁路，有几只鸟停歇在上面。

故地重游，内心除了隐隐的兴奋之外，还有一些难以言说的惆怅。站在玛楚大桥上远眺，难免会有逝者如斯的感叹。只是站在峡谷里，也远眺不到什么地方，对面不远处就是生硬的崖壁，江水像是从天上流淌下来，十一月的滇东北大峡谷，寂静、空旷，大地上深深的切痕，有如隐私，不为外界所知。

玛楚大桥的桥头，石柱上刻着两句诗："一桥飞架南北，天堑变通途。"当年我插队的时候，每一座新修的桥，上面都会刻上这两句话。其实抬起头来看看天空，从太阳运行的轨迹，我也知道玛楚大桥并不是飞跨南北，而且桥下流淌的玛楚河也难以称为天堑。一阵江风吹过，身体立即感到了寒冷。我把双手伸进衣服口袋，裹紧了身子。我在努力寻找记忆中玛楚大桥和眼前这座石桥重叠的地方。

　　玛楚大桥桥头的一侧，有一座石砌的小屋，过去是个抽水站，当时我们从玛楚到县城，或者从县城返回下野石，都会坐在小屋外面的凳子上歇上一气。一个鼻子长得像西红柿的老头守着抽水站，他当过兵，做过土匪，曾经不止一次对我们提及当年横行这一带的巨匪江小弟的故事。现在老头早已不知去向，抽水站被废弃，石屋的顶早已不知去向，从上面雨水留下的痕迹，也能看出眼前这座石屋荒废的时间不短了。

　　我对第一次抵达玛楚大桥的情景记忆犹新。当时我们从靖江转乘一辆南京牌卡车，二三十个插队知青挤在车厢里，里面就有小美。她那天穿着一件红底黑格的外衣，扎着两只辫子，一笑脸上就显出两个酒窝。从靖江坐上这辆卡车我就注意上她了，但我不敢正面看她，我只有装作若无其事的样子，从人缝里偶尔瞅上她一眼。那一天，我们乘坐的卡车在途中抛了锚，还没有赶到玛楚大桥，天已经完全黑了，好在司机就是本地人，对这一带的路况非常熟悉。当他一脚刹车把汽车停下来，我隐约看见桥头的空地上，停放着五六辆马车。一个瘦小的男人提着马灯从桥边的小屋里出来，他跳上了汽车，对司机说前面的简易公路塌方了，只能马车通过。

　　那天晚上，我们是坐马车进的下野石。让我高兴的是，小美就坐在我的身边，我喜欢马车在凹凸不平的公路上来回晃动，那样的话，小美的身体就会不由自主靠过来，即使是隔着衣服，也让我内心慌乱而甜蜜。

二〇〇八年四月十九日，星期六，雨

从玛楚大桥到下野石，我走过不下十次。公路沿着玛楚河溯流而上，河水逐渐瘦身，仿佛一个胖子倒退回去的时光。当年从这条路上行走时留下的一些印象，此时重新在大脑中浮现。记得路边偶尔会有一些田地，种蚕豆和玉米，偶尔也会见到几株怒放的向日葵。但现在是深秋，庄稼早已收割一空，空闲下来的地里，偶尔会见到几个玉米垛，风中晃动的叶片，像老人干瘪的手臂。原以为，二十年过去，荒凉的河谷会比过去有更多的人气，但恰恰相反，这条通往下野石的简易公路像是被废弃多年，路基上长满杂草，在一些草木稀疏的地方，雨水长年的冲刷，鹅卵石完整地暴露出来，走了很长的一段路，公路上一个人也没有碰到，河谷里寂静得古怪。

尽管我走得满腹疑虑，但我仍然固执地认为这条河谷通向下野石，我以为，也许是通向下野石的公路改道了。

走了大约一个钟头，河道变得越来越窄，后来根本看不出公路的痕迹来。再往里走，公路消失了，前面是一个长满荆棘和茅草的斜坡，河流从坡脚消失，大约上面一段是暗河，抬头往高处望去，这附近就像是一个被弃已久的采石场。显然，这不是当年我去下野石的路，一个人怎么会把走过十多次的河谷给忘记？此时峡谷上空，太阳已经偏西，我把随身携带的包扔在地上，找了个石头坐了下来，想弄清楚什么地方出了问题。我知道，滇东北大峡谷，沿江总是有不少河谷看上去很相似，一不小心就会弄混淆。但是除非我一个多小时前下车的地方不是玛楚大桥，否则我进来的这条路应该不会错。

清凉的河风沿着河谷吹了上来，带来河道里树木枯死后散发出来的潮腐气息。我看见有两只鹰在河谷的上空一动不动，但它们仿佛随时都可能掉下来，却又盘旋了几下，飞回到峭壁上面的树丛里。

望着眼前的这个点缀着野花的斜坡，我决定翻上去看一看，如果看不到人家，或者碰不到人，我真不知道接下来该怎么办。是接着往前走，还是退回到玛楚大桥？我犹豫不决。但是出乎我意料的是，爬上坡顶，眼前不是我预想的一片平坦的草地，而是一片宁静的水面，有几十公顷的样子，顺水势蜿蜒过去。我承认被眼前的景象弄糊涂了。我记得当年从玛楚大桥到下野石，途中要经过一个叫大火地的村子，有十多个上海知青在那里插队，下野石的知青同他们打过架，弄得有一段时间，我们要到县城，如果人少，就不敢轻易经过大火地。后来是要与王漆屯的北京知青打架，大火地的知青派人来联合，于是成为了朋友，共同对敌。现在，记忆中的大火地村不见了，就像被谁的手掌轻易地从这个河谷抹去，留下一个巨大的疑问。

幸好在水面的尽头，我看见了一幢房子，在西下的阳光照射下，宁静安详，像守在家门口眺望的上了年纪的老祖母。我悄悄地松了一口气，因为从日头的位置来看，我已经不可能在天黑前再返回玛楚大桥了。

水面的四周阒寂无声，从玛楚大桥下车以后，顺着河谷前往下野石，我就再没碰到人。我渴望找到一位当地人验证我去下野石的路是不是正确，也迫切想解开我迷路的原因。

太阳落山之前，光线变得柔和，被照射的水面金光灿烂，但是背阳的地方却阴沉得可怕。这块陌生的水面感觉并不浅，斜照

当代中国最具实力中青年作家书系

的光线在水中被折射，深不可测的一方水，下面隐藏着巨大的秘密。一些细小的枯枝和落叶浮在水边，而水面的中央，山的阴影投射在里面，黝黑，仿佛难以释怀的心事。

朝水那边的房子走过去的时候，我的心中有隐隐的担忧。在云南的一些僻远的地方，如果你在一些地方长时间见不到一个人，那也许你得提高警惕。我在滇西扶贫的时候，就曾在扶贫点附近的山野里迷路，好不容易在一个山坳上发现一户人家，结果站在屋檐下喂鸡的女人，看见我走近，拼命地朝我摆手。她不说话，像是个哑巴，我用手势表示我只想讨口水喝，她却把手中喂鸡的苞谷籽朝我扔来，我没有停下脚步，而是扬起头来，做了个喝水的动作。女人见我靠近，突然开口说话了："我有麻风病！"说完之后就往屋走，撂下我一个人站在屋外的空地上。

曾有的经历让我在走向水对面的房子时变得谨慎，仔细一看，我发现那房子不是一座而是两座，其中一座看上去像是碉楼，那应该是烟房。烟房的旁边，有一棵柿子树，叶片掉光，红色的果实挂在空中。下野石一带，农民有种植烤烟的习惯，烟房用来烘烤烟叶。有了烟房，这个屋子里住着的就不会是麻风病人。可是走近以后，我才发现是一座空房。其实我早就应该发现那座房子没人居住了，有人居住的房子不会这样死寂，那个时候，我是多么喜欢听见鸡叫狗吠的声音。

屋子里空荡荡的什么也没有。只有墙角堆着不少蕨草，像是有人在上面睡过。离草不远的屋子中央，还能见一堆熄灭的柴火，里面有一些没有燃烧尽的木柴。而在柴堆的一旁，有一块明显是用来坐的石头，不知此前是什么人坐在上面。今天下午在玛楚大桥下车时，我以为天黑之前我一定能赶到下野石。二十年过去之后，下野石也许已经有私人开设的旅店。即使是没有旅店，我也可以寄宿在农民家里，我完全没有想到自己会迷路。趁着天还没有黑透，我得为这天晚上住宿在这里做一些准备。来的时候我就发现水边的泥地上有不少柴。还有，我得把烟房后面的柿子摇一些下来，我还没有吃晚餐呢。

我在水边捆了两大捆柴，并把它们拖进了空荡荡的屋子，这些柴即使是燃烧到明天早上也足够了。坐在柴堆旁的石头上，我庆幸自己有吸烟的习惯，这让我随身总是揣着火机。我扯过些蕨草，用火机点燃。火真是人类的好朋友，即使是一个人寄身于这空旷的山野，只要面前守着一堆熊熊燃烧的大火，你也不会孤独。天完全黑了下来，屋子四周寂静得要命，靠在火边的蕨草上，睡得昏沉。夜里，我听见鸟的叫声由远及近，那纤细然而执着的叫声，在夜里让我感到一种难言的恐惧。我起身在火堆上架上了新柴，借着熊熊火光，我突然发现身旁不远的墙上，骇然有一个模糊的头像。就像我从滇西回到昆明时，在自己房门上看到的那个头像。"海青！"我短促地叫了一声，虚幻得如同是在梦中。

二〇〇二年六月十七日，星期一，晴

也许是受了凉，头痛得厉害，里面装的不像是脑髓，而是沉重的水银。一晃动头，疼痛就在脑壁上晃动开来，留下深深浅浅的印迹。我梦见自己在一家装饰豪华的商场买了很多双皮鞋。稀奇古怪的皮鞋，一双比一双漂亮结实。我抱着它们往家走的时候，心里无比踏实。

我穿上了一双新皮鞋，与海青一起从下野石走到玛楚大桥，二十公里的路，仿佛在须臾间走完。玛楚大桥上，海青踏着正步，一边唱着"我们走在大路上，汽车来了也不让"，果真有汽车驶来，海青让自己在桥中间站成一个"大"字。原来是一辆拉硫黄矿的汽车，要到靖江，我们正好顺路。

到靖江好像是为了看电影，又好像是为了找一个人。路过电影院门口，见那里果真人山人海，挤进去一看，售票口的小窗板早已放下，但上面用粉笔写着几个字：《渡江侦察记》。不少人手里拿着钱，站在影院附近街道的两侧，等待有人退票。海青遗憾地对我说，主要是来晚了，要是早一点，他一定可以挤到票。已经有人开始进场了，海青一脸沮丧，他突然把头上的军帽举了起来，在空中挥了挥，高喊"军帽换票"。顿时有人奔了过来，塞给他两张票之后，跳起来一把抓过海青手中的军帽。

电影果然是好看，还没看完，海青已经学会了几句台词。敌情报处长伸手摸了摸炮管，白手套上留下印迹，他摇了摇手说："太麻痹了，太麻痹了！"海青有意把"麻"字发成"妈"音，情报处长的这句口头禅立即成了一句骂人的话。海青为他的发现很得意。电影放完以后，大家都不想离开，挤在入口那里，海青还高声叫着："太麻痹了，太麻痹了！"突然，我看见了人群中的小美，她正挽着一个矮个子男人的手，我觉得那个男人就是侯会计的表兄，海青也发现了，他脸色铁青，抛下我，消失在人群中。

光线相当暗淡，仿佛是在黄昏。街上行人稀少，空气中飘来奇怪的血腥味，海青已不知去向。我坐在临街一家旅馆的楼上，看见远处奔跑过来一群人，奇怪的是为什么没有脚步声？海青提着一把滴血的斧头，狠命朝前面扔了过来。斧头插在旅馆的木柱上，发出一声巨响，斧柄在响声中震颤不已。

我的确清晰地听见了响声，是火上的柴燃烧时发生了爆裂。

睁开双眼，天还没亮，我奇怪柴爆裂的响声怎么与梦境中海青斧头砍在木柱上的声音如此吻合。声音会潜入梦境，与梦中的景象嫁接？我记起了当年，有一位被招录到县城水泥厂的工人，提着斧头满街追逐招录组的组长，那位招录组组长是不是侯会计的表兄不得而知，但隐约听说，发生在县城的那桩凶杀，与招录组组长睡了水泥厂那位工人的女友有关。

二〇〇七年十二月十九日，星期三，雨

下野石近在咫尺。

水塘的尽头有公路模糊的痕迹。河谷重现，与疑似的公路一并向里面延伸。偶尔，我会发现公路边有一两幢被人遗弃的房屋。空掉的房屋人迹全无，没有任何一点生命的迹象。我猜测，也许是附近某处要修建大的电站，要淹没大量土地，人们移民走掉了。

终于，下野石村出现在我的视野里。那些似曾相识的房屋，散落在玛楚河边，看上去像是泥塑的模型。尽管阳光灿烂，可是下野石给人的感觉萧瑟而暗淡，一切都与二十年前我离开时十分相似。望着昔日生活过的地方，我没有兴奋，也没有感慨，只觉得恍若隔世。

多年以前，我曾经保存过一张以下野石河谷为背景的照片。那是我到下野石插队不久，一个走村串寨的摄影师为我拍摄的。离开下野石回城读书的那几年，我常常会在夜晚躺在床上，看那张面容清瘦的照片。那两寸见方的黑白照片，会让我想起下野石清澈的河水，山腰的茅屋，峡谷峭壁上的悬棺以及春天金子一样连片开放在河岸的油菜花。如今当我重新来到下野石，二十年的光阴已经悄无声息流走了。

当代中国最具实力中青年作家书系

从远处望去，下野石村没有什么变化。但走近一看情况就不一样了。中午时分，按理说应该是炊烟飘荡，可是整个村子静寂无声，安静得只有风吹拂过来的声音。走到村子的中央，我也没有见到一个人，田野里倒是有粮食收割留下的痕迹，但是房舍周边的空地上，本该种满蔬菜，却大多荒芜着，这让下野石村看上去，像是被人遗弃了的村落。

　　在村子里，我发现几乎所有的门楣上，都挂着一个光泽暗淡的镜子。圆形的镜子，由于长时间湿气的渗透，镜面上出现许多花斑，有如一条条的蚯蚓爬到了玻璃的后面。这些空掉的房子与昨晚我借宿的那座一样，有许多年没人居住了。下野石村破败不堪。在干涸的堰沟边，我走进一家人的堂屋，居中的神龛上，画着一些奇怪的图案。我知道那是符箓，是下野石民间用来驱鬼辟邪用的，直到这时，我才意识到下野石这地方发生什么事了。

　　实在太出乎我的意料。我设想过一百次重返下野石的情景，就是没有想到我会回到一座空村。昨天一路来时待解的谜，也没有人来帮助解开，相反却陷入更深的迷雾之中。我因为恐惧而变得机警起来，以至于离磨房还有一段距离，我仿佛听见里面有人奔跑的声音传来。

　　站在磨房外面，我看到一幕让人难以忘怀的画面：一群猴子正在地上踢着一个球状的东西，它们上蹿下跳，兴奋异常，完全沉浸在游戏之中。磨房一看就知道有多年没人使用了，房顶像破絮一样，密密麻麻结满了蜘蛛网。突然，游戏中的猴子发现了我，领头的叫了一声，它们一哄而散，转眼间就消失得无影无踪。

　　阳光从房顶照进磨房，空旷的磨房，猴子的玩具遗弃在地上。走近一看，是一个人的头骨，在猴子的把玩下，骨头浮现着暗光。

我觉得浑身发冷，从磨房里退了出来，坐在堰沟边发呆。我记得二十年前，海青曾有一阵被安排到磨房看管这里的机器，他在钢磨和擀面机上做了手脚，以至于每天晚上，我们都能从机器的缝隙间，掏出一小碗磨碎的粮食，回到知青房，用水搅和之后，用铁锅烙饼吃。那时人年轻，胃口好，可以吃掉所碰到的一切食物。

顺着堰沟往上走，我来到了谷场。三合土夯实的谷场，缝隙中长满了杂草，仓房是早已垮塌掉了，四周的墙壁还在，顶却完全塌陷了下来。让我欣喜的是，尽管谷场看上去荒芜，却依稀能够看得见一条模糊的足迹通向仓房旁边的河神庙。而且在河神庙一旁，还能看得见一小块菜地。绿色的菜地，在空旷的下野石村，散发出一股令人感动的生命气息。

庙宇里弥漫着一股草粪味，走近最里面的一间屋子，我看见有一张木床畏缩在墙角，上面铺着整齐的谷草，谷草上有两床自织自纺的羊毛毯。看得出来，有人在此居住，他是我昨天离开玛楚大桥后，碰到的第一个人。

我在河神庙里一直等到黄昏，先是有狗吠的声音从远处响起，我走出河神庙一看，远远走过来一个人，他的前面走着十多只羊。看上去，来人比我事先猜测的年龄要大得多，估计有七十岁了。当然，如果他肯把杂乱的头发和胡子处理一下，也许他会变得年轻一些。"嘿！"我远远地向他打了个招呼，老人没有说话，他身边的一只黑狗却凶狠地狂吠起来。

"阿黑！"老人出声制止住黑狗。

走到河神庙的门口，老人才说，他从山上下来的时候就知道有人来了。阿黑的鼻子尖，只要有生人进入下野石，他立马就能闻得出来。我返身回到庙里，羊群跟在老人的身后挤了进来，朝另外的一间破旧的屋子奔了过去，它们在里面不停地拱动，谁都想把身子尽量靠拢墙角。

我问老人为什么下野石村见不到人。老人在屋子中的火盆边坐下，指了指床脚，说有干的柴，让我拖两根出来烧火。我弯下腰去，却拖出来一把猎枪。屋子里光线暗淡，一开始我并没有发现是猎枪，只是觉得柴沉得有点意外。等火烧起来以后，我才发现这把猎枪估计有好几年没用过了，枪管锈得厉害，握在手里的感觉相当粗糙。

交谈中，我得知老人姓宋，除了外出当过两年兵，一辈子都是生活在下野石。他告诉我说，五年前有两个外乡的猎人曾经来过这里，他们在庙里住了一夜，第二天就走了，走前留下了一个打火机。可是不久以后，老宋去山里挖药，在路边发现了这支猎枪和一只被雨水浸烂的胶鞋，而两个猎人生死不明，不知去向。

我突然想起磨房里猴子玩耍的那个头骨。"除了那两个生死不明的猎人，"我问牧羊人老宋，"还有没有人来到下野石村？"

"有啊，"老人说，"春天种粮秋天收割都有人来。"

"我说的是外乡人，有没有人来过？"

"半年前好像有人来过。"老人说，"一个外乡人来过，但连夜就离开了。"

一九九八年九月十七日，星期四，阴

十多年前，玛楚河的下游曾发生过巨大的山体滑坡，那些澎湃而下的泥土和巨石在一个漆黑的雨夜，把玛楚河边的一个村庄给完全覆盖。那个村庄就是大火地。由于滑坡下来的泥土和石块的堵截，玛楚河谷中形成了一个几十公顷大的堰塞湖，也就是在我昨天晚上借宿的那个地方。

山体滑坡不久，一种奇怪的疾病开始在河谷一带流行起来。或许是那些牲畜或者遇难者的尸体腐烂之后导致的瘟疫，有人的身上长满了米粒一样的小疮。白色的小疮，在皮肤下狠命地痒，那一段时间的下野石村，许多人坐在路边或田埂上不停地挠痒，从破损的皮肤里渗透出来的脓汁，很快结成黄色的晶体，如同琥珀一样，在阳光下闪耀着夺目的芒。不久以后，患者的皮肤开始大面积溃烂，但他们感觉不到疼，痒覆盖了一切，因此直到死去之前，他们一刻不停地用手抠挖着自己的身体。

每天都有人死去。越来越多的人被瘟疫传染，下野石村笼罩着恐惧与不安。一个法术高强并且被人广为传颂的祭司也被人们从遥远的大山里请来，他装束奇特，黑衣黑裤，坐在一口黑漆棺材上，被马车拉到了下野石村。他整天驾着马车在下野石村里走来走去，手里比画着动作，口中念念有词。逃亡之前的那些日子，下野石村的人就那样躲在家里，听那马蹄声在村中的石板路上敲响。所有的人都对黑色的祭司言听计从，他们用石头堵住了所有的窗子，在门楣上挂一个据说能使妖魔原形毕露的镜子，然而仍然没有能控制住瘟疫的流行。黑色的祭司，在一个月黑风高的夜晚冷静地观测了星斗，得出是大火地那些被山石深埋的冤魂在作祟，他发出号召，要下野石的人们跟他去那里，超度亡灵。

祭坛在水边搭了起来，人们扶老携幼，手举高香朝被泥土完全埋没的大火地进发。大家神情肃穆，看祭司在火光下跳奇怪的舞蹈，他把手中的木剑在空中舞来舞去，咬紧牙关，让人觉得他仿佛正在与肆虐下野石的妖魔进行殊死的搏斗。成捆的纸钱被人焚烧在水中，河谷中的风吹来，黑色的纸片像灵魂飞走的鸟群，翻飞在堰塞湖的上空。

一切的努力都没有用。连自诩法术高强的祭司身上也渗透出那让人胆战心惊的黄色脓汁，他抛弃了等待他拯救的下野石村的村民，一个人跑到靖江医院去了。但医院里的医生对祭司身上的病症束手无策，他们只好眼睁睁看着祭司闭上眼睛。这件事引起了当地政府的高度重视，一个医疗小组被派往下野石村，他们带来了消毒的药水和一些厚得无法阅读的医书，但面对越来越多的患者，医疗队一筹莫展，他们唯一能做的，似乎只是用酒精不停地擦洗患者的疮口。一块溃烂的腐肉被密封之后，送到了省城的医院化验，政府开始组织基干民兵封锁玛楚河谷，下野石村的人们，开始大批逃亡。

一九九八年十二月十一日，星期五，阴

老宋在玛楚河谷一侧的高山上，守护着生产队的羊群。成群结队的乌鸦从远处飞来，盘旋在野石村的上空。老宋一开始以为有大牲畜坠落山崖了，但飞来的乌鸦越来越多，它们聒噪着，黑色的幽灵，带给了牧羊人老宋恐惧和不安。

老宋曾经是个老兵。那些不断飞临的乌鸦让他想起了一九三八年的春天，年轻的老宋作为滇军六十军的一名新兵，参加了台儿庄附近禹王山的阻击战。半个月的血战，阵地前全是尸体。老宋倚着一堵墙，他的右手臂里，钻进了一块弹片，就像是钻进一块冰一样，冻得骨头发疼。也是有许多乌鸦从远处飞来，盘旋在阵地的上空。有士兵架起机枪朝空中开枪，就能看见乌鸦坠落下来。禹王山的经历在几十年后，提醒了老宋。他意识到下野石村一定是出什么事了，当他从山上赶到下野石村时，村子里的人已经走光。老宋赶着羊到了谷场，他看见有人正把东西往马车上扛，走过去一看，原来是队长。

看见老宋，队长才想起忘了通知他撤离的事情。他告诉老宋发生了瘟疫，如果想活下去，还是逃命吧。

老宋坐在河神庙里对我说："逃什么命，我是死过几次的人了，在禹王山把手臂打断我也没有逃！"

老宋说着，抬起酒碗来对着我举了举，仰头喝了一大口酒。我不知道他一个人生活在下野石，究竟从什么地方弄来这么多白酒，整整一坛，放在我的身旁。"你要是不想被瘟疫染上，那就像我一样大口喝白酒，"老宋干了碗中的酒，用酒碗拍了拍肚皮说，"我这身肉呀，早百毒不侵了。"

二十年前，当老宋拒绝离开，队长就没有再动员。他坐上马车，望了老宋一眼，甩响鞭子，离开了下野石。目送队长赶着满载货物的马车消失在远处，老宋行走在空无一人的村子里，他挥动双臂，踢着正步，仿佛是村长。在大队的代销店里，老宋发现人们逃亡之后遗留下来的大量白酒。嗜酒如命的老宋欣喜若狂，他在一只大木桶里盛满白酒，然后赤条条爬进去。此后，他开始一家家收拾人们逃离时来不及处理的尸体，把它们集中在离仓房几百米远的山脚，他挖了一个大坑，把尸体埋在那里。他还在坟堆上种上了几棵核桃树，多年以后，坟头的核桃树发疯地生长，并在秋天结出着拳头大的果实。

老宋是我此生见过最能喝酒的人，喝白酒就像喝白开水一样。他把右臂从衣袖里褪脱出来，火光下我能看清楚他胳膊上的疤痕。"日本人的弹片，从这里钻了进去，夹在骨头缝里。"老宋把酒碗放在地上，用手指着疤痕说，"用电疗，结果把右手给烧残废了。"

当代中国最具实力中青年作家书系

他把受伤的手伸了过来，摸上去整只手都没有温度，而且五个手指鸡爪一样蜷缩在一起。

"自从禹王山那仗打过之后，我就再没怕过死！"老宋在酒精的鼓舞下，突然扯开嗓子唱了起来，"我们来自云南起义的地方，走遍崇山峻岭来到抗日的战场，兄弟们用血肉争取民族的解放，发扬护国靖国的荣光……"

二○○五年一月二十四日，星期一，阴

大地一片寂静。积雪覆盖着原野，我不知道自己往什么地方去，但知道要返回下野石，仿佛那个僻远的地方，只剩下了我和小美。踏在积雪上的鞋子张开了口，鞋帮薄得像纸一样，冻伤的脚疼得要命。

远远地看见了知青户，尽管是黑夜，但积雪让玛楚河谷清晰可见。想到了小美成为我的女友，心中突然幸福起来，觉得被人遗弃在下野石，也是可以接受的事情。

屋子里面，小美在酿制白酒。熟练的小妇人，头发上扎着一块蓝色的手帕，在油灯下将酒曲均匀地拌进饭里，然后把它们装进瓦瓮，小心地放置在火边。我的脚在火边抖动起来，脚趾从鞋子的裂口中伸出来，像透明的红萝卜。小美烧好了水，把我的脚从鞋子中剥离出来，放在温水中轻轻搓揉。

我弯下身来，抱住了小美的头。新洗的头发，散发着一股葵花子的味道，我们的婚床，变成了一个巨大的葵盘，赤身相拥的我们，有如两只蜜蜂，在葵盘的中央，它们的身下，是向日葵黄色的花瓣。

突然，又梦见小美在北麓河边放纸船。白色的纸船，顺着河水，慢慢漂远。

从睡梦中醒过来，我发现天气变了，冷风从屋外吹过，气温突然骤降。我的两只脚裸露在被子外面，一片冰凉。我爬起身来，换了一床厚而宽大的被子，又从书房中拿了一本地图册回到卧室。睡意全无。我打开地图册，吃惊地发现真有一条北麓河，在青海省的西部，从地图上可以知道它汇入了通天河，我从来也没有去过那里。

二〇〇八年四月十八日，星期五，阴

仿佛是多年以后重新回到下野石，住在过去的知青房里。记不住有没有海青，好像梦里曾出现过，但又非常模糊。

对了，梦见自己回到下野石，是去寻找海青。但是我迷路了。为什么我总是在回下野石时迷路？关键是，我来到的下野石，根本就不是当年我插队的下野石，只是觉得自己到了那个地方，山河相似，人却面目全非。

窗户里透出隐约的光亮，我决定立即返回昆明。可是当我打开房门，外面大雾笼罩，什么也看不见。但顾不得太多了，我一脚踏进了雾中，迅速被白色的气体所包围。空气越来越稠，我闭着眼睛大踏步朝前，所幸的是前面总有地面升起来，托住我的脚。后来，我仿佛看见自己正在变小，消失在一片混沌的白雾中。

在这些与下野石有关的梦中，一个叫海青的人常常出现。他是从上海来的知青，与我同住在一个知青房，练习过跆拳道，当年插队的知青没有一个能打得过他。我在下野石插队时身材瘦小，是海青罩着我，让我免受欺负。一九七七年的春天，海青从下野石神秘失踪，不知去向。

　　睡梦中为何有一个叫侯会计的人出现，我百思不得其解。插队的时候，我几乎不与什么会计打交道。但许多年以后的一天，我在昆明市便民服务中心办理户口迁移，突然，窗口里面一个男人的脸上让我看到了似曾相识的表情。对了，当年我离开下野石时，大队管理公章的那个人一直在刁难我，他长着细细的脖子和小小的脑袋，几乎没有下巴，完全不用化妆就可以直接去演反面角色。他一定就是我梦中一再出现的侯会计，这个发现让我意识到自己原来是一个挺记仇的人。

　　另外，梦境中的小美实有其人，写得一手好字，据说在校读书时学习成绩特别优秀，因此顺理成章成为了男生们暗恋的对象。记不住小美与海青谈没谈过恋爱，但海青为她打过架却是事实。几十年时光过去了，我已经忘记小美的具体名字，却能模糊地回忆起她的模样和打扮。在下野石，小美是唯一自杀的女知青，她的经历又应验了红颜薄命那句老话，时间是一九七六年的十月六日。

生死课

一

离开丹城的时候，小久以为这一生就此告别了殡仪馆。

出狱之后，他渴望去一个完全陌生的城市生活。火车站是一座城市彻夜未眠的地方，候车大厅顶端的碘钨灯，照耀着夜里依然喧嚣的站前广场。小久是第一次来丹城火车站，当他穿过路边的烧烤摊、揽客的摩托车手、搭讪的女人时，他不知道未来有什么等待着他。茫然又孤单的小久，紧紧拉住肩上的两条背包带子，感到了一丝凉意。

他身上只装了很少的一点钱，刚够到奉城的路费。开往重庆的 K692 次列车，每天夜里都会短暂停留在丹城火车站。车厢外面，一条冷清的铁轨在站台灯光的照耀下向远处延伸，轮廓逐渐模糊，最后消失在了黑夜深处。

半年前，小久刑满释放，从嵩明监狱回到了故乡丹城。此后他曾经去医院应聘过保安，去油库应聘过加油员，也曾去物业公司应聘过管理员……物业经理一眼看中小久，觉得他身手敏捷，但保安队长却在背后说小久的坏话，嘀咕请神容易送神难。后来倒是有一家KTV表示可以接收小久，但要他先交三千块钱的押金。小久四处借钱的时候，消息传到他母亲耳朵里，死活不让他去。

"歌厅里有些吸毒的，害怕得很！"小久的妈担心儿子被染上。

小久没有坚持。他觉得自己要是去KTV上班，顶多就是去给人家看场子，免不了又要打打杀杀。自从五年前看到青头死在自己的怀里，小久已经厌倦了舞刀弄棒的生活。

天干饿不死手艺人，小久的父亲则希望他学门傍身的技术。他是殡仪馆的司机，那辆白色的金龙车平时就停在殡仪馆的院子里。没有活计的时候，他会让小久坐到驾驶室里去试一试，让小久大胆一些，放松一些。可小久发现只要他坐上驾驶座，紧张兮兮的反倒是父亲。其实，父亲不在殡仪馆的时候，小久早就偷着开他的车了。发动、踩离合、挂挡、松刹车……小久的父亲平时不爱说话，他们父子之间交流的时间太少。记忆中是多年前，齐老师要每个学生去买一本成语词典，小久的父亲不但给小久买了《成语词典》，还为小久买了一本《小学生成语故事》。十多年过去了，小久还记得那本书的第一个成语故事叫"爱屋及乌"，但父亲把它读成了"爱屋及鸟"。小久的父亲没有注意到，成语上面，注有拼音。那是小久童年记忆里一个快乐的上午，他对着拼音，和父亲一道学习完"爱屋及乌"的故事。

爱屋子就要连屋子上的乌鸦也爱。父亲说，乌鸦也是鸟，所以说"爱屋及鸟"也没有错。

火车开始启动，铁制的车轮碾过钢轨的接缝时，传来有规律的哐当声。缓慢、有力、不可阻挡，一如小久离开丹城的固执念头。随着车速加快，原本节奏舒缓的哐当声变得密集而光滑，小久觉得自己像是在旷野里奔跑了起来。

打出生起，小久就住在丹城的殡仪馆。还在娘胎里的时候，他就能感觉到低沉而缓慢的哀乐弥漫在四周，如果真有胎教的话，小久最早的胎教就是哀乐。母亲是丹城殡仪馆的保洁员，一早戴着白色的口罩，两只灰布做的袖套，提着竹扫把就出去了。殡仪馆里所有的屋子，建筑物周边的空地，以及馆内交叉的水泥路，她都得一一打扫干净。有时，碰到来火化的人多了，密集的鞭炮声响过，留下一地又一地炸飞的红色纸屑，小久的母亲又得再次清扫。殡仪馆的焚化炉前，每天晚上都打扫得纤尘不染，可是到第二天下午，又会满地狼藉。

也许只有小久的母亲，才会嫁给丹城殡仪馆的驾驶员。两个被嫌弃的人，最终选择了相互温暖。沉默的父亲，小久印象中就没怎么见他笑过，仿佛他的笑神经在某次踩刹车时用力过猛，踩坏掉了。

年少的时候上语文课，小久喜欢胡思乱想，觉得如果要给妇产医院找一个反义词，他就会说殡仪馆。他那时不知道，名字是没有反义词的。但妇产医院与殡仪馆，的确代表了生命的两极。一端是来到世界的始发车站，一端是离开人世的终点车站。即使在丹城那样的小城市，每天都会有很多人降生，当然也有不少人离去。而小久，是一个在终点站上车的人。

改建之前的丹城殡仪馆，位于东郊的五里地。红砖砌成的围墙里，两排瓦屋用于住宿、办公和储藏，车间一样的灵堂靠在远离瓦屋的围墙边，而焚烧炉旁逐渐收缩的圆柱形烟囱，感觉像是建在了围墙外面。此外，通道边的花台里种植的，是象征着永垂

当代中国最具实力中青年作家书系

不朽的柏树，加上终日萦绕耳畔的哀乐，小久的童年记忆里，弥漫着一股死亡的味道。

不知道是谁选的地址。凹地，四面隆起的小山头，像掩盖隐私一样，把殡仪馆藏在了里面。如果不是当地人，即使从围墙旁边走过，也不知道那根红色的烟囱下面就是丹城殡仪馆。殡仪馆是一个比较有文化的称呼，当地人不这样说，当地人称之为"火葬场"。小久父亲活着的时候告诉他，当初殡仪馆刚建起来的时候，铁门右侧挂的就是"丹城火葬场"，是后来才改名为"丹城殡仪馆"的。白底黑字刻在一条三十厘米宽，四厘米厚，两米长的木牌上。

小久刚一出生，哀乐就不绝于耳畔。在他出生前，为了不让自己的孩子整日生活在这样凄苦的音乐里，父亲花光多年的积蓄买了一台红灯牌录音机，又买了一盘欢天喜地的音乐磁带，曲子里有一首是逢年过节常放的广东音乐《步步高》，热闹、喜庆，小久的父亲喜欢听。从娘胎里开始，小久便白天听哀乐，晚上听喜乐。风格完全不同的两种音乐在母腹外面博弈，难分伯仲。小久甚至怀疑，他出生后左右迥异的两只手，就是这种博弈的结果。

从有记忆开始，小久就像保护隐私一样，在人群中刻意隐藏他的双手。即使是在婴儿时期，小久的左手也坚硬、粗糙、冰冷，与右手的柔软、细腻、温暖完全不同。小久一直盼望着两只手有一天能长得完全一样，没想到随着年龄渐长，它们不但没有趋同，反而更加南辕北辙。

二

车窗外面，巨大的苍穹倾覆下来，世界因此变得愈发广阔无边。小久把头抵在冰冷的车窗玻璃上往外看，铁轨近旁的景物一闪而逝，仿佛列车没动，是大地在迅速后退。抬眼眺望，田野似乎在缓慢旋转、隆起和下沉。远方的山梁下，偶尔能看见少许稀疏的灯光。列车在天地的合围里，像一根发光的箭镞，刺破黑暗，又被黑暗淹没。

如果当年齐老师不调走，小久想，他也许就不会遭遇后来的牢狱之灾，而是像班里其他同学那样，考中学、上大学，毕业后找份稳定的工作。但是每个人的人生只有一次，没有假设。

丹城殡仪馆离城有五公里，到了读书的年纪，早出晚归上学不现实，小久便被父母送到城里的外婆家寄养。外婆家住在丹城的毛货街，街道逼仄，空气中整天飘散着烧碱的味道。那条街集中了丹城所有做皮货生意的商人，有做皮子加工的，有做毛货缝制的，石板路上，偶尔还会碰到几个背着狗皮或狐狸皮的乡下农民。生皮得用清水浸泡，再放入碱水中，去掉毛皮上的油脂。

一开始，小久和其他人一样，是个好孩子，尤其是班主任齐老师心中的好孩子。齐老师当小久班主任的时候只有二十五六岁，经常穿一件丝绸白衬衫和一条扎染的裙子，她长得好看，右脸上有一个酒窝，笑起来的时候特别明显。小久比其他孩子早熟，他喜欢站在齐老师身边，闻她身上散发出来的那股香甜味。那气味让小久既兴奋又不安。齐老师的丈夫是军人，在遥远的地方保卫祖国。齐老师教小久的语文，小学二年级的时候，她在黑板上写上"用越……越……造句"。她刚写完，小久就举起了右手。"小雨越下越大。花儿越来越红。同学们越来越快乐。"得到批准后的小久起身大声答道。如果齐老师不阻止，小久很想说齐老师越来越美丽。

当代中国最具实力中青年作家书系

为了表示对齐老师的喜欢，小久周末回殡仪馆，会偷偷到灵堂里，把绑扎在花圈上的纸花拔下来。白色的纸花不吉利，小久就会花时间，用红墨水，把那些纸花染红，星期一早晨去上课的时候，送给齐老师。齐老师很高兴小久送她花，用手抚摸着小久的头顶，鼓励他要好好学习。偶尔，碰到有人来殡仪馆用鲜花祭祀死者，小久会趁他们悲痛欲绝的时候，把花偷走，拿去送给齐老师。齐老师找来一个罐头瓶当花瓶，老师们集体用的办公室，因为齐老师办公桌上的鲜花，变得格外的温馨明亮。

如果不是好朋友锅盔告密，小久会继续每周一都把从殡仪馆带来的花送给齐老师，并继续享受她的鼓励。但有一天，当小久拿着辛辛苦苦染红的纸花送给齐老师的时候，齐老师的脸色有一些难看，她把小久拉到教学楼后面，问这些花是怎么来的。

"捡来的。"

"哪儿捡来的？"齐老师弯下腰望着小久说。

"我爸爸的单位里。"

"你爸爸不是在民政局工作吗？"齐老师气呼呼地说，"要不是郭小山，我都不知道你爸爸在火葬场工作！"

也许是看到小久的眼睛里充满了泪水，齐老师的语气突然变得柔软起来，她又用手抚摸小久的头说："我知道你喜欢老师，但以后不要再把火葬场的花拿来送老师啦！那是人家用来祭奠死者的，知道吗？"

"知道了。"小久低着头，委屈与愤怒变成泪水在眼眶里打转。

小久在丹城就读的学校是六小，不清楚校园以前是一座地主庄园，还是一座庙宇，总之那座学校的建筑，除了后来修建的工字形教学楼，其余的楼房给人感觉鬼气森森的。学校操场边有棵巨大的槐树，每到夏天，树上长满了槐花，淡黄色的花束，呈圆锥形，倒悬于绿色的浓荫之间，可以捡起来食用。但不知道是谁造的谣，说槐花树上曾吊死过一位女老师，夜深人静的时候，她会穿着一身雪白的长裙，绕着大树一遍遍兜圈。每当有新生入学的时候，这个传说就会在他们中间秘密流传。以至于放学以后，没有学生愿意留在校园里。

在那棵槐树下，小久与锅盔打了一架，原本温吞的小久，从此变得强悍，只要谁说他是收尸的，小久就会毫不犹豫挥出拳头。后来，是青头出面，小久才与锅盔握手言和。

小学三年级的下半学期，齐老师第一次在课堂上讲作文，她问班里的同学未来的理想是什么。回答千奇百怪。自从被锅盔出卖以后，小久再也不主动举手回答问题了。金碧琼说她的人生理想是做一名医生，穿着白大褂，戴着听诊器，为患者解除痛苦；夏明瑛说她的人生理想是做一名科学家，至于科学家是做什么的，她根本不知道，还狡辩说科学家就是科学家；锅盔的理想是做一名大厨，他家住在清华园餐厅的隔壁。锅盔说，他经常看见大厨炒好菜之后，会先尝一筷子，这让他非常羡慕。别人都是举手回答问题，而小久是被齐老师点名的。

"马长久，你的理想呢？"齐老师问。

小久本来想说，他的理想是做一名解放军，但一想到齐老师的丈夫就是解放军，小久就不说话了。他站着，低下眼盯着桌子上的一块墨迹。回答不出问题的孩子，让教室陷入沉默中的安静。其实，小久在心里说，他长大了干什么都行，就是不想再住在殡仪馆，听哀乐。那个时候，因为锅盔泄密，班上的同学都知道小久父母在火化场工作。因为这个，他们都不愿意靠近小久，这让

当代中国最具实力中青年作家书系

小久既恼火又无奈。

齐老师在小久四年级结束的时候调走了，她丈夫做了营长，可以带家属。那时夏天已经来临，丹城殡仪馆的花台里，开满了五颜六色的花，有月季、玫瑰、鸡冠花、菊花和太阳花……小久母亲现在是殡仪馆的保洁员兼花工了，趁她不注意，小久摘了一大捧鲜花，从殡仪馆小跑到学校，准备送给齐老师。可是当他抱着花汗流浃背赶到的时候，载着齐老师的那辆绿色三菱牌小货车刚刚开出校门。齐老师没注意到小久，她正坐在驾驶室与司机交谈。隔着一条街，小久站在校门对面的屋檐下，目送齐老师的车渐行渐远，最终消失在街口。小久觉得自己的童年，在此刻突然结束了。

因为齐老师的原因，小久至今最喜欢读的书，就是《成语词典》。他把父亲为他买的《小学生成语故事》看了一遍又一遍，以致他后来说话的时候，总是有意无意要带上几个成语。

三

小久在丹城六小读书的时候，青头是学校里的老大，此后他就一直罩着小久和锅盔，而他俩也跟在青头后面惹是生非，喜欢用暴力解决问题。小久高中毕业前，省城一家驾驶培训学校组织学员长途实习，他们离开省城后一路北上，穿州过府的年轻人，有上百人之多。正值荷尔蒙分泌旺盛的年纪，每到一座县城，他们眼睛里的小镰刀就将大街上一切美色当场收割。一路上几乎没有受到什么阻碍，驾驭着东风牌卡车的学员，浩浩荡荡，来到了丹城。

当时，青头正在狂追小久班上的一个女生，每天放学后，他就会跟在女生的后面，隔着几十米距离，护送她回家。但是那天，女生在回家的路上，碰到了几个驾校学生，他们对着青头的女神吹口哨、弹响指。

一场血腥的打斗在丹城南门的街巷中展开了。由于受到太多武打片的教唆，此时的打斗早已不是小久当年与锅盔点到为止的切磋。匕首、铁棒、榔头、自行车的链条……空中飞舞着这些器械夺命的影子。那是个血色满天的黄昏，夕阳西坠，残存的阳光涂抹在高高的院墙上，阴暗的街巷里，追逐声、惨叫声、咒骂声窜来窜去。小久捅伤了人，也差点被人捅伤。混战中，一把锋利的匕首刺破青头的心脏，血从刀口处涌出，就像里面藏着一个打开龙头的水管，怎么都止不住。本来，锅盔也参加了这场打斗，但当青头被刺中后，他就不知去向。关键时刻，锅盔总是逃之夭夭。青头躺在小久怀里，他身上的血流了小久一身，张了张嘴，却没有发出任何声音。小久能感觉他的身体突然一沉，就像是有一只透明的小鸟，从身体里飞出，刹那间消失在渐渐昏暗的天空里。

抱着青头慢慢冷却的尸体，小久没有害怕，有的只是茫然。

当天晚上小久就进了看守所。双方都死了人，也不知道最致命的那一刀究竟出自谁手。参与群殴时，小久还没满十八，被从轻判处了五年有期徒刑。

小久想，如果不参加那次打斗，自己会不会在毕业后参加高考，考上一所大学？这个念头只在他脑袋里一晃而过。上了高中，小久除了偶尔背诵成语，从来没有认真听过一节课。

小久从来不愿谈及他在监狱里面的生活，哪怕对锅盔也不说。在他看来，那里根本没有隐私，他总是觉得有许多双眼睛在暗中窥探。小久有时会想起青头来，只是随着时光的流逝，小久发现，他们与驾校学员打斗的情景，已经在记忆中变得模糊，不真实。也许是小久选择性遗忘，他只记得当时压抑的气氛，追逐和逃亡时的刺激，以及青头被刺死后带给他的打击。

从监狱里出来的时候，小久的高中同学大多已经工作。小久不与他们中的任何人来往，除了锅盔。锅盔的父母都是从奉城到云南插队的知青，二十世纪九十年代中期，他们所在的丹城土产公司破产，夫妻二人买断工龄下了岗。就在锅盔高考名落孙山后不久，他们带着儿子返回了老家奉城。

如果锅盔不离开丹城，小久会约他一起去凤凰山公墓看望青头。小久出狱的时候，清明节刚过不久，公墓里的许多墓碑下面，插满了用于祭奠的纸花和塑料花，色彩比真的还鲜艳。小久想起了当年给齐老师送的那些纸花。拙劣的材质，如果仔细闻的话，还能在上面嗅到淡淡的芒硝味，哔哔剥剥的鞭炮声响过之后，芒硝的味道随着青烟四散。小久发现，公墓里的味道，与自己童年生活过的殡仪馆的气味，是如此相似。

青头的墓地在公墓里最不显眼的位置，边缘，偏僻，墓碑小得像侏儒，周边杂草丛生，冷清，卑微，獐头鼠脸，一看就是从没有人来祭奠过。小久没有想到，当年在丹城南门跺一脚就会让房子颤抖的青头，会这样卑微地埋于地下。看望青头的时候，小久带了一瓶劲酒，几根烟。他还给青头烧了一堆纸钱。小久刚出狱，身上没什么钱，二十多岁的人了，也不好意思向父母再开口。给青头烧的纸钱，都是他捡别人在殡仪馆焚烧时被风吹散的。当然，也有几张是小久厚着脸皮向死者家属要的。小久还用父亲的裁纸刀，按照冥币的大小，用报纸裁出了厚厚的一沓沓假冥币，夹在真的冥币中间。焚烧那些假冥币的时候，小久心里对青头解释说，等挣到钱了，再买真的来烧给你。小久知道，青头活着的时候，曾不止一次用假钞买东西，在另外那个世界，他完全也能够如法炮制。

从公墓看完青头回到殡仪馆的那天夜里，小久梦到了青头。梦中的青头，还是生前的那个样子，他定格了，终生不再长大。此前在监狱服刑的几年，小久一次都没有梦见过他，小久甚至都记不住青头长什么模样来了，只记得他剃了个光头。而梦里，青头走在小久前面，被两个人押解着，仿佛是干什么坏事时被抓了个现行。他刮过的光头非常显眼，泛着青光。小久跟在后面，高声叫道："亮蛋亮蛋，前面在放《地道战》……"青头回过头来，愤怒地对小久说："你给老子烧的是假钞，害惨老子了！"

小久从梦中惊醒过来后就再也睡不着了，他越来越清醒。殡仪馆离公墓只有几公里路，很短，只要小久愿意，他可以随时去看。"等以后挣了钱，"小久默默地说，"每年清明我都给你烧真的冥币，让你在阴曹地府过上大富大贵的生活。"

已经是午夜了，丹城殡仪馆一片静寂。从墙上的那道窗子望出去，月亮悬垂在天上，满月的天空中丝云未现。

四

火车是上午抵达重庆的。小久从那儿转乘长途汽车，挨近傍晚了，才抵达奉城。陌生的城市，天空正下着雨，孤单再次袭来。同车的乘客走光以后，小久站在一幢建筑物的房檐下，看见有人骑着一辆电动摩托，身上穿着一件巨大的雨披，帽檐遮住了脸，在车场里转来转去。来奉城之前，锅盔说到时他要到车站来接小久。当那人再次从小久面前经过时，小久叫了两声。

"锅盔，锅盔！"小久叫着郭小山的绰号。听见呼叫声，那辆电动摩托缓慢调头，朝小久站的地方驶了过来。

果然是锅盔。雨下得不小，他让小久坐在电动摩托车的后面，用雨披把小久罩住。为了不让雨淋湿后背，小久尽量把身子靠近锅盔，把脸贴在他的后背上。罩在雨披里的小久什么也看不见，眼前就只能看到锅盔后背上浅黄色的工装。纺织物上面无数的细线纵横交织，巴掌大的一块，小久感觉自己如果缩小为一只蚂蚁，锅盔的后背便会扩展成广阔的旷野，让人不知道往哪个方向前行。

身不由己，一切都只能信任锅盔。小久感觉锅盔驾驶的电动摩托在雨中时快时慢，转弯、上坡、下坡，差不多开了半个多钟头，才停了下来。

锅盔住在奉城郊外的一座小镇上。一位台湾老板在此开了一家鞋厂，锅盔就在那儿打工，他把小久带到了他租住的房屋，一幢六层高的住宅楼，上面住的大多是为了建鞋厂土地被征用的农民。锅盔租住的房子在三楼，两室一厅，锅盔住了其中一间，另外一间住的是鞋厂的一位女工，小久进门时看见她，以为是锅盔的老婆，忙笑着准备打招呼，却发现对方有些冷漠。进了锅盔的屋子，他把牛仔背包放在地上，锅盔才告诉小久他老婆还住在新民镇，离奉城有二十多公里。屋子里布置得很简单，靠墙有一个做工粗糙的衣柜，对面是一张双人床，床边的墙上，贴着几个身穿比基尼的影星图片。

安顿下来之后，天已经黑了。锅盔带小久去了镇上，走过一家家餐馆，最后才走进一家杂乱的小火锅店。雨停了，但天空中仍旧灰黑一片，路灯照着潮湿的街道，压抑，好像湿气都闷在了身体里。锅盔的话很少，他告诉小久说："鞋厂原本要招些工人，但你来之前，刚招齐了。"

"那就看看能不能找到其他的工作。"小久说。

对话在喝了半瓶酒后才渐渐多了起来。毕竟有五六年时间没见面了，小久觉得锅盔变得有些生疏。

"本来想把老婆接来的，但城里花费大，何况她刚生完孩子，进城来没人照顾。"锅盔说。

"就当爹了！"小久说，"你小子动作挺快啊！"

"老婆和我爹妈住在一起，他们处得也不是太好，周末的时候我可能要回去看看，你跟我一起去不？"

"行啊！"小久说。可他觉得不能空着手去，但身上实在没什么钱，想了想，他说："算了算了，我还是不去了，得抓紧找工作。"

不知道是工作劳累，还是喝多了酒，那天晚上，小久与锅盔挤上床后，没有聊上几分钟，锅盔就进入了梦乡。锅盔的睡眠太好了，最后的那句话，前半截清晰，中间含混，结尾就变成了鼾声。

小久初来乍到，睡不着，一直望着窗外漆黑的夜空。

五

白天，小久外出找寻找招聘信息，晚上回到城郊锅盔的出租屋里。有一趟城郊班车，车票两块钱。连续一个多星期，小久都没找到工作，他站在奉城的大街上，觉得满大街的人都比他幸运。由于中午没有吃饭，此时饥饿袭来，他感觉胃像是长到后背上去了。看到路边的餐馆，小久嘴里禁不住分泌出口水，却只能一次

当代中国最具实力中青年作家书系

次默默地咽下。从奉城返回锅盔住的地方，大约有六七公里的路，小久把全身上下摸了个遍，只在屁兜里抠出一个钢镚。那天，他是步行回去的，一路上，他把手插在口袋里死死捏住那枚硬币，到了锅盔的住处，握住硬币的手心全是汗。

黄昏时分，屋子了无生机，锅盔还没回来。最近几天，他回来得越来越晚，也不知道是鞋厂工作忙，还是另有原因。坐在床上，小久望着窗外灰蒙蒙的天空，第一次怀疑自己不该离开丹城。

外面好像发生了什么事情。楼道里突然传来杂乱的脚步声打乱了小久的思绪。小久犹豫了一下，打开门出去，在楼下看到了刚刚回来的锅盔。院子里站满了人，锅盔打听了一下，来到小久身边说："住在顶楼的一个老太婆死了。"

院子里的人议论纷纷。据说，老太太死了好几天都没人知道，她的儿女在外地，平时很少回来。这天早晨，老太太的儿子打电话过来，一直没人接，让亲戚到家里去敲门，也没有应，老太太的儿子才赶了回来。

没有电梯，他只得一层一层爬上楼去。越往上走，老太太的儿子越是惴惴不安，他在楼道里闻到了一股异味，有点像死老鼠的味道。

当房门被打开时，一股恶臭扑鼻而来。老太太的儿子用手捂住口鼻走到卧室门口，看见母亲和衣躺在床上。"妈？妈！"没有回应。儿子刚走过去，数以百计的苍蝇嗡地从母亲身体上腾空蹿起。

小久来到院子里的时候，老太太的儿子已经从楼上下来了，他急得团团转，说谁要是把他妈的尸体从楼上背下来，他愿意付三千元钱。

三千块钱太诱惑人了。小久的手又伸进口袋，握住了那枚硬币。他小声对站在身边的锅盔说，想接这单活。

"你行吗？"锅盔有些怀疑。

"你不是不知道我从小生活在殡仪馆，见的死人多了去了！"小久松开了他手中的硬币说，"这样，你去帮我买几样东西，口罩、防蚊虫叮咬的风油精、塑料手套，还有塑料雨披。"

如果可能的话，小久还想买一副墨镜。他不愿意人们看到他的脸。

得知小久要上去把老太太的尸体背下来，住在这幢楼里的人围了过来："小兄弟，等会背人下来的时候，不要让她的脚碰到我们家的门啊，麻烦了，你放心。事后肯定不会少你的。"好几个人这样对他说。

奉城的气温这两天突然热了起来，小久全副武装之后，陪着老太太的儿子到了六楼。的确是越往上走，楼道里的臭味越浓。小久不说话，他盯住一级级往上延伸的水泥楼梯，发现自己脚上的旅游鞋，脚拇指的前面，已经裂开了一个小口子。

小久没有想到，自己到奉城找的第一份工作，竟然还是与尸体有关。

口罩和风油精，还有小久穿在身上的塑料雨衣。这些装备保证了小久在收殓死者尸体时不至于恶心呕吐。当他上到六楼，把那一瓶风油精撒在死者屋子的四角后，空气里的异味就被压了下去。小久就着床单，把老太太的尸体捆好，也不知道是老太太太过瘦弱，还是天气干了有些脱水，遗体并不重。尽管楼道狭窄，但小久把尸体背下楼时，还是灵巧地避开了一扇扇门。

一辆租来的小货车已经停在了楼下，小久把老太太放进了货箱里。老太太的儿子从包里抽出一沓钱递给他说："三千块，点过了。"

院子里的人散去了不少，当小货车拉着老太太的尸体离开后，锅盔提醒小久上楼去收钱。"尸体没有碰到门的人家都会意思意思的。"

重新返回住宅楼，沿着楼梯往上爬，小久发现许多门关着，但门缝里都塞着一张钞票。小久像一个辛勤的农夫一路收割上去，等他从楼上下来的时候，刚才还一贫如洗的小久，衣袋里多了一沓现金。

把雨披、口罩和手套丢进楼下的垃圾桶后，小久觉得他身上依旧有一股老太太的味道。他跟锅盔商量，打车进奉城，去找一家洗浴中心，洗一洗身上的晦气。

一单活就挣这么多，这让锅盔羡慕得不行。在奉城的"水益天下"，小久痛痛快快泡了个澡，把身体的每一个角落都清洗干净了。之前的一个小时里，他一直泡在大池温暖的水里，看着淋浴隔间里一具具赤裸的身体，心想终究有一天，那些不停搓头和搓身的人都会停止下来，不再动弹，等待着人收拾。他突然有一些难过。从洗浴中心出来，已经是华灯初上，奉城的大街上人来人往，热气腾腾的生活让人充满向往。小久找了一家装潢考究的火锅店，他能感觉到身上那沓钱给他带来的充实感和安全感。

当天晚上，两人在返回锅盔住地时，小久又在一家超市里买了一瓶泸州老窖、一瓶鹌鹑蛋、一包花生米和几袋豆腐干，他想与锅盔好好喝上一杯。

第一次挣到那么多钱，让小久觉得生活还是很美好的。52度的泸州老窖，让小久和锅盔坐到午夜一点还不觉疲倦。锅盔好像有些不太开心，他一再催促小久说："要不睡觉吧，我明天一早还上班呢。"

可小久根本没有睡意，他在想未来的生活。也许是做出了最终的决定，小久趁着酒劲，从衣袋里掏出钱来，分了一半递给锅盔。

"你这是什么意思？"锅盔用手推辞。

"今天下午的那单活，"小久把酒杯举起来与锅盔碰了碰说，"就算我们两人一起做的，扣掉洗澡，吃火锅和买酒的，我们两人一人一半。"小久说完把钱放在桌子上的酒瓶旁。

"那怎么好意思呢？"锅盔说。犹豫了一下，锅盔拿起桌上的钱装进口袋里，然后端起酒杯与小久狠狠地碰了一下。

"你下午这活值得干呢！"锅盔说，"我在门窗厂苦死苦活一个月，才挣一千多。"

"要不，我们俩以后合伙干这？"小久问。

"好是好，"锅盔有些犹豫，"可是我胆小，怕死人！"

"尸体我来处理，"小久说，"别的事情你多做点就行。"

"你让我想一想。"锅盔说。

犹豫了一会儿，锅盔端起酒杯，和小久又碰了一下。

六

小久与锅盔合伙做起了殡葬生意，锅盔负责拉活，寻找尸体线索，而小久负责收殓尸体。做了几单后，有了点余钱，小久便在城中一个名为月牙塘的老街租了一间屋子。房屋临街，木屋，最上头搭瓦，二十多平米的样子，一共三层，二楼三楼得从侧面的巷道爬楼梯上去。门外是一条用青石镶嵌而成的老街，背阴，好像长年都湿漉漉的。小久问锅盔这个地方以前是不是有一口池塘，锅盔说他也不知道。想想也是，虽然锅盔的祖籍是奉城，但是在几十公里外的新民镇，而且他高中毕业后才跟随父母迁过来，对于这座老城的了解，他知道的也不多。

锅盔不想让妻子苹果知道他从事的工作。"要是婆娘知道我挣死人的钱，肯定要找我吵。"

锅盔每天一早出去找活计，有时候晚上才回来，非常拼命。小久在奉城没什么朋友，刚从事这个行当，活计也不多。闲暇的时候，他窝在屋里看电视，从一个频道换到另外一个频道。如果有活计了，锅盔就会打电话来叫小久过去处理。尽管每隔几天，他们就会接上一单，收入能够维持两人的生活，但小久一直梦想着要把业务做大，多挣钱，过好日子。

不做这一行，小久永远不知道每天会有这么多人离开世界。天知道锅盔从哪儿弄来这么多死人消息：岩上飞石砸死的；看手机不注意掉在池塘里淹死的；在汽车里闷死的；吃了抗生素还喝酒不要命的；喝农药死掉的；高速公路车祸致死的……更多的人最后还是死在医院。但常常是小久他们赶到的时候，已经有人在收殓尸体了。锅盔悄悄告诉小久，那个手臂上有文身的，就是老蝙蝠，听说他肚子上，天生长着一个太极图。

奉城的尸体入殓，老蝙蝠的队伍占了一半以上的份额。毫无疑问，小久与锅盔要扩大业务，就必须与老蝙蝠竞争。但在奉城，老蝙蝠入行的时间太早了，早到小久和锅盔都还没出生，他就在这一带做收尸的活计。锅盔说，老蝙蝠在奉城家喻户晓，小孩夜哭，奉城人都是用老蝙蝠来吓他们。

不知道是来自熟能生巧，还是老蝙蝠天生异秉，嗅觉异常。在他的团队里，老蝙蝠主要负责每天晚上去医院查房，至于平时与尸体具体打交道的，都是他手下的人。"还真不能小看他，"锅盔不知道从哪儿打听得来的消息，他和小久八卦，"听说老蝙蝠每天晚上去城里几家医院的住院部逛上一圈，就能够知道当天晚上有没有病人要走，什么时候走。"

锅盔还说，都说老蝙蝠能够看得见在奉城大街上行走的鬼魂。尤其是夜深人静的时候，常人只能够看得见两旁的大楼、空掉的大街，而老蝙蝠却能看到人来人往，听说还不时停下来与人家打招呼。据说那些与老蝙蝠打招呼的人，大多是以前被老蝙蝠送走的，还都挺感激他。

小久怀疑老蝙蝠在夜里根本看不见什么鬼魂，他装神弄鬼，神话自己，是为了拉生意。而且，空无一人的街道上，他真要站下来，与一位想象中的故人聊天，你也无法证实。后来，小久曾经在夜里，躲在暗处观察过老蝙蝠，的确像锅盔所说的那样，老蝙蝠走着走着，突然停了下来，扬了扬手，快走了几步，过去，把手伸在空中，仿佛真的握住一只别人看不见的手。

不过要是在白天，哪怕在奉城的大街上遇见熟人，老蝙蝠也轻易不把手伸出去。伸出去了，对方不握，尴尬得很。奉城知道老蝙蝠的人太多了，人们见到他都绕道走，即使是"狭路相逢"，大多也只是嘴巴上问候一声。

七

有老蝙蝠在，小久与锅盔的生意好不了。得想办法。小久想要成立公司，要打广告，让人们知道他与锅盔是干什么的。小久说，我们只有干得比老蝙蝠他们好，钱收得比他们低，才会有更多的业务。

当代中国最具实力中青年作家书系

两人把公司的名字取为"安息社"。小久说："办报的地方叫报社，出书的地方叫出版社，住人的地方叫旅社，喝茶的地方叫茶社……我们处理的，都是安息掉的人，加一个社字，听上去就很顺。"

　　"安息社好，有文化！高大上！"锅盔说。

　　"医院里有的危重病人治不好了，想要出院回家，这里面有商机，"小久说，"听说送一个人回家，要收六百八十元，如果病人在车上断气，则要收一千三百八，利不小，我们得搞辆车。"

　　当天小久就找了家打印店印了名片。名片上小久是安息社的社长，锅盔是总经理。公司就他俩，又当将又当兵。小久与锅盔印的名片，白底黑字，比扑克略小，名片正面用一号仿宋字印着安息社，后面用小四号楷体标明各自的职务。名片的下面，写有一句话：请妥善保管，以备不时之需。许多人最初拿到名片的时候，不知所云，一头雾水，但把名片翻过来，立即明白了，上面写得很明确：专业处理各种尸体，业务范围——病人转送、洗漱穿戴、遗体美容、残肢拼贴、腐尸防臭……

　　当天下午两人就外出分发名片。小久分发奉城东部，锅盔分发奉城西部，两人约了最后在城中的广场上汇合。中午时分，街道上的行人稀少，小久只要看到大街上有门开着，就会走过去，递上一张名片。大多数人看了小久递过去的名片，都会骂一句神经病，把它扔掉。十个人中，只要有一两个人保存下来就行了。

　　一辆夏利车悄无声息滑行了过来，在小久身边停下。司机把车窗摇下，问小久要去什么地方。小久知道对方是路边载客的黑车司机，忙抽出一张名片递了过去。阳光有些晃眼，接过小久名片的司机文化程度不高，当小久离开的时候，他还把头偏在车窗上，小声念名片上的文字："专业处理户体"。"什么是户体？"司机把"尸"字念成了"户"。

小久后来决定去医院。他买了一包中华烟装在身上，到了医院就热情地散给看守大门的保安抽，还讨好地替对方点着火，让保安很享受。然后，小久才抽出几张名片，对保安说："如果有需要的，请帮忙宣传宣传。"

在奉城人民医院，一个满脸络腮胡的保安看了小久递过去的名片，笑道："这是在和老蝙蝠抢生意哈！"

"如果是你们介绍的，"小久说，"做成一单生意，谁介绍的，我返谁五十块钱。"

络腮胡好像很感兴趣，他把小久给他的名片收好，说道："这小伙子就比老蝙蝠会来事。"

小久分发得很快，一个下午，他就把几百张名片分发一空。从医院来到了奉城广场，小久站在广场中的旗杆下面等锅盔，左等右等都不见锅盔的影子，正准备掏手机出来联系，突然就看见他发疯地朝广场奔来，好几个人在后面追赶着他。小久见状，赶快冲过去拦住追来的人说："有什么事情，好商量，好商量！"他满脸堆笑，把烟掏出来，分发给追赶锅盔的人，缓和了气氛。一问，对方是在奉城桥头等货的司机，锅盔把名片插在他们车窗玻璃上就走了，有司机拿起名片来看，觉得不吉利，拎起扳手就要来砸锅盔，吓得锅盔撒腿便逃。

八

小久与阿羚相识，是在奉城的单行道酒吧。安息社成立一年多了，业务渐渐多了起来，小久与锅盔都有不错的收入。锅盔交了首付，在城里按揭买了房，把家属接进城里来。他的女儿糖豆两岁了。

"再过一年，糖豆要读幼儿园了，你还在单漂。"偶尔，锅盔会提醒小久说，"该找个女朋友了，只要瞒着她你干的工作，等生米煮成了熟饭，她要想后悔也来不及了！"

锅盔的老婆苹果是在他做殡葬师之前找的，过去一直抱怨他挣的钱少养不好家。苹果后来知道了锅盔在干收尸的活，果不其然与他大吵了几架。锅盔不吵，沉默、忍耐，每个月上交数目不菲的钱，慢慢地苹果也就接受了。只是对他作了严格的规定，每个星期最多只能近身两次。两次就两次，但让锅盔难过的是，苹果的情绪传递给了女儿糖豆，等糖豆稍大一些，锅盔回去要抱女儿，糖豆往苹果身后躲，说爸爸的手是摸死人的，不允许他抱。

虽然被女儿糖豆一再拒绝，但是每当提起女儿，锅盔仍是一脸幸福。

单行道酒吧其实是一个婚介所。交五百元钱和各自的资料，婚介所会根据彼此提供的信息配对，提供见面聊天的机会。阿羚是个自由职业者，与小久同岁，学的是财会，平时在家中帮别人做账。见面的时候感觉还行，奉城乡下人，皮肤不错，不知道以前有过什么经历，小久总觉得她的眼神忧郁，神思恍惚。

从决定来单行道与小羚约会，小久就决心隐瞒自己的职业。当阿羚问他做什么工作的时候，小久就含糊其辞地说，与救死扶伤有关。

"那就是在医院工作啦？"阿羚问。

"也可以这么说，反正医生治不了的，最终都会交给我们处理。"小久说，"许多病人最后找的都是我们，不再找医生。"

"那你学的专业是？"

"专业是对口专业，我很小的时候就开始见习了，不过英雄不问出处，高中毕业后，国家和人民又对我进行了五年的封闭教育，现在我也算是有一技之长的人才。"小久对阿羚说。

"其实我挺喜欢你的性格的，"阿羚望着酒吧外面热闹的街景说，"可是我不知道怎么了，什么事情都提不起劲来，这次来单行道约会，是我妈给我交的钱，她老是担心我年纪大了，嫁不掉。"

"其实我根本不想嫁人。"阿羚又轻轻嘀咕了一声。

约会了几次后，两个人互相感觉都不错。一天晚上，阿羚跟着小久回到了出租屋。

"你怎么住这儿啊？"阿羚有些意外。

"临时的。"小久撒谎说，"医院住房紧张，大家都是出来租房住。"

那次与阿羚约会，小久就觉得她是过来人。甚至，小久怀疑阿羚的忧郁与上一段情感有关。不过小久不太关心，每个人都有自己想遮蔽的往事，想告诉的，终究会告诉。

把阿羚带回家的那天夜里，两人睡下去不久，阿羚提出来要关灯，她似乎不愿开着灯与小久亲热。可刚把灯关掉不久，正当小久想有所作为时，突然听见有人拍门，清晰，不像是幻觉，像是有一只厚实的手掌拍在门板上。小久赶紧急刹车，停止动作，从床上跳起来拉亮电灯。阿羚也慌忙穿好衣服，坐在床上，有一些紧张。一开始，小久以为生意来了，有人要请他连夜去收殓尸体，他还想着要怎么把阿羚蒙骗过去。但当小久把门打开，却发现门外一个人也没有。夜已深，巷道里根本没有行人，门外，月光照耀着安静的巷道。

重新躺上床，小久与阿羚和衣而卧，刚才燃烧起来的激情被拍门声浇灭，一时也难以恢复。小久与阿羚躺着聊天，秋毫无犯。他问阿羚，是不是她的前情未了，有人追踪过来？阿羚把头靠了过来，温柔地说："我的事情你别问，你的事情我也不去打听，好吗？"

"啪啪，啪啪啪！"小久没想到敲门声还会响起，这让他感到有一些愤怒，小久对着身边的阿羚嘘了一声，暗示她安静，然后侧耳细听，又传来两下轻微的敲门声。黑暗中，他甚至能够感觉到敲门人的手指骨节敲打在木门上的位置。这次应该是业务来了，小久让阿羚躺好，不要动，然而当他过去把门打开以后，外面还是一个人也没有，这让小久感到万分奇怪。

小久忽然意识到，好像只要阿羚还在屋子里，敲门声十有八九就还会响起。他年少时坏孩子的脾气被激发起来，小久把门虚掩了，抬了只凳子，坐在门边，手中握住一把锋利的菜刀，他想要那个敲门人给他一个说法。奇怪的是，外面的人好像能够读懂小久的心思，有好长一段时间，敲门声都没再响起。

眼皮沉重，困意袭了上来，正当小久准备滑落梦乡，敲门声突然又响起。"啪啪啪，啪啪！"小久握住门把，突然拉开大门，准备顺势把刀劈出，却发现门外空空荡荡，什么也没有。小久不死心，提着刀追了出去，沿着那条小巷前后奔走了一段。夜已深，泛着青光的石板路上根本没有人，汗毛在小久的后背像荒草一样生长起来。

神秘的搅扰，让小久与阿羚性趣全无。整整一个夜晚，小久都没有睡好，他不知道为何门一关上不久，就会有人敲门，这个事情后来困扰了小久很长时间。

九

　　每做一单活，都得租一辆车。有时是运送遗体，有时是送不愿死在医院的人回家。后来，他们固定租下了土豆的汽车。土豆当然也是绰号，他觉得入伙有利可图，提出要与小久和锅盔一起干。

　　老蝙蝠在奉城经营了多年，他的团队业务比安息社的多，似乎是，只有他们忙不过来的时候，小久和锅盔才有一些接单的机会。

　　几个人商量，决定借奉城人民医院招保安的机会，让锅盔打入做内线。那样的话，医院里面有谁被送来抢救，或者有谁快不行了，作为内线的锅盔会比老蝙蝠知道得更早。

　　"轮到我值班的时候，我尽量找理由不让老蝙蝠进医院！"锅盔说。

　　奉城环城南路，紧临江边，公路顺着山势蜿蜒。春夏之交是奉城的雨季，细雨密织，雾气升腾，即使是在白天，能见度也很低。就在土豆加入小久他们团队不久，那条小久几乎每天都会经过的环城南路，出了严重的车祸。大型载重卡车，从一名载人摩托车手的头部碾压过去，生死就在一个车轮滚动的瞬间，短促，决绝，手起刀落。当锅盔接上小久赶过去的时候，一个女人正坐在泥地里哭泣，小久看到死者混合着血液的脑髓，涂抹在潮湿的沥青路上。

　　女人的名字叫姜米，她刚刚与丈夫从乡下进城来打工。丈夫开摩托车载客，她则在一家按摩院帮人做足疗。大型卡车从姜米丈夫头上碾过去的时候，摩托车滑落在沟里，姜米丈夫随身携带的手机也从衣袋里摔了出来。神奇的是，手机竟然没有摔坏。得知发生车祸的交警赶了过来，用姜米丈夫的手机，给姜米打了个电话，而那个时候，姜米正在足浴店，一边按摩着客人的足底，一边与客人聊天。

小久与土豆赶过去的时候，曾经打了一个电话给锅盔，但他没有过来。女儿糖豆感冒了，这让锅盔的心情很坏。自从苹果带着糖豆搬到奉城来，如果不值夜班，锅盔每天晚上都回去住，有时晚上有业务，小久也不叫他。锅盔说他希望每天早晨醒来，都能够见到糖豆。小久曾经去过锅盔的家，他发现脾气并不太好的锅盔，在面对糖豆时，总是在小心地讨好她。

"你不知道，"锅盔对小久说，"被人叫爸的感觉真好！"

事发地已经用彩色警戒带圈了起来。雨仍然下着，离受难者不远的地方，有一些人打着伞围观。小久从车上搬下活动屏风，把它围在死者的四周。自从安息社成立以来，每当处理死者的遗体时，他都尽量不让其他人看到收殓的过程。小久觉得，死者虽然已经不会说话，但他们其实也还有隐私。本身就不幸了，相信他们也不愿意自己的遗体，暴露在众目睽睽之下。

姜米的丈夫半边头被压扁了，临死前的恐惧让他的面目扭曲而狰狞。小久又去车上，拿来了一把小勺，把死者涂抹在湿地上的脑髓刮起来。破损严重的头颅是放不进去了，小久就把它放进了事先准备好的塑料袋。等屏风被撤开的时候，地上大致已经看不见车祸的痕迹，一只蓝色的装尸袋躺在地上，里头装着受难者的遗体。警戒线撤开，围观的人群闪开一个通道，人们屏气凝神，注视着小久和土豆把死者的遗体抬进车厢。那天下午，当土豆发动汽车离开事故现场时，小久才发现，老蝙蝠一直在一旁偷偷地观望。

遗体被拉到了奉城中医院的停尸房。之前，奉城中医院并没有停尸房，是安息社成立以后，小久找到中医院的陆院长，动员他建的。否则，中医院死了人，还要送到丹城人民医院停尸房去停放，有两次遭到人民医院的拒绝，让中医院的院长很是愤怒。在前往中医院停尸房的时候，小久一直设想该怎样给死者整容。

　　整整一个下午，小久就那样坐在中医院停尸房的工作台前，长时间凝视着受害者的脸。设想大卡车辗过死者头部的情景，小久不寒而栗。头盖骨被压碎，只剩下半张脸，这样的对视太让人难忘了，不是想留念，而是长久的凝视让死者的样子牢牢地刻在了小久的大脑里。

　　本来，对死者的遗体稍加处理，送到奉城殡仪馆火化完就了事，可小久一直希望摩托车手坍塌的头颅能够支撑起来，否则他要是梦里回来，亲人都会不认识。姜米没有进停尸房，她坐在中医院的值班室里，一直默默地流泪。

　　姜米看上去很年轻，她仍然穿着洗脚城统一的服装，浅蓝色的面料上，有着细小的碎白花，小久注意到了，薄布下面女人圆润的肩骨。他对姜米许诺说，他会把她丈夫的遗体处理好，让她放心。

　　下了班以后的锅盔赶了过来，有小久在，他就感到踏实。看着遗体上破损的头颅，他出了个主意，问能不能用竹片编个架子放进摩托车手的头颅里，并自告奋勇地说要完成这个任务。小久没有想到几年时间不见，锅盔还学会了竹编的手艺。大约用了两个小时，小久与锅盔才让摩托车手的头骨重新支撑起来。下午从环城路上刮下来的脑髓已经放了进去，但毕竟有了损耗，装进姜米丈夫的头颅以后，感觉里面空荡荡，还有不小的空间。小久用线小心地对姜米丈夫的头部进行了缝合，又给他化了妆，左右看看，这才算满意。

十

　　锅盔比较胆小。小久告诉锅盔，死人的脸，只要盯着看个够，就不会再害怕了。为了锻炼锅盔，小久专门陪他去中医院和人民医院的停尸房，把那些停在灵床和冰冻棺材里的尸体打开来给他看。其中有一具尸体，面孔狰狞，嘴唇萎缩，焦黄的牙从中龇了出来。小久怀疑是患癌症死的，死前将所有的痛苦全部留在脸上。眼睛没能闭上，有一层白翳，好像是在盯着小久身后的什么地方。

　　"你盯住这张脸看上半个小时，只要把这张脸看够了，以后再碰到死人，保准你不会再害怕！"小久说。

　　锅盔将信将疑，在小久的陪伴下，足足看了半个小时，也许是印象太深刻了，那天晚上，锅盔回去以后，只要一闭上眼睛，脑子里就会浮现那张恐怖的脸。一夜到天亮，他没有睡着一分钟。第二天一早赶到医院去值班，锅盔在电话里骂小久说："你给老子下药，老子一夜都没有睡，吓惨喽！"

　　但是锅盔也一直试图让自己克服对尸体的恐惧。有时候，趁小久他们都在停尸房里，锅盔也试着去触摸一下尸体。小久还让锅盔给一具尸体理过发，鼓励他。可锅盔在理发的时候，手指不小心碰到了死者的牙齿，躺在工作台上的尸体，突然微微张开了嘴，就像是咧嘴笑了一下，把锅盔吓个半死，以为尸体活了，要张嘴咬他，把推剪一丢，从停尸房里逃了出来。

　　小久没有想到，猪一样的队友，也会有成长的时候。之前想了许多办法，都没有让锅盔克服对尸体的恐惧。没想到当小久与锅盔从东山镇拉了一具尸体回来后，锅盔竟然再也不怕尸体了。

尸体是在一块岩石下发现的。放羊的老头，失足从悬崖上落下，两天以后，村里的人先是在山上发现失散的羊群，后来才发现放羊老头的尸体。是小久带着锅盔开车去的。土豆入伙以后，小久模仿老蝙蝠的运尸车，在车后门上贴了广告：奉城急救——专业接送省内外病人出院、转院，服务电话：185×××8166，二十四小时服务，收费合理。

乡村公路上的车辆很少，也看不见什么行人。如果不出现意外，小久将会与锅盔在天黑之前赶回到奉城，可是小久驾驶的微型车在驶离东山镇二十多公里后坏掉了，就像是，躺在车厢里的放羊老头不愿去火化。天色不早了，小久有些着急，他一次次发动汽车，可就是无法再打着火，发动机上的皮带"呜呜"转动了几下，又停了下来。小久跳下车，把车盖头打开，露出汽车线路交错的内脏。锅盔也跳下车帮忙检查，但两人看了半天，也不知道问题出在哪儿，只好东敲敲，西摸摸，但还是没有效果。

只能报救急，小久坐在驾驶室里，拨打电话给安息社的司机土豆，但是山里的信号不太好，时断时续，偶尔打通了，土豆却迟迟不接电话。天色一点点暗淡下去，坐在驾驶室里的小久意识到，他们这天晚上要做山大王了。

"要不我们走回东山镇？"锅盔说。

"二十多公里呐！"小久说。

"总不至于走路回奉城，更远，三十多公里路，走到奉城恐怕都快天亮了。"锅盔说。

"也许我们只能住在车上了，"小久说，"明天再打电话报急，让土豆请修理工过来。"

两人又在车上坐了一会儿，天黑以后，锅盔跳下车，车厢里的

当代中国最具实力中青年作家书系

尸体让他的后背发凉。锅盔朝东山镇方向走，可是才走出几百米，他就停了下来。不知道是紧张，还是慌乱，锅盔发现他为糖豆买的一个长命锁不见了。月亮还没升起，但泛着白光的公路隐约可见，路面有些模糊。锅盔弯着腰，低着头，沿着公路仔细找过去又找回来。

"怎么啦？"小久也从车上跳了下来，问锅盔。

"有东西掉啦，妈的！"锅盔骂道。

重新再找回去，锅盔的脸都快贴在公路上了。"掉了什么东西？"小久问，他从车上拿出应急灯摁亮，白色的圆形光影在公路上移动。突然，路边的小土坑里，有金属的光泽闪了一下，小久过去抵近一照：是一把镀金的长命锁，拿起来一看，锁上系有一根红色的绸带，锁的中央，"长命富贵"四个字微微隆起。

"吓死我了！"锅盔从小久手中接过长命锁，把它捂在胸前，"今天一早才给糖豆买的，还没给她戴，就弄丢了，怕有不好的预兆，现在找到就好，找到就好！"他的脸上难掩兴奋。

失而复得的长命锁让锅盔如释重负，就像是，他丢弃的魂魄也被找了回来。当锅盔把长命锁小心装在衣袋里时，他对车里那具尸体的恐惧感似乎消失了。

"真是奇怪了，"锅盔对小久说，"车里的那人有什么好害怕的？不就是块肉嘛！"

夜里，锅盔蜷缩在驾驶室里，而小久把车子的后门打开，爬上货厢，他拉长身子，与那个牧羊人睡在了一起。渐渐地，月亮从东山镇的方向升了起来，大地安澜，只听见锅盔的鼾声有节奏地从驾驶室里传出。午夜过后，小久隐约听到有汽车的声音从静寂的黑夜里传来，有如一只小小的蚊子，盘旋在头顶，等到这只蚊子变成一只牛头蝇的时候，他在道路的尽头，看见了刺眼的灯光。

十一

老蝙蝠在殡仪馆的火化炉前再次看到姜米丈夫的时候，有点意外。之前的一天，他在环城南路的现场目击过车祸的惨象。小久能够在火化前的一个晚上，把一具残破的尸体，修复成像熟睡的人一样。这让他对小久刮目相看。

电话是老蝙蝠打过来的。他叫小久小兄弟。其实，他的年龄与小久去世的父亲一般大。电话中，老蝙蝠告诉小久说，他此时在夜市上，想找个人喝喝酒，问小久有没有得空。乘出租车赶过去的时候，小久知道老蝙蝠打电话给自己，绝非喝酒这么简单。

夜里的"好又来"依然热闹，烧烤店，进门的案台上摆满了琳琅满目的食品：剖开的鱼、浸泡在水里的海鲜、切割成片的猪肉牛肉、各式各样的时鲜蔬菜……老蝙蝠坐在二楼靠窗的墙角，前面的桌子上摆放着烤好的猪肚、鸡脚和焦黄的罗非鱼。没有客套，小久在他对面的凳子上坐了下来，就像是两人早已认识多年。老蝙蝠也不问小久能不能喝酒，提起酒壶，往他面前的两个酒杯里倒酒，不时停下来，看看两个酒杯里的酒是不是一样多。

苞谷酒，倒在喝茶的玻璃杯里，足足有四两。

老蝙蝠把其中的一杯酒沿桌面推到小久面前："小兄弟，来，我敬你一杯！"他抬起酒杯望着小久说："没想到你的活儿做得如此漂亮，真心话！"说完之后，老蝙蝠闷了一大口。

小久也喜欢喝酒。他一直觉得酒中藏有神灵，能够让内向的人变得外向，小气的人变得豪迈，自卑的人变得自信，阴险的人变得磊落，同时也能让素昧平生的人变成故交……天气炎热，老蝙蝠赤裸着手臂，小久看见他左右两只胳膊上，都文着字，这让他看上去像一个混江湖的老大。

老蝙蝠左边的胳膊上，文的是"黄玉琴我的妻"几个字。小久问他，老蝙蝠说是他的第一任妻子。那次离异对老蝙蝠的打击很大，他有好长一段时间缓不过劲来，心里痛苦无处诉说，就喝闷酒，然后用针头蘸了蓝墨水，把第一任妻子的名字，歪歪扭扭地文在了自己的胳膊上。

右边那只胳膊上文的是第二任妻子的名字，她嫉妒心强，非要老蝙蝠把她名字也文上。刚嫁过来的时候，她并不排斥老蝙蝠的职业，毕竟收入不错，养家糊口绰绰有余。但老蝙蝠常常外出，每天夜里去医院查房回来的时间太晚，时间长了，老蝙蝠的第二任妻子耐不住寂寞，跟人私奔了。

"现在的老婆实心实意跟我过日子，勤快！"老蝙蝠说。

"我也刚结婚，老婆胆小，我没敢让她知道我做的工作，怕她接受不了。"小久告诉老蝙蝠说。

"不告诉的好。"老蝙蝠说着嬉笑起来，好像有什么事情让他特别开心，"不妨告诉你，你刚与那女人约会的时候，不想你来与我们竞争业务，想吓一吓你，就在你的房门上涂了一些猪血。"

"猪血？"

"蝙蝠的嗅觉最灵敏了，尤其对血。夜里它们从藏身的山洞出来，老远闻到你门上的血腥味，就会飞过来扑门，扑在门上的声音，听上去与敲门声完全一样，胆子小的人，会被吓傻掉。"

"嘿，妈的难怪听到敲门声，打开门，外面什么也没有！"小久恍然大悟。

"没有把你吓得……"老蝙蝠把头凑了过来小声说，"从此不行了吧？"

"倒不至于！"小久摇了摇头说，"只是觉得很奇怪，明明听见敲门声，可打开门，却见不到人。"

"你算我见到过的胆子大的。"老蝙蝠笑着说。

"我从小生活在殡仪馆，"小久不以为然地说，"整天见死人，哪会被这种小把戏吓到！"

"你从小生活在殡仪馆？难怪！"老蝙蝠说。

"我父母都是殡仪馆的工作人员，"小久抿了口酒说，"我就打那儿出生的。"

这时，老蝙蝠的眼睛亮了一下，像是发现了什么稀奇，他拉起小久的手仔细看了看，咂舌道："咦，你的两只手长得怪！"

"一出生就是这样子，"小久把两只手举起来看了看说，"小时候我父亲找过一个道士来给我算过命，那道士看了我的手之后，说我以后将会把握住阴阳两乾坤，也不知道什么意思。"

老蝙蝠一脸坏笑："意思就是你要做一个收尸人，只有收尸人才会经常出入于阴阳两界嘛。"

"小时候还很自卑，不敢拿出来给人看，整天想把手藏起来。"小久说。

"看来你天生就是该吃这口饭的。"老蝙蝠把酒杯端了起来，与小久碰了碰，然后说，"要不，小兄弟，我们合起来一起干？"

十二

合伙以后的公司名字，还是取为安息社，老蝙蝠也说这个名字好。原始股东，一共十个人，每人凑五万元，各占百分之十的

当代中国最具实力中青年作家书系

股份。老蝙蝠自觉功德圆满，说自己翻过皇历，选了个黄道吉日成立公司。

小久他们不知道，老蝙蝠所选的黄道吉日，其实就是他的生日。

公司成立的那天，老蝙蝠约大家去他家里吃饭。别的公司成立，都是早晨炸鞭炮开业，可老蝙蝠偏偏把揭牌的时间定在下午。想想也有道理，殡葬业，做的不就是人生最后一段路的活计。没有请旁人，老蝙蝠担心请了人家也不会来，自讨没趣。

老蝙蝠原来的手下棒槌建议说要不要请亮闪闪艺术团来热闹一下。老蝙蝠原本同意的，可到公司成立前的几天，又反悔说算了，股东们聚在一起喝一顿大酒，就算是公司成立了。

小久是到老蝙蝠家才知道他的妻子是位盲人，更让他吃惊的是，老蝙蝠的妻子虽然什么也看不见，却能做得一手好菜。黄昏时分，他们都在餐桌旁边坐定，桌子上摆了一些凉菜，有金线腿、凉拌海蜇、炝黄瓜……但热菜一直没有上来。大家早已饥肠辘辘，但老寿星不动筷子，安息社的其他人也都不好动。

小久是后来才知道，老蝙蝠之所以把公司成立的时间定在他五十二岁生日那一天，是有原因的。老蝙蝠家族里的男人，都寿短，活得最长的，也没过五十二。

老蝙蝠的曾祖父，是清末民初奉城的棉纱商人，从四川叙府押运一百驮棉纱去云南。押运棉纱的路途中，暴雨倾泻而下，驻留在河边的棉纱商人，连同自己的财富，被洪水席卷而去。那一年，棉纱商人只有四十二岁。

老蝙蝠的祖父，作为一个故步自封的地主，一生谨慎小心，他院门上端的长条形青石，两段分别雕刻着"循规蹈矩"和"谨言慎行"。但两条刻在石头上的护身符并没能护其真身，死时还不到五十岁。

活得最长的是老蝙蝠的父亲。那一年，满世界都在唱"再过二十年，我们来相会"。老蝙蝠的父亲五十一岁了，身体健壮有力，都以为他还要活很多年，却猝死了，脑溢血，甚至都来不及留下遗言。

也许，有一个秘密的追魂者一直跟踪着老蝙蝠的家族，又或者，在这个家族的生命之河中横着一把锋利的铡刀，凌厉的刀刃，让老蝙蝠的许多亲人没能善终。随着五十二岁生日逐渐临近，老蝙蝠仿佛清晰地看见那把铡刀悬在头顶，刀刃上不时闪耀着寒光。

老蝙蝠家客厅的墙上，有一架老式的三五牌挂钟，随着钟摆的晃动，挂钟会发出"咔咔咔"的响声，就像是一个穿着老式木屐的女人，在厅堂里不停地踱步。钟盘上只有时针和分针。从下午六点，等到晚上八点，老蝙蝠才起身进了他的卧室，拿出了一瓶茅台酒。五十三度的飞天茅台，老蝙蝠说他珍藏了好多年。酒倒入各人面前的玻璃杯子，已经有淡淡的黄色。不得不说老蝙蝠真是一位斟酒高手，连他在内的十个酒杯，居然能斟得一样高。

"五十三度的茅台，兄弟们，五十三，比五十二大哎！"老蝙蝠突然有了新发现，他端着酒杯站了起来，眼睛湿润，顿了顿，激动地说，"老子出生在戌时，时辰已过，刘家人过不了五十二岁的魔咒，老子今天破了！"

"三十多年前，"老蝙蝠说，"管太平间的老崔对我说，做这个活计，虽然被人看不起，但是在做功德无量的事情。无论是把那边死而复生的人渡过来，还是把这边阳寿已尽的人渡过去，都是在积阴德。"

"积不积阴德，今晚已经是个证明。"老蝙蝠说完，一仰头，干

当代中国最具实力中青年作家书系

掉了杯子中的酒。他用牙咬着杯沿，仰着头，一丝水渍从他的脖子上流下来，但分不清楚是杯中的残酒，还是老蝙蝠眼里的泪水。

十三

锅盔克服对尸体的恐惧之后，如果不值晚班，等糖豆睡过去之后，他偶尔也会去殡仪馆找人打麻将。他怕输钱。赢钱的时候兴高采烈，输钱的时候愁眉苦脸，迟迟不愿意把口袋里的钱掏出来给和牌的人。有时，明明身上还有钱，锅盔会诈说输干了，欠着，让与他打麻将的人都不痛快。

某天晚上，小久一个人在停尸房值班，锅盔又在殡仪馆与人打麻将。那天，锅盔的手气特别背，几乎不会和牌，夜里十二点不到，他身上的钱输完了。"欠着！"锅盔故伎重演，但与锅盔打麻将的人都不干："欠着就不打了！"他们像是商量过似的。锅盔想扳本，他打电话给小久说："老子输惨喽，赶快送五百块钱过来。"

奉城人民医院停尸房离殡仪馆不远，来回也就十多分钟时间。小久把钱送给锅盔之后，站在那儿看他们打了一圈麻将就回来了。在停尸房门口，小久坐在花台上抽了根烟。十五的月亮十六圆，小久觉得有道理。看着天上的那轮满月，小久发现自己离开丹城都已经五年了，中间他回过一次丹城看望母亲，但他没有告诉母亲，自己在奉城干的，是与父亲一样的活。突然，小久感觉停尸房里有点不对劲，隐约听见里面有人叫"稍息，立正"。再仔细听，却又没有了声音。

小久灭了手中的烟，把烟屁股用力弹向远处，又坐了一会儿，才推开停尸房的门。灯光下，有一具僵硬的尸体靠在墙边站着，一动不动。小久觉得奇怪，莫非有人来偷尸？他朝那具尸体走过去的时候，突然，身边的冰棺里传来一个声音："加床被子嘛，太冷喽。"小久猛地一转头，躺在冰棺里的那人突然站了起来！小久一个激灵，"啊"的一声返身撒腿便跑。

离停尸房不远处，是奉城精神病医院，占地只有两三亩，四周都修了高高的围墙，平时防范得很严密，可就在那天晚上，当小久去给锅盔送钱的时候，一个精神病人从医院逃了出来。夜里，四周一片漆黑，他朝着有灯光的地方走到了停尸房，打开了一口冰棺，把冻在里面的尸体搬了出来，竖靠在墙上。"稍息，立——正！"他似乎很满意自己的指挥，躺进冰棺后，还叫了几声，碰巧这个时候小久回来了。

停尸房的地上，有几根白色的电线，连接着冰棺和墙上的插板，逃跑中的小久，慌不择路，一个跟跄绊着电线，差点摔了一跤。没想到靠在墙上的尸体被电线带翻，倒了下来，不偏不倚向小久扑过来。而躺在冰棺里的精神病人听见声音，站了起来，当他看到有人逃出停尸房，也从冰棺中跳了出来，跟在小久后面追了出去，边追边喊："站住，站住，太冷了，给我加一床被子嘛！"

小久吓得魂飞魄散，撒腿狂奔，一路逃到了奉城人民广场。那儿有一个警亭，几个值班的协警听到叫声，提着警棍冲了出来，拦住了小久后面的精神病人。

"干什么的！"一个协警用警棍拦在精神病人面前。

"我冷。"精神病人双手抱着肩膀，用奇怪的眼光看着协警说，"让他给我加一床被子嘛！"

几个协警相互看了看。正值夏天，他们穿着短袖衬衫都还觉得热，怎么会有人觉得冷？正感到奇怪，有几个人从远处走了过

当代中国最具实力中青年作家书系

来，是精神病院的大夫，他发现有病人逃出精神病院后，带着人找了过来。那位医生有经验，对协警解释说此人是从精神病医院跑出来的病人。然后走过去，拍了拍病人的肩膀说："走，回去，我找被子给你。"

十四

老蝙蝠的朋友老壁虎生了病，要住院治疗，但奉城医院住院部没有病床了，老壁虎只好暂时住在急诊室接受观察。

小久在与老蝙蝠合伙之前，偶尔会看见老壁虎在夜市陪老蝙蝠喝酒。老壁虎是个跛子，一只脚残废了，走路一颠一颠，看上去像是幼年患了小儿麻痹症。后来小久与老蝙蝠合伙了，才从老蝙蝠原来的手下棒槌那里得知老壁虎之所以成为跛子，是因为年轻时与老蝙蝠恶斗所致。

究竟是怎么起的冲突，老蝙蝠不想细说。但老蝙蝠与老壁虎的打斗，相当残酷。他把老壁虎打成了跛子，老壁虎从此只得借助双拐才能行走。而老壁虎则用刀把老蝙蝠的肚子划开，肠子都流了出来，老蝙蝠硬生生把它们又塞了回去。两败俱伤的老蝙蝠和老壁虎，既没有报警，也没有去医院治疗。江湖上的矛盾，就用江湖的规矩解决。老蝙蝠肚子上的伤，是一个劁猪匠用粗针大线缝合的，他生日那天，曾经掀开衣服让小久他们看过。那疤痕，圆形，像儿童画的太阳。如果把他的肚脐看成是鱼眼的话，那伤痕看上去又像是一个太极图。

"自从有了这个疤，"生日那天，老蝙蝠把酒喝高了，得意地拍了拍肚子说，"从此以后，鬼神不侵，老子纵横阴阳两界从未碰到对手。"

很奇怪，没人知道老蝙蝠与老壁虎这对生死冤家后来是怎样和解的。人们看到的，是两人常在一起喝酒，像一对老哥们儿。一壶苞谷酒，就着一碟花生米，两个人可以坐上一个下午。

老壁虎住进急诊室的那天，老蝙蝠没有去看望。他正在被隔离检查。之前的一天，奉城防疫站打来电话来，说有一具尸体必须及时处理。尸体不在县城，在三十公里远的黄井乡，死者是一位鸡贩，到外地进货的时候染上了病，回来以后高烧，送回家去就不行了。奉城防疫站担心鸡贩是死于禽流感，他们让老蝙蝠赶去死者家里，把尸体收殓了，拉回城来火化。

防疫站的站长打过电话来不久，医院的院长也来电话了，说县里对这件事情非常重视，想把可能的疫情控制在最小范围内，现在全县禁止活禽交易，有疫情迹象的地方，家禽一律宰杀，挖坑深埋！

老蝙蝠之所以愿意去收殓那具危险的尸体，倒不是觉悟有多高，而是觉得如果因为收尸感染上了禽流感，死了，应该算是因公，政府会给他抚恤金，照顾好他眼瞎的老婆。

其实是虚惊一场。老蝙蝠解除隔离之后，第一件事情就是赶去看望老壁虎，去得比较仓促。当时老壁虎已经转到住院部了。也许，当老蝙蝠去看望老壁虎的时候手中提点水果，或者其他礼品，就不会出现后来的事情。

活该倒霉，老蝙蝠去看望老壁虎的时候，医生正在病房里劝说与老壁虎同病室的老人出院。

"都检查了，您老就是血压高一些，只要按时服药就不会有问题。"医生说。

"你们不会是合伙骗我吧，"老头将信将疑地说，"我怎么觉得自己患的是绝症呢？"

"老人家想多了，"医生耐心解释说，"医院病床紧张，请您理解理解。"

正在这时，急于探望老壁虎的老蝙蝠夺门而入，可他的那张脸奉城人太熟悉了，将信将疑的老头看到老蝙蝠，脸色骤变，用手指颤颤巍巍指了指老蝙蝠，又指了指医生，支吾道："活……活阎王都来了！"老头身子突然一僵，一头栽倒。

家属不干了，他们一口咬定老头是被老蝙蝠活活吓坏的。老头的女儿披头散发，扯住老蝙蝠说："赔！你得赔偿我们精神损失！"

老蝙蝠不愿意与老头的家属争吵，更不愿意通过法庭解决，他答应给老头的家人力所能及的赔偿。老蝙蝠琢磨瞒着盲妻，想把他名下的一辆旧车卖掉，用那个钱赔给老头家属。

小久对老蝙蝠的那辆车太熟悉了，当初他们还是对手的时候，那辆车对他们来说就像是一个噩梦。每当它出现的时候，就意味着活计又被老蝙蝠他们夺走了。合伙以后，为了提高服务质量，安息社买了一辆新车。金龙牌的殡仪车，打开后门，车厢里就有一个现成的冰棺。

老蝙蝠委托小久，把他闲置的车开到二手车市场卖了。小久拿个茶壶，把水淋在贴有"丧葬服务"广告的窗玻璃上，又用刀小心地把粘贴在上面的纸剔除干净。周边几个卖车的人，看到小久把这辆车开来卖，脸上都浮现出意味深长的讪笑，不知道哪个倒霉的会来买小久的车。

小久在车里坐了一整天，无人问津。也许，前来二手车市场的人，都知道这辆车原来是拉死人的。但他还是想碰碰运气。第二天，他在汽车的前挡风玻璃上，用红纸白字打了广告贴在上面：此车低价出售，手续齐备，两万元，一口价。

天气炎热，小久躺在汽车驾驶室里，他把左右两边的车窗玻璃都摇了下来，脚伸到车窗外头。不远处，有几棵粗大的槐树昏昏欲睡，知了在树上吱鸣吱鸣地鸣叫，小久发现躺在驾驶室里，比在家里还睡得安逸。

果然有人对小久标的低价感兴趣。一个胖女人晃晃颠颠走到了汽车前，站在那儿打量着挡风玻璃上的广告。之前，她已经在二手车商场里绕了好几圈。广告上的价格令她有些心动，她伸出手，拍了拍车门。

"两万块？"

"两万块！"小久噌地坐了起来。

"不会是坏的吧？"女人突然表示怀疑。

"要不你上来我带你绕两圈？"小久说。

"手续齐全？"

"全！保证全！"

"那你下来我开两圈试试。"女人说。

女人是从湖北恩施嫁过来的，到奉城的时间不长，她在菜市场开了一家肉铺，生意不错，想买一辆车运货。

当天下午，从二手车市场回去，小久把车款交给老蝙蝠。都以为这桩生意做成了，可没过两天，女人打电话来，要退车！

"泼出去的水，哪有收回来的道理？"小久在电话里说。

女人愤怒地说："我是卖猪肉的，不是卖人肉的孙二娘！"

小久把女人要求退车的消息告诉了老蝙蝠，他以为老蝙蝠会拒绝，出乎他意料的是，老蝙蝠竟然同意了。

当代中国最具实力中青年作家书系

"算了算了，不想跟瓜婆娘争个你输我赢，要是放在年轻的时候……"老蝙蝠欲言又止。

十五

锅盔在奉城人民医院做保安，每个月只能领一千五百元钱。本来，合伙以后，不需要在医院再安插一个暗线，但锅盔说他愿意把每个月的工资交到安息社充公，但就是别叫他辞职。小久后来才反应过来，锅盔是愿意穿着一身保安服回家，让女儿糖豆以为他是一名警察。

锅盔用竹丝编了一只蜻蜓模样的发卡，想给糖豆别在头发上。糖豆很喜欢，还对着镜子臭美了一下，可当她一看到苹果，立即把发卡从头上取下来丢在地上。"爸爸碰过死人的，我不要！"糖豆说。

重组以后的安息社，老蝙蝠当了社长，所有的活计信息都集中在他那儿，再由他来安排。每一桩活计挣的钱，不管多少，都要如数上交，等到月底看情况再来平均分配。老蝙蝠虽然是社长，但拿的钱与大家一样，真正做到了官兵一致。公司重组的时候，老蝙蝠制订了严格的规则，每单活计挣到的钱必须如数上交，如有隐瞒，第一次给予警告，第二次就开除，股份充公。小久他们每个人都在协议上签了字，包括老蝙蝠。

偶尔，老蝙蝠会明察暗访，看看大家是不是把挣到的钱如实上报了。也许在其他公司，会有人打小算盘，可在安息社，每天接触的除了尸体，还是尸体。常常是一个活生生的人，转眼间就不在了。见了太多生死，安息社的人不愿计较，谁干的活多了，谁又干少了。

一天，锅盔找到小久，问小久手里有没有余钱。

"你等我回家去问问阿羚，家里的钱她管着。"

小久回到家，阿羚正坐着绣十字绣。

"锅盔要把他父母接到城里来，他想开家小卖店，缺钱，想问我们借点儿成不？"小久问。

"可以。"阿羚抬起头来说，"存折上的活期，我明天去取出来。"

小久发现，阿羚的抑郁症愈发严重了，如果没有活计，小久尽量在家里陪着她。她原来接了几家公司的会计业务，现在人家也不叫她干了。她不想出门，只愿意整天待在家里，甚至有时催促小久出去玩，她想一个人。

小久有些自责，问阿羚是不是讨厌他才这样的。阿羚宽慰小久说："莫乱想，是我自己的原因。"

"要不然……我们要个孩子？"小久试探着问。

阿羚摇了摇头。结婚以后，只要小久一提到孩子，阿羚的情绪就很低沉。小久不知道，阿羚过去曾经有过三次流产，最后一次，阿羚的子宫被刮坏了，医生断言她终生再难怀上孩子。嫁给小久后，两人从来没有采取过预防措施，但果真就再没怀上。

锅盔用从小久那儿借来的钱，加上自己的积蓄，在医院租了一间屋子，开起了小杂货店。中午的时候，他们还卖盒饭，生意不错。除了小久，安息社的人都有些看不上锅盔，觉得锅盔太贪钱，开快餐店也舍不得出钱请小工，自己干，弄得整天疲惫不堪。

锅盔说要给他妈妈过六十大寿，给安息社的人都发了请柬，祝寿的地点就在锅盔一家在奉城医院卖快餐的地方。老蝙蝠过去的手下棒槌哂笑说："锅盔，你妈去年不是刚过六十大寿的嘛？怎么又过啦？！"锅盔解释道："五十九岁是虚岁，今年是实岁，实岁也过。"

其实大家心知肚明，锅盔给他妈妈办生日宴，就是想借机收收礼金。可是棒槌不干，他说宁愿请亮闪闪艺术团来给锅盔他妈祝寿，也不愿意给礼金。

亮闪闪艺术团做红白喜事，红事小久没有机会看到，来到奉城那么多年，好像从来没有人来请他去参加婚宴。小久见到的，是奉城殡仪馆里，每隔几天亮闪闪艺术团的演出。锅盔母亲生日那天，小杂货店的前面搭起了临时的演出台时，艺术团的女主持妖妖，年轻漂亮，二十七八岁的样子，身材好，棒槌的目光，一直黏在她的身上。

坐在寿宴的桌子旁边，小久看到妖妖手里拿着话筒，用食指轻试了一下，传出来的回音效果很好。"今晚是个欢乐的日子，吉祥的日子，同时也是一位伟大母亲的生日，"妖妖把身子转过来，对着屋里庆生的人们说，"在此，我谨代表亮闪闪艺术团，祝老寿星福如东海长流水，寿比南山不老松！"

演出台一旁的旋转灯突然射出七彩光芒，摆放在一旁的巨大音箱响起了节奏明快的鼓声，一个中气十足的男中音从音箱里传了出来：

让我们一起进入今天晚上的欢乐时光！

享受娱乐无极限；

感受流行新时尚；

架起友谊的桥梁；

感悟精彩的人生……

一台欢快的晚会就此上演，节目众多，小品、魔术、杂技、歌唱、舞蹈……

看着台上为母亲祝寿的演员，锅盔坐在下面愁眉苦脸，他这次只收到小久的礼金，其他社员的份子钱，全贡献给了亮闪闪艺术团。

十六

不知道女人为何死在天坑的底部。自杀、他杀，还是意外失足？当采药人发现她的尸体时，她已经死亡半年了。勘察的警察在尸体周围用彩带设置了一道警戒线，法医戴着厚厚的口罩，围着她的尸体，挪动着臀部给她照相。死者随身携带的一只红色挎包已经褪色，里面装有女人化妆用的粉盒、一块舒而美牌卫生巾、一串钥匙，一瓶益达牌口香糖，以及两只杜蕾丝避孕套。小久没注意到，当警察往案发现场赶来的时候，奉城电视台的人也跟了过来。他们听说天坑那儿发现了一具神秘女尸，自然不会放过这则消息。

锅盔和小久一起去的现场。他轮休。警察检查尸体的时候，小久和锅盔就在警戒线外面张望。也许老蝙蝠来就好了，与尸体打了几十年的交道，老蝙蝠对死因的判断不会比一个资深的法医差。

多年前，奉城下面的朱寨，有人在水井里发现一具女尸。打水的人把桶放进水井，摇晃井绳，却发现桶里不像往常那样进水。凑到井口去看，依稀看到有异物在井底，打捞起来，发现是镇上老陈家失踪了的媳妇。是老蝙蝠下去把女尸打捞起来的，老陈家的儿子说，妻子失踪的前一天，与他大吵了一架，负气出走，以为回娘家去了，没想到投井自尽。公安局的法医也赶到朱寨来，褪光了死者的衣服，没有见到任何一点伤痕，因此同意死者是吵

当代中国最具实力中青年作家书系

架之后，投井自杀。但是老蝙蝠把尸体收殓完后，没有急着送到殡仪馆去火化，而是把女尸放在停尸房的冰棺中冷冻起来。老蝙蝠总是感觉有些不对，在收殓女尸时，他总是觉得有一个人在身后注视着他。不是别人，他感觉那就是这个女子的亡灵。溺水而死的女人，身体被井水浸泡后已经发胀，她的眼睛微微睁着，双手摊开，好像是要讨一个说法。凭经验，老蝙蝠知道，如果女人投井自杀，会因为紧张而闭上双眼，握紧拳头，再一头栽下去。眼前的这具尸体，更像是在挣扎中被人推入井中的。事后的案件得以侦破，果真应验了老蝙蝠的判断。

天坑下面的尸体勘验完，小久与锅盔在现场把尸体包裹好，他把尸体背在背上，沿着陡峭的小路爬上来。当小久背着女人尸体往上爬的时候，奉城电视台的记者，一直跟在他身边拍摄。女尸很沉，从天坑底部往上爬，累得小久一身大汗。而在奉城电视台的摄像机中，小久的脸因用力而憋得通红，脖子上青筋鼓起，小久不时昂起头仰望坑顶。这样的特写在两分钟的新闻节目中多次出现，令人印象深刻。

回到家之后，小久装得若无其事。晚上，当他把遥控调到奉城电视频道时，刚好看到那则新闻重播，小久吓了一跳，慌忙换了台，故作镇定转过头去看阿羚。小久的身旁，阿羚好像注意力全集中在十字绣上，头也没抬一下。小久没有想到，阿羚其实看到了那则新闻，之后她不动声色，弄清了小久的底细。

出事的那天，阿羚打来电话，说存折和银行卡都放在饭桌上，叮嘱小久不要忘了密码，然后就挂了电话。小久愣了许久，发觉不对，再把电话回拨过去，阿羚已经关了机。

小久慌忙赶回家，但屋子里安静极了。他在客厅一角的餐桌上，发现了阿羚留下的遗书。和遗书摆在一起的，除了存折和手机，还有阿羚平时戴在身上的戒指和耳环。

大祸临头一般，小久返身就冲出家门。他奔到楼下，骑上摩托，驶出小区，在出小区门的时候，差点撞在缓慢升起的栏杆上。小久疯狂地往江边赶，他想起阿羚经过新建的跨江大桥时，靠在栏杆上若有所思。飞快的摩托车在人群里穿行，小久希望能够在阿羚自杀之前阻止她。沿江公路上，来来往往的汽车川流不息，将小久拦在公路的那一边。

十七

有人见到了阿羚从桥上跳进了江里。接下来的一个星期，安息社里的人放下了所有事情，全力帮小久去江里打捞阿羚的遗体。

尽管有目击者看到阿羚跳江，但小久依然怀疑是错觉，说不定到了晚上，阿羚就会回来。他租了两艘汽艇，在奉城附近的水面来回搜索了好几天，一无所获。

民间都讲究"头七"。如果阿羚是留下遗书那天死的，那么按理她的魂魄会在"头七"的夜里返回家来。早晨起来，小久去了菜市场。阿羚的魂魄要回来，小久得给她预备晚饭。她活着的时候吃得清淡，喜欢吃懒豆腐、凉粉、黑豆花和汤爆肚……小久把她喜欢吃的菜做了一桌子，然后躲到卧室里，用被窝蒙着头睡觉。小久知道，不能让阿羚看到自己，否则按民间的说法，会影响她转世投胎。天黑了下来，小久仔细倾听客厅里的声音，但他什么也没有听见。

夜里，小久梦见了阿羚，她的尸体被卡在水底的两块岩石中间，浮肿的身体让阿羚动弹不得。梦中，江边的景色非常清晰，流淌的江水、江岸的岩石，仿佛是他亲眼看见的一样。第二天，小久醒过来，把昨晚的梦又回忆了一遍，然后他打电话告诉老蝙蝠和锅盔说，不用找了，他知道阿羚在哪儿。小久把租来的快艇退了，与安息社的兄弟一道，根据梦中看到的情景，沿着江岸寻找。在离大桥两公里远的地方，江边能看见几丘新开垦的土地，一旁有片橙子林，墨绿色的叶片下面，拇指大的脐橙正在生长。

"应该就是这儿了！"当看到那片橙子林时，小久用手指了指江水说。

尽管只是初秋，但江底的水已经有一些冰冷，而且混浊。小久坚持下水，他在石块间摸索，突然，手触摸到滑滑的东西，轻轻一碰，它就从缠绕的物体上脱落下来。小久知道，阿羚就藏在这里。

岸上的老蝙蝠和锅盔，先看到的水中浮上一块黄色的丝巾，他们就知道小久的老婆就藏在这水底了。过了一会儿，才见到小久和他面目全非的老婆。

浮上来的阿羚，一丝不挂，让小久既难堪又难过。即使知道在水里溺亡的人，女的一律脸朝下，男的脸朝上，可小久还是觉得，阿羚之所以俯卧着，是不愿意再见到他。

阿羚火化以后，有好几天，小久都没出门，一个人待在家里。锅盔担心他也想不开，忙带着苹果和糖豆来家里探望。屋子的正中，小久为阿羚设了一个灵位，把她年轻时一张笑逐颜开的照片放大了挂在墙上。苹果让糖豆跪在阿羚遗像前的蒲团上："来，乖，给干妈多磕几个头。"

小久呆呆地望着阿羚的遗像，他发现，笑着的阿羚，其实长得很美丽。

糖豆穿着一件白色的羽绒服，稍长，这让她下跪的时候显得有些笨拙。锅盔在一旁看着糖豆，满脸的怜爱。小久想起他曾经跟锅盔说想要一个孩子，但阿羚就是不同意。锅盔曾教过小久，说把避孕套的前端，用针扎个眼，只要阿羚怀上孩子，她就不会舍得再把孩子做掉。

直到看到了阿羚的遗书，小久才发现他和阿羚各自都怀揣着秘密。

遗书中，阿羚说她走以后，希望小久能够找一个好女人，有个自己的孩子。

十八

几十年来，老蝙蝠每天都只睡三四个小时。子夜时分，他会独自到奉城的各个医院去查房。先是中医院，然后安然医院，接下来是奉城华西医院，最后才是人民医院。医生查房是早晨，目的是了解病人的治疗情况。而老蝙蝠查房是在夜里，他想了解有没有病人，站在阴阳相隔的界河边，等待着他撑船渡过去。据说，老蝙蝠在查房的时候，只要鼻子一闻，就知道是不是有人撑不过这个晚上……他长着能够嗅到死神味道的鼻子，就像蝙蝠能够在黑暗中靠着声波畅通无阻地穿行一样，难怪当年他们给他取了"老蝙蝠"这么个绰号。

医院里安静异常，大厅里看不到一个人。大门上端的电子显示屏上，每隔十多秒便更换一条广告：我院引进高端医疗设备——西门子最新CT，用于介入手术的最先进血管造影系统，飞利浦进口高档四维彩超……

从停车场走到住院部大楼，老蝙蝠已经有些气喘，看来他还真的老了。十三层的大楼，一至三层是门诊，往上是各科室的住院部。夜晚的人民医院住院部，气味复杂、混乱，偶尔会飘过来一股不知来自何方的臭味。消化科的一位护工，端着半盆暗红色的液体出来，站在护士站门口给医生看。尽管在看到那盆里的液体前，小久就把自己的呼吸道关闭了，可还是有一股浊重的臭味钻入他的鼻腔。

"快了，明天的事。"老蝙蝠说。

过道上摆满了病床，老蝙蝠带着小久从旁边无声经过。偶尔，老蝙蝠会踮起脚来，把脸贴在房门上端的玻璃往里张望。

如果夜里平安无事，值班柜台后面的护士会一遍遍刷手机。对每天晚上定时出现的老蝙蝠，他们见惯不惊。见到特别熟悉的护士，老蝙蝠还会走过去与对方聊上几句，朝他们眨巴眨巴眼睛。

真正在夜晚查病房时，小久才发现安然入梦只是个形容词。仰天的、卧地的、蜷缩着的……睡梦中的人，仿佛正在承受着莫名的痛楚，很难见到一个面容安详的人。从狭窄的过道里走过，小久感慨万千。在这里，天堂与地狱近在咫尺。近得，那些患者只要翻一个身，就很可能从天堂滚入地狱。

从最顶楼的呼吸内科查起，然后神经外科、内分泌科、血液科、肝病科、儿科、产科、胸外料、肿瘤科一路查下来……除了妇产科。一趟查房下来，得花一个多钟头。当他们从人民医院住院部出来时，老蝙蝠有些气喘。已是午夜两点，两人站在医院临江的平台上眺望着黑暗的远方，老蝙蝠突然有些伤感地说："小久，以后查房的事情，你得担当起来了。"

远处的轮船驶过，江水依旧无声流淌。

十九

从事殡葬工作，什么样的尸体都会碰上，小久想让每一个人都走得体体面面。但每个人的死相千差万别，有的安详，有的狰狞，有的死不瞑目，有的鼻歪口斜。小久最佩服的，是老蝙蝠有一手绝活，送来的尸体，无论怎样怪异，只要经过他的手，最后看上去都像是睡过去一样。

处理死者的脸部，老蝙蝠会用手不停地搓揉，仿佛并没用多大的力，但小久看到他脸上汗珠密布。

"你手中的温度要渗透进死者脸上的肌肉里，"老蝙蝠停下来对小久说，"只有死者的脸上恢复了温度，僵硬的肌肉才会活过来，听你摆布。"

"还要学会用内力，把力量渗进去。"老蝙蝠喘息着说。

殡葬这个行当其实学问挺多的，甚至还要会使用手术刀。在奉城，死者不能带着金属下葬。"身上有铁，子孙死绝！"当地的民谚也这么说。

是老蝙蝠教给小久去铁的技术。"包牙的金属套，心脏里面搭的桥，加固骨头的钢板，置换的金属股骨头……总之，如果留有金属在身体里，死者就很难转世投胎喽。"

"为什么？"

"不为什么，"老蝙蝠说，"你去乘飞机的时候，身上有金属，检测门都会叫个不停，去另外那个世界的检查更严格。"

为了指导小久，老蝙蝠专门找到了一具尸体。工作台上的尸体，下身裸露，能看见僵硬的双腿。死者的左腿小腿腓骨粉碎性骨折，曾经在里面植入过钢板，还打入过几根钢钉。本来，等腿骨长好以后就应该把它们取出来，可还没来得及取出植入的钢板和钢钉，这人就走了。

"小久，你来试着把它取出来。"老蝙蝠说。

接过老蝙蝠递过来的胶皮手套和手术刀，小久有些犹豫。死者小腿做手术的地方呈暗紫色，隔着手套的胶皮，小久的食指用力按了一下，暗紫色的疤痕凹了下去，迟迟没有再还原。尽管躺在眼前的这个人不会再有知觉了，可真要在一具尸体上划上一刀，小久还是觉得死者会感到疼痛。想想当年在丹城，跟在青头后面闯江湖，他可以把锋利的匕首毫不犹豫地戳进别人的身体里……小久觉得恍若隔世。

"就从刀疤这儿下刀进去！"老蝙蝠用右手的食指和中指再次按压了死者暗紫色的疤痕说，"但下刀的时候尽量刀口小一些，等会还得把伤口缝合起来。"

为死者的遗体取金属，老蝙蝠可谓经验丰富，他会根据逝者家人的描述，准确地把身体里的铁器取出来。遇到无主的尸体，要火化，老蝙蝠也会仔细查看遗体，看看身上有没有疤痕，如果有，里面是不是会埋有金属。他还会用圆形的金属探测器检查遗体。小久就见识过，老蝙蝠在检查一位肺癌患者的遗体时，每当探测器靠近死者的脸部，探测器就会有反应。小久以为死者安了颗金牙，可捏住死者的颌骨，往口里张望，却没有什么发现，死者的一口牙均称，整齐。是在老蝙蝠的启发下，小久才从死者的口腔里发现了一颗烤瓷牙，白色的釉面包裹了金属牙套，与其他牙齿非常相像，很难被发现。

老蝙蝠出手不凡，不仅仅是经验丰富。他虽然识字不多，但解剖书看得却不少。《人体解剖学彩色图谱》《人体局部解剖学》《动态素描人体结构》《人体组织学与解剖学》……没事的时候，老蝙蝠就会坐在工作室里的那对老式沙发上，戴着眼镜看书，像个知识分子。其实老蝙蝠看书就是看图，书上有解剖图的地方，都翻黑了，有字的部分却崭新。所以几十年来，识字量没增加多少的老蝙蝠，倒成了实战经验特别丰富的解剖专家。

老蝙蝠将自己多年积累的经验对小久倾心传授，却反对小久给一具尸体安装假肢。死者是奉城供电所的职工，八十多岁了，没有子嗣，与老婆相依为命，他的右手臂年轻时触到高压线，命保住了，右手臂却截了肢。

假肢是买来的，但要用螺丝固定，老太太先是找到老蝙蝠，但被拒绝了。

"我只帮尸体取铁，从来不在尸体里面放上铁器。"老蝙蝠说。

"老头的手锯掉以后，本来可以去医院安装一个假肢，"老太太说，"但老头怕受罪，我寻思着等他走了以后，再帮他安装，这样他就不会痛了。"

"身上有铁，儿孙死绝！你不知道？"

"我们俩反正没有后，不存在儿孙死绝的问题！"老太太说，"到了天上就像是住了个大洋房，到了地狱就像是住了个小草屋，没关系，死后只要我们俩还在一起，去哪儿都行。"

后来还是小久想了个办法，他让锅盔帮做了几颗竹螺钉，把买来的假肢给老头接上，又用针小心地在接缝处进行了缝合。遗体缝合完以后，老太太很感动，对小久千恩万谢。

当代中国最具实力中青年作家书系

二十

　　锅盔和苹果坐在手术室外面的条凳上，浑身发抖。锅盔把头夹在两臂中间，长时间盯着脚下的水泥地，不住地唉声叹气。

　　小久不知道怎么安慰他，只能把手搭在锅盔的肩膀上。

　　锅盔与苹果在孕育糖豆的那天晚上，不知道哪个环节出了问题，让孩子生出来以后就带着先天的残疾。锅盔夫妇带着糖豆在奉城医院检查过之后，又去了成都和重庆的医院检查。检查的结果一样，糖豆患有先天性心脏病。难怪糖豆的嘴唇常年乌青。

　　等了半个多钟头，糖豆的尸体用滑轮车推了出来，她双眼紧闭，脸色惨白，静静地躺在白布下面。苹果奔了过去，扑在糖豆的遗体上，声嘶力竭地哭泣。锅盔面无表情，两手垂着，僵硬地站在那里，一动不动。直到把糖豆推到了停尸房，众人即将散去，他才在这个熟悉的环境里苏醒过来，赶过去，从滑轮车上抱起糖豆，紧紧地抱住，始终不撒手。只有这次，糖豆最听话，任凭爸爸把她搂在怀里，好像这才是这个世界上最让她放心的怀抱。

　　"爸爸原本想等钱攒够了，就带你去做手术。"锅盔把脸贴在糖豆的身上，滚烫的泪水沿着他的脸流淌下来，"是爸爸没本事！"

　　停尸房里，糖豆安静地躺在冰棺里，她左耳上方的头发上，别着锅盔专门为她编织的竹丝发卡，感觉就像是一只小小的蜻蜓停歇在那儿。

　　小久看着糖豆，他想起了几年前，与锅盔一起从东山镇把牧羊人的遗体拉回奉城的那个夜晚，锅盔因为害怕，不愿意坐在车上，跳下车往东山镇方向走。没有走出多远，他把那只准备送给女儿的长命锁弄丢了。当时小久还奇怪，为何找到长命锁后，锅盔就不再害怕车厢里拉着的尸体了。也许，锅盔当时就明白，要尽快给糖豆挣够做手术的钱，他就必须克服对尸体的恐惧。

糖豆火化的那天，大家隔着火化炉十多米远，看见殡仪馆靠墙的烟囱里，有青烟隐隐约约升起。小久希望那儿能够伸出一架天梯，把糖豆送进天堂。

小久说："我也是糖豆送进医院抢救时，才知道她患有先天性心脏病，我和锅盔那么好，他对我都隐瞒了这个秘密。"

天天在殡仪馆嬉笑进出的人，突然都变得沉默不语。

"锅盔如此贪财，其实是想攒钱给他女儿做手术，"小久又说，"他爸妈早下岗了，老婆又没工作，家里经济压力一直很大。"

"我们当时不知道啊！这个王八蛋！咋都不给哥儿几个通口气！"棒槌有些愤懑。

糖豆火化之后的那天晚上，安息社的人在老蝙蝠的带领下，去到了锅盔的家。他们每个人都用信封装了钱，表达自己的心意。除小久之外，棒槌装得最多。

二十一

老蝙蝠退休了。

小久新官刚上任，就烧了几把火。他要求安息社的每个成员，每天二十四小时开机，必须及时接电话，一次不接，罚款五百。如果有活计了，只要电话通知，无论是在睡觉，还是在做爱，必须立即出发赶往事发地。

小久想让安息社在他手里发扬光大。就任以后，他给安息社的社员统一买了服装。黑西服、黑领带，白衬衫，只要有殡葬活动，大家一律正装出行，显得相当正规。小久还请奉城武装部退下来的鲁干事，对安息社的人员进行军事化训练。主要是训练大家走正步，设想一个人去世以后，他的遗体被小久他们装在特制的棺木里，由八个身着正装的殡葬人员抬着，脚踏正步走到运尸车前，这情景是不是特别庄重和严肃？但安息社里的人都懒散惯了，训练的时候怎么也走不齐，节奏不对，有的人腿甚至抬不起来，一段时间之后，安息社的殡葬队伍才开始有模有样。

培训完队伍，小久谋划要搞树葬，他先找到老蝙蝠商量。

"火化其实污染也挺大，骨灰盒还得找地方埋，立碑，占地方，成本也高，还不如搞树葬，既环保，成本还低。"小久说。

"怎么个葬法？"老蝙蝠问，"奉城可没人搞过。"

"找一荒山，把死者的遗体用白布包裹好，挖坑深埋，然后在遗体上种一棵树，腐烂的尸体还能作树的肥料。"小久说。

"死者的亲人想祭拜怎么办？"

"在树上刻上死者的名字，名字还会随树长大而变大。"

"好是好，只是不晓得奉城的人接不接受得了。"老蝙蝠担心。

"我们去租一座荒山，先试他一把。"小久说，"在双龙镇，有一座木子山，租过来搞树葬挺适合的，我过去曾经去过。"

木子山是一座石漠化的山，青白色的石头裸露出来，感觉整座山都是骨骼。原本，这座山也曾经植被繁茂，山体上依附的一些巨大的树桩就是证明。但是六十年前，煮豆燃豆萁，人们用这座山上的树木烧另外一座山上的铁矿石，结果山下的河道里，堆满了许多无法再用的生铁疙瘩，让原本清澈的溪水，在此后的数十年间，一直散发着浓烈的铁锈味。

"双龙镇愿意零租金租给我们，条件是我们在上面种的树，五十年内不能砍伐。"小久说，"其实签一百年不砍伐都行。"

安息社集体商量的时候，大家纷纷发表意见。锅盔表示支持："谁敢砍啊？每一棵树都有人看着呢，谁砍了，树的主人晚上会去索赔！"

"所以嘛，我们安息社以后要开展一条龙服务。"小久满怀憧憬地说，"收殓尸体、净身、化妆、寿衣提供、灵堂设计……条件成熟的时候，我们还可以在木子山的入口处建一座佛堂，请几个真正的和尚来，咿哩哇啦的佛经一念，为愿意去木子山树葬的人超度。"

大家都被小久描绘的蓝图吸引了。

"配合着开发木子山，我们还要成立园林公司，种植苗木，为我们以后的树葬作准备。"小久接着说，"木子山下有块地，我们可以租过来种上些树。种楠木、黄花梨、古柏，也可以种鸽子树、杉木或者柏杨，都是些好树，埋一个人就移栽一棵，一二十年后，木子山埋满了人，但看不见一块墓碑，只看见满山都是刻着名字的大树。"

二十二

未曾想老壁虎成了木子山树葬的第一人。

弥留之际，老蝙蝠去看望他，带了一瓶郎酒和两个杯子。酒倒好了，但老壁虎已经不能端起酒杯来痛饮了。老蝙蝠就自斟自饮，喝几口，看一眼老壁虎。

"你不能陪老哥我喝酒了，"老蝙蝠仰头干了一杯酒说，"也好，你先走，去那边准备好酒菜等着我，到时候再喝！"

老壁虎躺在床上，身体瘦削，两个眼眶下陷，他声音沙哑地

当代中国最具实力中青年作家书系

说："我走后，麻烦你把我用一张草帘一裹，丢在城外的沟里也行，拖去喂狗也行，反正无儿无女的，贱命一条。"

"我给你树葬怎么样？"老蝙蝠说，"你死了，我把你埋在木子山，在埋你的地方种上一棵树。"

"好的，"老壁虎有气无力地说，"怎么弄都行。"

"那就树葬，你想要棵什么样的树？"

"要是种棵木棉树就好了。"老壁虎说。

"没问题，"老蝙蝠说，"你安心走，过些年，我会来木子山和你做伴，但我不种你的木棉，我死了要种楠木。"

老壁虎走了以后，老蝙蝠把他的遗体运到了木子山，给他找了一块开阔的墓地，并且亲自在老壁虎的墓地上方种了一棵木棉树苗。天气晴朗，正是春天，木子山下的土地正在返青。老蝙蝠想起自己年轻时，曾经在金沙江河谷看见过的木棉树。河滩地上，植株高大的木棉树，没有叶片，只有一树巨大的花朵热烈地开放。沿着河谷，一棵又一棵木棉延伸到远处。老蝙蝠眯着眼睛，看着那棵无精打采的木棉树苗，想象它多年以后开花的样子。但他不知道自己能不能活到木棉花开的那天。

小久后来才知道，当老蝙蝠决定从社长位子上退下来之前，曾经有过一次轻度的脑溢血，还去奉城人民医院住过一个星期的院。检查的结果是高血压、小动脉硬化，还带有微血管瘤，随时可能中风。医生是平时的老熟人，检查得仔细，下结论时也很谨慎，但是老蝙蝠不愿相信这个结果。他封锁消息，只是说有事要去一次成都，要小久陪他去。在成都华西医院，老蝙蝠进行了更为细致认真的检查，结果与奉城医院的结论完全一致。出院的时候，医生提醒老蝙蝠要注意饮食，忌辛辣刺激和高脂高盐的食物。

"就是说，连火锅也不能吃啦？"老蝙蝠问。

"尽量不吃，"医生说，"你平时可以多吃一些水果，比如桃啊橙子什么的，降血压。还要节欲，避免做激烈运动。"

"那活着还有个球意思？"老蝙蝠说。

他意识到，所谓的家族诅咒，也许就是脑溢血的问题。

"只要活到六十岁就行啦，"老蝙蝠故作轻松地说，"还有几个月，我就满一个甲子，死了，也不算夭折了。"

从成都回来的火车上，有一段时间，老蝙蝠的额头一直抵在车窗的玻璃上，很长时间没有动一下。火车的速度很快，车窗外的景物迅速后退，然后消失，小久感觉老蝙蝠就像是在与这个世界告别。而老蝙蝠原本不徐不疾的人生，在检查出小动脉硬化和微血管瘤以后，仿佛突然提速的动车，正在往一个最近的站台驶去，而他极有可能在那儿提前下车。车厢里的乘客，包括小久，似乎没有一个人能够让提速的火车减慢速度。

老蝙蝠对小久说，他收了几十年的尸体，早就看淡了生死。"除了我婆娘，我没有什么好牵挂的。"老蝙蝠说。

回到奉城以后，老蝙蝠翻出了一张年轻时的照片，黑白照，要小久帮他送到照相馆里去放大了，说是以后作为遗像。年轻时的老蝙蝠看上去英俊，剑眉如墨，面目舒朗，只是脸上的一对小眼睛里透出狠劲。

"为何不拍一张现在的呢？"小久问。

"我走了以后，想把眼角膜给我婆娘，"老蝙蝠神秘地笑了笑说，"我带她去医院检查过了，医生说她的那种情况，换了角膜，还能看得见。等她恢复了视力，怎么也不能给他看我老巴巴的样子啊！"老蝙蝠狡黠地笑了笑。

二十三

　　城里新开了一家洗浴中心，叫一品汤池，里面有个洪师傅功夫了得。"不管你洗得再干净，"老蝙蝠说，"在洪师傅手下，还可以给你搓下半斤泥。"

　　热气腾腾的汤池里，小久与老蝙蝠赤身裸体浸泡在水里。小久发现老蝙蝠的大腿上，文着个图案，凑近看，发现是"张桂芬"三个字，刻在一个红心上。那是老蝙蝠盲妻的名字。

　　谈起盲妻，老蝙蝠有些动情。"人家实心实意对我，家里有个婆娘还是好。"老蝙蝠一边把水浇在身上一边说，"小久，什么时候你也该再找个女人了，阿羚都走了几年啦。"

　　"你还记得那个给老头安假手臂的老太太不？"小久问。

　　"有印象，怎么啦？"

　　"老头死了以后，老太太雇了一个保姆，就是姜米。"小久说，"那年环城路上不是有个骑摩托车载客的人被卡车压死了，脑浆流了一地，还是我去收拾的，那个人的老婆就是姜米。"

　　"你是说……"

　　"老太太想把姜米介绍给我做老婆，"小久说，"你说这事搞不搞得成？"

　　小久没有告诉老蝙蝠，他其实与姜米已经见过两次面，吃过一次火锅，看过一场电影。姜米不知道从哪儿打听到了阿羚的事情，表示有时间的话，要陪小久一起去墓地看一看阿羚，这让小久觉得姜米是一个懂事的女人。

　　两人从汤池里出来，来到雾气弥漫的洗浴房，几具肥胖的身体躺在擦洗床上，让人联想起屠宰场里那些等待破膛的猪。赤身裸体的老蝙蝠躺上床以后，像变魔术一样，摸出一百块钱，悄悄递给为他擦背的洪师傅，让那个精干的扬州人等会儿给他多敲一会儿背。小久知道，老蝙蝠喜欢听弓起的手掌敲打在后背时的脆响。收了小费的扬州师傅热情高涨，也有意卖弄，他把身前裸露的老蝙蝠，当成了一件可以随心所欲施展才华的乐器，他扬起的手时急时缓，时高时低，时轻时重，敲打在老蝙蝠略显消瘦的后背上，"哔哔啪啪"，那声音像是鼓点……

小久又刻意地看了看老蝙蝠隐秘的文身，名字下面，那颗心脏已经呈暗红色了，也许文了许多年。是的，暗红色的心上有一支箭穿过，带着毛刺……小久看着，隐约感到有些疼痛。

泡澡后的当夜，回到家的老蝙蝠发来一条短信：

"难受。"

二十四

最终还是没有活到六十岁生日那天。不过民间把母腹里孕育的十个月也算上，那样的话，老蝙蝠到底还是活过了一个甲子。

气候暖和起来了。三月，最后的寒流像消息阙如的信使，更像咏叹调最后的尾音。大地复苏，感觉有一股力量在地下汇集、拱动。它们已经储积了一个冬天，此时正寻找着出口。渐渐地，奉城靠江一带的树绿了起来，那些深入大地的根须，分泌出了春天的浆汁。

雨季来临之前，小久与姜米搬进了早已装修好的新房。趁着天光明媚，他们喜欢在早晨和傍晚，抱着刚满百天的女儿坐在新居的阳台上晒太阳。柔和的阳光撒下了一层薄薄的金粉，有鸽子从高蓝的天空中飞过，传来了远远近近的鸽哨声。锅盔来看小久的女儿，买了一大堆礼物，其中有一个玉石的小挂件，上面雕刻的是猴子。那是小久女儿的属相。

"来，让叔叔抱抱！"姜米大方地把手中的婴儿递给锅盔。

锅盔又兴奋又胆怯，他穿着保安服，双手在两边的裤缝上搓了搓，小心翼翼地从姜米手中接过了婴儿。婴儿的脸在夕阳照射下几近透明，红嫩的皮肤下面，细细的血管清晰可见。婴儿身上熟悉的气味，让锅盔感到甜蜜又忧伤。他凝视着婴儿的脸，屏住了呼吸，好像不这样，就无法把怀中的婴儿看仔细。那一瞬间，他感觉自己抱着的，分明是刚出生时的糖豆。

此时的木子山，种下去的树木生机勃勃，岩石之间的土地里，生长着许多不知名的野花，一岁一枯荣，尽管短暂，也是一生。站在山上，看着远远近近的一棵棵树，每一棵树下，都有一个曾活于尘世的亲人。

老壁虎的墓地，几年前种下的木棉树生长迅速，已经有碗口那么粗。树上的红色花朵放肆地绽放，硕大的花朵，形似悬钟，密集伫立于枝头，数目多得让人难以置信。

老蝙蝠终究还是没有来木子山陪他的老友。在决定把眼角膜捐给盲妻之后，老蝙蝠又改变了主意，他与医科大学签订了遗体捐献志愿书。做出这个决定的时候，老蝙蝠对小久说："我这辈子，总是给别人的身体上拉口子，这回换换，让别人给我拉口子，公平。"

眼角膜捐给盲妻，他自己到了那个世界会不会看不见？老蝙蝠是否担忧，并由此捐献了所有？现在，他的一切，都留在了这个世界。老蝙蝠曾把无数亡灵送到彼岸，自己，却没有了归路。

消失的祖父

二〇一五年：照片

这是我手里保存着的祖父唯一的照片，也是我寻找他下落的重要线索。要感谢相机的发明，咔嗒一声，随着安青用右手的食指按下，相机的快门发出轻微的响声。每一次，当我透过数十年的时光遥看那想象的一幕，我仿佛看到了安青食指的指肚纹路，是怎样在镀铬的圆形快门按钮上留下痕迹。

我不知道，如果没有祖父的这张照片与我朝夕相处，我会不会与他达成某种心灵上的默契，产生灵魂附体的错觉。十余年来，每当我独自端坐在书桌前，他就会在书桌右侧的一堆书前微笑着望着我。明天就是二〇一六年的新年了。三十二年前的这一天，我的祖父聂保修离家出走，不知去向，没有人知道他最终的下落，包括安青。我相信他已经不在人世，一九一〇年出生的人，要是活到今天，已经一百〇六岁了。但是一个七十多岁离家出走的老人，没有安定的晚年，没有亲情的滋养与抚慰，也没有其他人悉心的照顾，不可能活得太久。如果他真像我所猜测的那样已经去世，那么他是如何不在人世的？生命的最后几年，他又是怎样度过？每当想起祖父难以预知的结局，我就有些酸楚，可又无能为力。

午夜一点，万籁俱静，丹城的气温低到零度以下，我生活的这座城市进入寒冷的睡梦中。云南的东北部，隆起的山峦像拥抱冬天的胸膛。记忆中，许多年没有下过这样的大雪了，心无旁骛地下，灰黑色的窗外，遮天蔽日的灰色云团，细腻，柔软，静寂，我没有听到街道上再有汽车驶过的声音。

祖父的照片被我放在书桌的台灯旁，夹在一只浅褐色的木质相框里，我只要略微往右偏头就能看到。照片上的祖父穿着一身国军上校军服，黑白照，发黄的相纸，麻面，台灯的光线从一尺多高的地方照射下来，我看到了祖父四十岁时依旧英俊的脸。当年，站在昆明小西门外背靠城墙照相的时候，面对安青手里的镜头，祖父或许不会想到，他的这张照片会被一个人偷偷保存下来。安青很喜欢这张照片，她让外孙女去照相馆翻拍了几张，当我再次去看望她的时候，她郑重其事地把照片给了我，仿佛是深思熟虑之后做出的一个重大决定。那是十年前的事了。如今安青已经作古，她的墓就在滇池边的金宝山，离我祖父所说的上线黄敏文的墓地只有两百米。今年春天我去元江县的时候还绕道上去过，我给安青带去了一把菊花，是黄色的"懒梳妆"。

祖父知道，那是安青最喜欢的花。

灯光下仔细观看祖父的照片，我得承认，我比父亲长得更像他。隔辈遗传，神秘的基因有着别人难以洞悉的秘密。或许是父亲内心拒绝祖父，有意长得与他背道而驰？我和祖父有一样的深眼眶和高鼻梁，一样的左眉端头有一颗隐约的痣，脸形也非常相似，最大的不同是，照片中的祖父，眼睛里面有希冀，带动脸上浮现出某种让人心动的光亮，而镜子中的我，眸子里一片浑浊，看上去世故、慵懒而又贪婪，我在里面看不见自己的未来。

一九八一年冬天，祖父聂保修重新回到他的故乡丹城。可祖父在丹城只生活了短短两年，又独自悄无声息离开。那时我已经到昆明读书，不知道家中究竟发生了什么事情，让祖父不辞而别。回家过春节的时候，才知道祖父已经离家出走了。父亲解释说，我祖父离家出走的时候没有一点迹象，这些年，他一直试图淡化当年的冷落对我祖父造成的伤害。

据父亲说，我祖父失踪几天后他才发现的。"工作太忙，有几天没见到你祖父，等到楼下的炭房，用钥匙打开门以后，就感觉就有些不对劲，"父亲说，"炭房里收拾得太整洁了！整洁得有些奇怪。"

我到昆明读书以后，渴望自由的小妹也考取了中专，搬到离家五公里以外的卫校去住了，家中就只剩下父母和祖父。不难想象，一旦家里只剩下他们三人，气氛会变得怎样的尴尬。以往，我和小妹住在家里的时候，父母有什么话要对祖父说，都是我与小妹进行传递。反过来也一样。

父亲说，打开炭房后，他在门边摸索着找到了电灯的开关。没有窗户的炭房，关上门后，里面漆黑一团。父亲按亮电灯，看见紧靠墙角的床上，被子折叠得整整齐齐。还是祖父出狱时带回来的那床被子，蓝底上醒目地开放着许多黄花，我认识，丹城文化局曾经在人民公园举办过菊花展，那种花瓣卷曲的菊花叫"懒梳妆"。被子上面，放着祖父的日本饭盒。父亲弯腰仔细查看床下，又环

当代中国最具实力中青年作家书系

顾屋子一周，他发现祖父出狱时带回来的那只提包不见了。

那是只灰色提包，材质是帆布还是塑料我忘了。提包的一侧，有白色的拓印，图像是上海外滩，在我年幼的印象中，上海是一个遥远得仿佛天边的大都市。祖父曾经告诉我，那只提包是他一九六六年到昆明的时候，在近日公园旁边的百货大楼买的。祖父当时指着提包一侧的图像告诉我说，上海外滩他去过，黄浦江边，那儿有许多高楼大厦，还嘱咐我长大以后，一定要到外面的世界看一看。

不知道为什么，这些年，每到冬天，我都会想起他来。季节性的思念，是否与祖父离家出走的时间有关？抑或是寒冷，成为埋藏在我身体里秘密的计时器？等我到了祖父照片上的年龄，才后悔当年与他交流得太少。那个时候我年轻、贪玩、渴望自由，梦想摆脱家庭的束缚，与祖父包括父母的交流都很少。

这个寒冷的深夜，当我从书桌前站起身来，走到窗边吸烟，顺便打开了侧窗，冷空气迅速进来，原本蒙上一层雾气的窗玻璃上，参差不齐凝聚成的水滴正缓慢向下流动，让我联想起祖父在南翔饭店，顺着脸颊流下的老泪。当我伸出右手的食指，摁住窗玻璃上的一颗水珠，我才发现眼前那块巨大的窗玻璃，触摸上去是那样的冰冷和坚硬，仿佛冬天就藏在那无色透明的世界里。眺望着午夜静寂的城市，我再一次想起祖父不辞而别的事。同样是选择离家出走，七十多岁与十七岁给人的感觉完全不同。拥有青春的出走，意味着有种种可能，落魄、挣扎，或者创造奇迹衣锦还乡，每一种结局都会让人充满期待。但是垂暮之年的祖父不会有未来。

透过窗玻璃看出去，隔着一块几十米宽的绿化带，对面是一个正在建设中的小区，歇息下来的工地，用简陋的围墙粗糙地包裹着，里面有两台高高耸立的塔吊，以及沿围墙边一排低矮的工棚，落雪之夜，看上去是那样的冷清和落寞。过去那个地方是个菜市场，每天上午人声鼎沸摩肩接踵，我也曾经一次次流连其间，购买维持日常生活的食材。我知道，未来的某一天，我居住的这个小区也会像那个菜市场一样消失，甚至我生活的这座城市也都会消失，曾经那么真实和具体的一切，都会在时间的浸泡下无影无踪，痕迹全无。

此刻，天空正安静地下雪，没有风，那些宿命般降落的雪花，仿佛是从小区路灯的高度才开始下落的。记得，小的时候我曾经仔细观察过它，不完全是六角形，有五角、四角或者三角，坠落的过程导致它们身体残损，有如一生中许多斑驳的记忆。抬头往远处望去，城市一片朦胧，逐渐暗淡而混沌的远方，让人心生畏惧，我仿佛又看见了祖父行走在黑暗中的背影，孤单、落寞而又感伤。

最初，安青与我祖父同居的时候，并不知道他在丹城早有妻室，更没有想到她深爱着的男人已经是三个孩子的父亲。是否，在他们最初交往的时候，祖父有意回避以往的身世？抗战胜利后，祖父在昆明盘龙江边的吹箫巷买了一个小院，与安青一道，开始他们两人的同居生活。我感到奇怪的是，那样的温柔之乡，竟然没有瓦解掉祖父内心对理想的追寻。

当年，安青为我祖父拍摄的照片有一组，最终却只保留下了一张。凝视着他的照片，看得出来，祖父的眼睛里面除了希望之外，还有喜悦。老徕卡相机，成像非常清晰，祖父的背部靠在小

当代中国最具实力中青年作家书系

西门外的城墙上。透过数十年的光阴，我还能依稀看到祖父身后城墙的青砖、工字形错落有致的墙缝以及墙体上隐约的苔痕。那个时候，中央人民政府已经成立两个多月，而云南也刚刚宣布和平解放，尽管昆明城的周边依旧国军环伺，但谁都知道这个国家的大局已定，最后的胜利就在眼前。

直到今天，我仍然怀疑祖父如他所说的是潜伏在国军里的地下党。是，或者不是，也许都不太重要了。这个寒冷的夜晚，当我与他照片上的目光再次对视，我还是从安青为祖父拍下的那张相片上，看出了一些端倪：一九四九年底，昆明城兵荒马乱，那些围困昆明城的国民党士兵，几乎都眉头紧锁，心事重重，一脸苦相。我想，也只有像祖父这样潜伏在敌人内部的地下工作者，才可能在卢汉宣布云南和平解放后，表情里透出那种难以压抑的欣喜与轻松。

小的时候，我曾经在大姑妈家里看到过一张祖父更年轻的照片，夹在她卧室桌子上一面圆形镜子的背面。一天中的绝大多数时间，除了早上起床后需要借助镜面看一看自己的脸，其他时间，大姑妈都让镜面对着墙壁。她从小望着祖父的那张照片，成长为怀春的少女，继而为人妻为人母，而照片上的祖父一成不变，穿的永远是那件灰色的长衫，瘦削、头发三七分，目光有神、文质彬彬。那张照片上的祖父，与我父亲年轻时一张穿中山服拍摄的照片有一些神似。如果两张照片摆放在一起，他们看上去更像兄弟而不是父子。

照片是种奇怪的纪录。在自然的时序中，有时一张满脸皱纹的脸，未必就比理着"一片瓦"发型的孩子大。古老的"摄魂术"，

消失的祖父 169

容易给人的思维造成某种混乱。家里珍藏着四五本我母亲精心打理过的影集，上面有我父亲无数的照片，幼年、青年和中年的照片，他的每一张照片，表情看上去都略带紧张，总是眉头紧锁，无论是面对镜头还是面对生活，他仿佛都在承受着看不见的煎熬。

和我父亲相比，大姑妈对祖父明显要亲近得多。在她生病返乡住院的那段时间，每次我去看望她，大姑妈与我交谈的话题，最后都会落在祖父身上。她说记得小的时候，骑在我祖父的肩头，去城北的龙洞逛二月二。龙抬头的日子，不见龙有什么动静，凡人却个个激动，在龙洞外面摆起了长长的街市。大姑妈说，祖父在那个街市上给她买了一个银镯头。我见过，发暗的镯头上，刻着"富贵长寿"和"罗记制"几个字。据大姑妈讲，祖父年轻的时候，曾经去日本留过学，还会下黑白棋。而对于比大姑妈小三岁的二姑妈，她与我父亲一样，对我祖父毫无印象。

从大姑妈那里，我得知祖父年轻的时候聪明、帅气、风度翩翩。言谈中，她总是对祖父称赞有加。我曾经问大姑妈，祖父为什么没有在日本继续学业，而是回来进了昆明陆军讲武堂，大姑妈也说不清楚。对于她来说，那同样是一段史前的历史。后来，我大学毕业分配回丹城教书，一个偶然的机会，我见到了一本丹城黄埔军校同学会出的内部刊物，上面的一篇文章说，昆明陆军讲武堂的学生也被列入黄埔系列，我在上面看到了祖父聂保修的名字，他属于黄埔第十一期学生。

二十世纪三十年代初，祖父从昆明陆军讲武堂毕业，按理说会被分去滇军，可祖父为何去的是国民党的中央军而不是云南的地方部队，同样是一个谜。

对于我来说，也许得感谢一九四三年初祖父跟随中国远征军出国作战。那是一次惨烈的出征，十余万人沿着滇缅公路一路西行。祖父失踪后，我曾在他留在安青那儿的申诉材料中，见到过他对此段历史的文字交代：

"一九四二年二月十日，我跟随第六军直属部队，从昆明出发。第一天步行至安宁，以后才乘车沿滇缅路西进，途中宿营两夜，并在楚雄过了阴历辛巳年的大年夜，第三天才到达芒市。"

祖父在申诉材料中透露，部队到了芒市以后，休整了一周，为入缅作战做最后准备。芒市虽然处地偏远，但春节的气氛很浓，傣族少女有春节"丢包"的习俗，姑娘们在自家院子里，将香包丢给院中外来的未婚男子，而那个落在祖父身上的香包，似乎给他带来了好运。一个多月以后，当他在缅甸同古身负重伤，以为将马革裹尸，没想到奇迹般地活了下来。

从缅甸战场撤回国内，九死一生的祖父先是在昆明疗伤，快痊愈时才回到故乡丹城休养。我的父亲出生于一九四三年夏天。因此，如果没有祖父一九四二年负伤之后回到丹城，就不会有我父亲，也就不会有我。但我父亲对此却没有丝毫感激。作为祖父唯一的儿子，他在三十八岁前对自己的父亲没有任何印象，只在大姑妈收藏的照片上见到过。在我童年的记忆里，因为祖父的原因，父亲曾经与大姑妈有过多次争吵，他抱怨他的大姐不应该把那个反动派的照片保留在家里。

"他给我们带来的麻烦还少吗？"父亲一对金鱼眼瞪着大姑妈，怒气冲冲。

怪不得我父亲。丹城靖安街166号门牌的旁边，被人钉上了一块同样大小的木牌。门牌号上面是蓝底白字，而木牌上面有人用毛笔写上了八个字：反动旧军官聂保修。黑色的墨迹，深入到木头的内部，更浸透进父亲耻辱的记忆里。一九六〇年，十七岁的父亲考上大学，以为人生从此前程似锦，可最终却被政审给卡了下来。父亲与他梦想的大学失之交臂，这件事给他的打击非常大。不过父亲并未因此气馁，参加工作以后，他非常上进，每年必写两次入党申请书，用钢笔工整抄写，像印刷体一样，但由于祖父的影响，他进步缓慢，一直到三十八岁我祖父回来前，才被提拔为丹城文化馆的馆长，入党问题，则拖到四十岁才解决。

父亲也有一张四十岁时的照片，是他为了纪念自己加入组织特意拍摄的。照片上，父亲穿着四个口袋的蓝色涤纶服装，表情严肃，正襟危坐。同样是四十岁，照片上父亲的那张脸与祖父的无法相比，尽管是一个值得纪念和庆贺的日子，但我父亲在面对镜头时，依旧习惯性地紧锁眉头。在我的印象中，他这一生眉头从来没有松开过，就像是谁用线把它们缝合在一起。永远的心事重重，让照片上的父亲看上去一副倒霉相。

也许是高中时代学习成绩名列前茅，让父亲骨子里一直自命不凡。他总觉得，要不是受我祖父的影响，他当年顺利地进入大学，以后的人生不知道会怎样的飞黄腾达。

父亲不明白，人生不存在如此多的假设。

一九八一年：丹城

祖父是一九八一年的最后一天重返丹城的。我之所以印象深刻，是元旦前一天，我通常都要失眠，不知道这种怪癖是什么时候养成的，但它似乎从我大姑妈病逝后就开始了，一直持续到了

当代中国最具实力中青年作家书系

今天。等家里有了电视，尤其是当中央电视台主持人站在岁末的演播台上倒数数字时，十、九、八、七、六……每一个数字的声音，都像是一把铁锤，重重地敲打在我心上。不是幻觉，我能清晰地感受到身体内部传来的钝痛。也许我是个对时间特别敏感的人，总是喜欢为自己的人生倒记着时间。

从祖父伤愈回到部队时算起，到他重返故乡，他离开丹城将近四十年。几十年来，祖父消息阙如，像是人间蒸发了一样，没有人知道他确切的下落。眺望长梦的另外一头，三十多岁的祖父，怀着未尽的报国情怀重回战场。大姑妈生前不止一次回忆起当年的情景，她说，作为丹城的抗日英雄，县政府在祖父伤愈后，专门派了两名警员护送他回昆明。

"你爷爷，戴着红花，骑着高头大马，穿着笔挺的军装，从丹城的东街走过，"大姑妈说，"威风得不得了！"

每一次，当大姑妈向我描述当年祖父伤愈重返部队的情景，不知道为什么，总会有一首陕北的民歌在我大脑深处响起。嘹亮的女声，清脆、干净、宛转。"戴红花，挎长枪，三哥哥吃了八路军的粮……"黄埔十一期的祖父，军校出来以后进入国民政府的中央军系列，一九三七年的时候，他是国军的连长，骑着一匹枣红色的战马，走过了中国的大部分地区。

国军连长，通常都会配一匹战马。"一开始骑马的时候，兴奋、紧张，大腿紧紧夹着马背，可用不了两天，大腿内侧的皮肤会被马背磨破，到时候疼痛得不行，肿胀，走路得分开双腿，像螃蟹。"祖父说，"只有当伤疤结痂，起了老茧，骑马才不是一件让你害怕的事情！"

我曾经想象过，钉了铁掌的马蹄敲打在东街的石板路上，发出清脆的声响。晨光从街边房屋的裂隙中照射过来，将祖父骑马的身影长长地投射在石板上。不是每一个人离开故乡都能享受这样的待遇，县长礼贤下士，亲自为他牵马，而那些欢送他的人跟在马匹的后面，小心地挪动着步子，害怕踩到祖父投在石板上的影子。偶尔，鞭炮会在前方不远的地方炸响，红色的纸片散落在路边，有如春天里的一地桃花。习以为常的战马还是会受到鞭炮声轻微的惊吓，头扬起来甩了甩，发出粗重的鼻息，而骑在马上的祖父目光笃定，凝视着远方。

大姑妈病逝之前，我曾坐在她的病榻前，听她讲述祖父伤愈归队时的情景。医院的病房，到了夜晚格外地安静，整个世界只剩下大姑妈缓慢讲述的声音。时空这时被轻松穿越，我幻想着数十年前，祖父离开丹城重返抗日战场那感人的一幕，突然感觉到一九四三年夏天的英雄，欢乐的送行场景中，有种壮士一去兮不复还的悲壮。

一九八一年，重返故乡的祖父已年过古稀，到家的那天晚上，我看见他佝偻着身子，戴一顶洗得发白的蓝色遮阳帽，帽箍由于头油的浸染而色泽沉淀。他的目光警惕而又胆怯，与大姑妈描绘的气宇轩昂的祖父反差极大，让我十分失望。

那一次回到丹城，祖父不是从当年离开的东街返回。一九四二年丹城人为了欢迎我祖父回来，在城外七里半用松枝绑扎的牌坊，早已烟消云散。甚至当初他返乡时拍摄的黑白照片，也因为家人不敢收藏，失散在了历史的大风中。重新回到丹城的那一天，祖父是在北门的汽车站被抛下之后，背着用油布包裹好的被子，提着一个灰色的提包，晕头转向地在车场里绕了好一阵，才落寞地在他人的引导下，穿过背街小巷，穿过他隐约熟悉的往日生活和残存记忆，暗淡地回到童年生活过的靖安街。那条街在他离开故乡后的几十年，曾短暂更名为红卫路。站在过去的故居前，祖父傻眼了，一个热气腾腾的餐馆，玻璃窗后人影幢幢，红光满面的食客被灯光笼罩，祖父抬起头来，像一个乞讨者，他看了看门顶上方用隶书写就的招牌："南翔饭店"，又满腹疑虑回过头去看了看身后，担心自己走错了地方。

地点没变，是时代变了。祖父年幼时生活的老屋，一九五一年被充公。一个占地几百平米的四合院，街道居委会曾组织人在里面开办过南和酱菜厂，后来又改办为红卫旅舍、南翔饭店。就在七八个从南郊农村招来的酱菜厂工人入驻院子的前一个月，祖父的母亲在东厢房吞下了核桃那么大的一坨鸦片死了，而祖父的妻子，也就是我的祖母，在把婆婆安葬之后，吞下了比鸦片更致命的水银。那年的深秋，如果祖父在他的申诉材料中所说的一切没有虚构，那么当他的两个亲人在丹城去世的时候，祖父正在缅甸的丛林中艰难挣扎。

祖父当年为何会去缅甸，他一直拒绝谈及。但我知道，在他此后的人生中，祖父一定会在静寂的夜晚，回想起一九五〇年初，他渡江前往缅甸的情景。站在橄榄坝的澜沧江边，黑夜如幕，何去何从，祖父得为自己的未来做出决定。一月的橄榄坝，空气潮湿，江水拍打堤岸的声音隐约传来，理智和情感都告诉祖父应该留在北岸，可是理想主义者，总觉得要完成组织交给的最后的任务，他身不由己迈动双脚，跟着杂乱的国军残部，踏上了驶往对岸的木船。那个时候，尾随而来的解放军正靠近橄榄坝，如果他们早几个小时赶来，祖父的后半生，将会是另外一番景象。

让祖父没有想到的是，当他的脚跨上那只晃动的木船，他回到故乡的时间，比预计的晚了三十多年。

南翔饭店的开办地点曾经是我们家的祖屋。我出生的时候，就住在饭店隔壁的窄楼上，那里当时还是红卫旅店。记忆中，前来旅店投宿的人很少。旅店门外有一排梧桐树，夜里有汽车缓慢从街上驶过时，车灯会把梧桐树的影子投射到旅店临街的木质墙面上，那些树影会随着汽车的移动而变化，有如默片的一个场景。那是真正的默片，很多时候在里面看不到一个人。记得我进初中的那一年，父亲在单位要到了两间平房，他不顾我母亲的反对，果断把靖安街的房产以五百元的低价卖掉。似乎从出生的那一天起，他就想摆脱那座老屋，就像摆脱一段他不愿意触及的历史。

一九八一年底祖父来家里的时候，我已经上高中，梦想着两年以后，能考上大学，远走高飞，离开整天脸上愁云密布的父亲和唠叨的母亲。我还记得那是一个沉闷的傍晚，居委会的宋委员带着背着被盖的祖父来到家里，他看上去猥琐、胆怯，一脸的倦容，蜷缩着坐在屋子的角落。从大人们的交谈中，我才知道聂保修还活着。那个时候祖父刚过七十岁，但一头枯焦的白发，像冬天染霜的衰草，看上去比八十岁的人还要苍老，给人的感觉是刚从某一座坟墓中爬出来。

父亲之前可能已经得到消息，此前的几天，他一直在唉声叹气，很晚了还与我母亲在卧室窃窃私语。家里的住房紧张，除了我之外，还有个读初中的妹妹。没有办法，父亲只得把祖父安排住在楼下的炭房。

丹城的冬天寒冷，每家都会备上几百个蜂窝煤过冬，父亲的

当代中国最具实力中青年作家书系

单位在家属院靠围墙的地方，修了一排低矮的炭房，每家六七个平米，主要用来放置过冬的煤炭或者其他杂物。祖父的床就支在我们家的蜂窝煤旁边。简易的床，两根条凳上放了一副别人不要的门板，凹凸不平，还是我找了些纸箱拆了垫在门板上。

祖父依然活着，我感到挺高兴，一段缺失的历史被弥补起来，但这个事实却让父亲沮丧和绝望。他一辈子最想摆脱的就是出身，摆脱未曾见过面却如影随形的祖父，哪想他人生即将迎来春天的时候，祖父却回来了。我能理解父亲的愤懑。在祖父回来之前，他刚被提拔为县文教局的副局长，人生道路愁云密布的前方好不容易露出一线曙光，祖父这个"历史反革命"回来，让他的仕途又充满了变数，因此他根本不在乎邻居们的非议，固执地让祖父住在炭房，似乎想用这种方式来划清他与祖父的界限。

丹城阴冷的冬天，有时会一连下上几十天的冻雨。祖父回来后，很少出去走动，也没有什么人来看他。等他带我去丹城西郊的聂家湾子看望祖坟时，已经是清明过后的事了，公路边的苞谷长得有半人高，摇曳铺陈到远处的山脚。一路上祖父的话很少，也许是他回到丹城后，才发现自己在故乡不再有朋友和亲人。即使有，可能内心也不愿意再去相认。我那时年轻，无法体会祖父内心的悲凉。

在丹城，冬天的寒冷也是一点点积攒下来的。石棉瓦上的冰冻最初像刷上的一层桐油，渐渐地色泽变深。祖父刚回来的时候，整天睡在床上，蜷缩在被窝里，像一只冬眠的熊。我不知道他是真睡过去，还是在闭着眼睛清醒地回望自己的一生。重返丹城之后巨大的失落中，他还会不会去回忆一九四二年夏天他回故乡的情景？

作为身负重伤的抗日英雄，丹城的人们为祖父在抗日战场上英勇表现感到骄傲。大姑妈曾经一次又一次说起过，祖父回来的那天，丹城的人们扶老携幼倾城而出，一直在城东的七里半等候祖父，而欢迎他回来的锣鼓声整整响了一个下午。

自从祖父的母亲和我的祖母离开人世之后，大姑妈担负起了养家糊口的重任。城南要修一条水泥马路，大姑妈得把那些盆大的石头，用锤子敲打成核桃大小的公分石挣钱，一立方公分石可以挣得八毛钱，但得足足敲上两天。先用大锤把巨石砸小，再用一个汽车废轮胎制作的绳套，套住碗大的石头，再砸小到荔枝一般大，不让它因锤子的打击而四处乱窜。二姑妈和我父亲，放学以后也会来到城南的一个仓库敲核桃挣钱。把那些核桃仁从坚硬的壳中剥离出来，可以获得很微薄的一点酬劳。蝴蝶状的核桃仁，父亲曾说他趁别人不注意的时候，悄悄塞一块进嘴中。不能说话，上下颌咬下的幅度要小，弥漫在齿间的油香，能够清晰地感觉到。

大姑妈生病以后，回到丹城住院。那时我刚好初中毕业，整天无所事事。父亲小时候受惠于大姑妈的照顾，与他的长姐感情很深。他常常会让我母亲做一些好吃的东西，让我给大姑妈送过去。我那时还小，不明白大姑妈为什么在生命的最后时光，那么频繁地提起我的祖父。大姑妈说："一九四二年夏天，你爷爷回家养伤的时候，与他离家去抗日时已经判若两人。"当年那个体格健壮英俊潇洒的人变得骨瘦如柴，尤其让我大姑妈感到陌生的是，祖父回来的时候右手僵硬，手指蜷缩。

"是你爷爷在打台儿庄时负的伤！"大姑妈说。

我过去对这个事情深信不疑，以至于我在看电影《血战台儿庄》的时候，总觉得那些在硝烟中冲杀的士兵中，有一个就是我的祖父。

可是后来，等我见到祖父之后，才发现当年大姑妈的说法有误。

祖父对我说，一九四二年春天，也就是他回丹城养伤的几个月前，他随中国远征军出征缅甸，在同古的那场惨烈的阻击战中，一块日本山炮的弹片击穿了他的右臂，弹片伤及了骨头，战场上的医疗条件太差，连基本的抗感染的药物都没有，受伤的胳膊很快发炎，伤口红肿，坏死和即将坏死的肌肉膨胀，皮肤绷得发亮，军医说如果不及时做手术，就很可能因败血症丧命。

祖父回丹城生活的时候，曾经在炭房里，给我看过他的伤口。那是夏天，气候炎热，炭房顶部的石棉瓦，阳光照射在上面，热量会缓慢向里面渗透，加之炭房里面空气又不流动，因而格外闷热，我只要进去呆十分钟就会觉得气喘不上来。但我不知道为何，在如此闷热的房子里，祖父受伤的胳膊，却格外冰冷。他当时解释说，因为受伤的时候缺乏消炎药，为了防止伤口感染，只能用电来烧死伤口附近的组织，结果神经和血管都被破坏了，手臂上没有血液流动，神经又失去知觉，所以手臂会常年冰冷。

在我看来，即使我祖父不是潜伏在敌人内部的地下党，他也曾短暂地给我的家族和我的桑梓之地带来过荣耀。可是，这些荣耀我一九四三年夏天才出生的父亲并没有机会看到，否则他也许不会如此冷漠地对待祖父。作为见证人，大姑妈对我祖父的情感与我父亲完全相反，她常常会对我们回忆起祖父，并对讲述祖父的那段辉煌历史乐此不疲。活着的时候，大姑妈不止一次对我说："你爷爷是一个英雄，那一年他身负重伤回家休养，县政府还专门写了一块'护祐桑梓'的牌匾，敲锣打鼓送到家里来！"可惜的是，那块记录我祖父英雄业绩的牌匾，后来因为"破四旧"，被人从大姑妈家搜出来，与无数的线装书和古字画一道，在丹城广场化成了熊熊烈焰。

一九四三年夏天，祖父养好伤离开丹城时，祖母正怀着我的父亲。祖父没有等到儿子出生，就迫不及待重返战场，对此，大姑妈说，我祖母并不抱怨，毕竟国家处于危难之中，匹夫有责。事实上，当祖父伤愈重返部队的时候，中日双方在战场上的情势已经悄悄逆转，他早一天晚一天归队并不重要。但让家人感到失落的是，祖父从此音信杳无，抗战胜利以后他也没有回来。当无数的家庭团聚，欢庆抗战胜利的时候，我能想象祖母还有大姑妈内心的焦灼。当时有消息传来，说祖父跟随六十军去了东北，还在长春找了小房，祖母为此伤心难过。但不久以后，祖父寄回数目不菲的一笔钱，是那笔钱打消了她的顾虑。大姑妈说，家里是她的奶奶做主，老人家用那笔钱买了几十亩地，家里没有劳力，只有雇人租种，后来她的奶奶和母亲都被划成了地主。

在梳理祖父一生的时候，我注意到一个奇怪的事情。那年夏天，当祖父回到昆明以后，他返回的并不是原来的第六军。那支部队在第一次远征缅甸之后，撤到了四川自贡整休。不清楚是什么原因，祖父返回昆明以后去了六十军。虽然说都是国军系列，却大不一样。第六军隶属中央军，而六十军则是地方部队，是云南人的子弟兵。事隔七十多年，没有谁知道祖父当年是如何完成乾坤大挪移的，但我隐约感觉到，这件事情，与祖父申诉材料中一再提到黄敏文有关。

祖父说，黄敏文是他的入党介绍人，云南大学的老师。

　　从第六军跳到第六十军，那应该是祖父人生的分水岭。此后，第六军里就再也找不到一个叫聂保修的丹城人，他活下来的第六军战友，都以为他在缅甸回国的途中，丧生野人山。那是第一次中国远征军出征缅甸时的噩梦，野人山，成为一座杀人的坟场，如影随形的毒蛇、蚂蟥和疟疾布下了一个个死亡的陷阱，再加上饥饿，上万的远征军士兵们死于那个恶魔主宰的地狱。往往是，士兵坐在地上休息，就永远睡过去了，等他们的灵魂醒过来，肉身已经被食人蚁吞噬精光，只剩下一具具白骨，怀抱着那些在热带雨林中生锈的枪支。问题是从那个时候起，在六十军里，也找不到聂保修。因而从某种意义上说，一九四三年祖父离开丹城开始，聂保修就失踪了。

　　但与此同时，一个名叫宁国强的人，出现在了六十军。

　　聂保修就是宁国强。难怪当年的祖母以及大姑妈后来的寻找会无果而终，就像一封地址写错的信永远不可能寄到收信人的手上。二十世纪四十年代后期，大动荡的年代，成千上万人离奇失踪，许多人死于非命。家人以为，祖父早已成为他们中的一个。

一九八二年：申诉

　　东街光明照相馆的玻璃橱窗里，镶嵌着一位美籍华人的照片。时髦的花格子西服，金丝眼镜，往后梳得整齐并且泛着黑光的头发，富态的表情有几分倨傲。学校里的人都在议论着一位叫孔德林的美籍华人，六十军的少尉排长，一九五一年作为赴朝作战的志愿军一员，在第五次战役中失踪。都以为他牺牲在了朝鲜，没想到三十年后还活着，从美国衣锦还乡，据说是富翁，做石油生意，准备捐资一百万，为丹城一中建一座图书馆。原来到美国那么好挣钱，人生远大的梦想，埋进了丹城一中许多有野心的孩子心中。

孔德林最终捐没捐钱建丹城一中图书馆，不得而知。我曾设想，如果祖父回来的时候不是像我后来见到的那样落魄，而是像孔德林一样衣锦还乡，那么祖父令人垂涎的财富，会不会让冷如灰烬的亲情，再度蹿出熊熊火焰？

一九八一年底，年迈的祖父重新回到故乡丹城，但没有人关心他回来，包括我父亲与他的另外一个姐姐，也就是我的二姑妈——祖父今天唯一还活在世界上的孩子。一九四三年，祖父养好伤后重返战场时，二姑妈还不到四岁，她与我父亲一样，对我祖父毫无印象，而且都一致认为父亲早就死了。当祖父再次回到丹城的时候，二姑妈已经是一家毛纺织厂的工人，养了三个孩子，生活拮据，住房比我家还紧张。

就像是父亲的同盟，二姑妈对祖父也毫无感情。祖父住在我们家炭房的那两年，她只来看过祖父一次，提了两盒绿豆糕，还被我母亲克扣掉了一盒。

回来以后最初的那段时间，祖父整天躲在我们家的炭房里，只有到了吃饭的时候，他才会怯怯地上楼来，也不敢看我一脸严肃的父亲母亲。只有我的妹妹，到了逆反期，故意对祖父表示亲热，她是有意想气我的母亲。后来，祖父连吃饭也不上楼来了，妹妹乐意把饭给他端下去。那时我功课忙，与祖父没有太多交流，偶尔我去炭房，会发现他趴在床上，用一副围棋自娱自乐，头顶上是那个只有十五瓦的昏暗灯泡。天气暖和后，他会打开门，把床当成桌子，在上面用一本白底蓝格的信笺写申诉材料，信笺下面会垫上张蓝色的复写纸。

　　几乎每隔一段时间，祖父都会出一次门，穿过旧日熟悉的街道，到位于毛货街的丹城邮电局寄信。我当时没有看他在信上写的是什么内容，也不关心他写的那些信最终都寄向何方。我更感兴趣的是看他在牛皮纸画的棋盘上，摆弄一些神秘的黑子白子。祖父曾经短暂教我下过围棋，但后来祖父不教了，母亲认为影响我的学习，她不止一次严厉地告诉我不能去楼下的炭房找祖父。

　　父亲对祖父没有感情，母亲自然也对祖父冷淡。而我对祖父总是充满好奇。他去日本的经历，他负伤的右手，他的戎马生涯和谜一样的人生，我都想了解，但祖父守口如瓶，很少向我透露。

　　记得父母没在家的时候，祖父曾跟我上楼看过一次照片。父亲收藏的两本影集里，有我祖母的照片，甚至还有祖父母亲的照片。小脚老人，端坐在椅子上，一旁是高脚茶几，上面放着一盆兰花，背景是一道拱门，以及后面由小桥流水和阁楼构成的园林。我非常奇怪，祖父在这个家缺席了四十年，却能准确指出照片上的亲人，谁是我父亲小的时候，谁又是我的大姑妈和二姑妈。即使是在我父亲收藏的影集里，祖父也是缺席的，里面没有他的任何一张照片。

　　就是那次上楼看照片，我从父母的卧室抱出一只罐子来。那是一只瓷罐，白色的釉底上，环绕着罐体生长着四棵白菜，造型大气而生动，遗憾的是，在瓷罐的底部，并没署有窑厂的名字。身份不明的瓷罐，没有皇家的血统，很可能来自于民间。但我父亲一直把它当成是传家的宝贝，他说这是他的祖母留下来的唯一的东西。当我从罐中拿出一块绿豆糕来递给祖父时，他接过之后突然浑身发抖，绿豆糕掉落在地上，祖父抽泣起来，嘴张开，露出参差不齐的牙齿。当时我感到非常的诧异，不知道自己究竟做错了什么。

祖父告诉我说，当年他的母亲，正是从这个"百财罐"里，拿出绿豆糕给他吃。这个相同的情景，勾起了祖父内心埋藏得最深的情感。

一九八二年初，也就是祖父来到我们家不久，就曾经告诉过我父亲，他是一名潜伏在滇军中的地下党员。对于祖父悄悄吐露的秘密，父亲根本不信，反而认为是祖父在监狱里关的时间太久，以至于精神不正常。"他要真是打入敌人内部的地下党员，"我父亲不止一次对我的母亲说，"我这辈子也不至于受那么大的委屈，过了不惑之年，才做了一个小小的副科长！"

祖父刚到我们家的那段时间，急于向我的父亲证明他的特殊身份，他甚至把黄敏文替他写的证明材料誊写了一份随时装在身上，而我父亲不知道谁是黄敏文，也不相信黄敏文的证明会有什么作用。他们父子的隔阂非但没有减轻，反而加深了。一个急于证明，一个根本不信，祖父又拿不出真正有说服力的材料。倒是我父亲的反驳比较有力。他说："如果你真要是地下党潜伏在敌人心脏的特工，那么你失踪以后，政府完全应该把我们看成是烈士的子女给予照顾，可事实恰恰相反！"

祖父无言以对。从此，他不再说自己是潜伏在六十军里的地下党。但是他开始向组织写信申诉，尽管没有什么回音，祖父仍然坚持写，坚持申斥。

历史曾是一团乱麻。但经过二十世纪八十年代初的清理，许

当代中国最具实力中青年作家书系

多被时光掩盖的人生被重新厘清，不时有他人政策得到落实的消息传来，对祖父都是不小的打击。申诉信寄出，等待，再寄，再等待，祖父始终没有像其他人那样，等到云开雾散的一天。

我相信，一九八三年冬天祖父不辞而别，除了他的申诉没有得到最终的落实以外，很大程度与我父母对他的冷淡有关。亲人之间的冷漠，会比陌生人的冷漠寒冷百倍，那是凉到骨头里的彻寒。更关键是，那样的冷漠会时时提醒祖父，他给子女们的一生，究竟带来了何等难以挽回的影响。而祖父当年不厌其烦写申诉材料，是不是也是想证明，他并不是我父亲一生的耻辱，而应该是他迟到的骄傲？

与父亲不同，我对祖父没有什么成见。尽管在我小的时候，有孩子曾追在我的身后叫他的名字，让我难堪和羞愧。"聂保修！聂保修！"孩子们的叫声整齐划一，仿佛那个名字成为我身上一块难以洗净的黑斑。但我除了感到害怕和羞耻之外，对祖父并没有什么怨恨，何况在见到祖父之前，聂保修只是一个符号，我一直觉得与我没有太大的关系。

祖父回到丹城以后，我知道，他曾经悄悄到过靖安街，站在街斜对面玉皇阁飞檐下的阴影里，张望过祖屋。不知道他看没看见紧挨着门牌号的那块写有他名字的木牌。即使是房子易主，那块木牌也没有取掉，仿佛已经成为了褐色墙体的一部分。是忽略，还是有意为之，祖父秘密的身份，需要相反的物证来保护？只是祖父得承担由此带来的巨大委屈。

由于与祖父之间隔着一辈人，我与他相处，意外地有了可供回旋的空间。读高中的那两年，我几乎是家中唯一能与祖父交流的人，我吃惊他有如此丰富的学识，无论是地理、历史还是古文，只要我询问，他都能够给出让我满意的回答。尤其是对我语文课本上那些古代作家的名字，他可以如数家珍。那些对我来说生僻的文字，他总是不加思考脱口就能释义，比我们的语文老师强得太多。但是每当我提及他坐牢的事情，祖父总是会迅速转移话题，好像那是他一生再也不愿触及的话题。

祖父虽然与祖母养育了三个孩子，但是他的一生中与孩子们相处的时间少得可怜，包括与大姑妈。这是祖父老了之后，难与子女交流的原因。

印象中，祖父的身上总是弥漫着一股神秘气息，让人迷惑。我读高二的某一天下午，祖父格外高兴，他说他的申诉有了反馈的信息，组织上答应对他的问题进行复查。兴奋的祖父喝了些酒，破例与我谈及他年轻时曾到贵州学习特工的经历。这太出乎我的意料了，我只从大姑妈的讲述中知道他年轻时曾去日本留过学，上过昆明讲武堂，抗战中打过鬼子，却从未听过他学习过特工的事情。酒精瓦解了祖父的警惕，以至于他丝毫没有防范，对我表演了他隐藏的绝技。当时，祖父穿着一件洗得发白的劳动服，两个手肘磨破，用新布缝补过了。他把一把折扇当成了匕首藏在左手的手袖里，让我扮演被他暗杀的人，正从对面走过来。就在我在与祖父擦肩而过的那一瞬间，他的左手腕突然转动，手中那把模拟成匕首的折扇与小手臂垂直，构成了九十度的角，折扇头抵住了我的肋下，而他用僵硬的右手手掌，迅速拍在了匕柄的端头。

尽管祖父在施展他的暗杀绝技时已经有所节制，但我的肋下还是被折扇端头抵得疼痛难忍，我哎哟哟叫着，捂着侧腹蹲了下来。在祖父模拟暗杀的那一瞬间，我看见他一反常态，眼睛里精光四射，动作迅速而果决。

鞭炮从过年前几天就零星响起，到了除夕的那天，变得密集起来。在丹城，年夜饭前一定要炸鞭炮，天还没黑，远远近近传来密集的鞭炮声，间隔的时间也越来越短，直至被彼此的声音覆盖，听上去如同急促的雨点敲打在铁皮鼓上。不知道这种习俗什么时候形成。送鬼驱神的鞭炮，在弥漫着团聚气氛的除夕夜炸响，是否是为了扎上一道声音的围栏，将所有的不速之客隔绝在外？迎春的对联中间，门板上贴着两个面目狰狞的门神，既防四处乱窜的小鬼撞入，也让那些眷顾尘世子孙的灵魂望而却步。

地处高原，丹城的冬天寒冷，守岁的时候，一家人需要依偎一炉烧得通红的炭火来聊天，忆旧，重温往昔那些温暖的时刻。父亲母亲在除夕的这天夜里总是显得比平时和蔼，他们带着怀旧的口吻，谈及生活的不易，以及我与妹妹成长过程中的一些趣事。他们还谈及祖母，谈及已经去世的大姑妈，但他们没有提及祖父。

我对父母说，我相信祖父有他的委屈，否则他不会如此执着地写申诉材料。但我父亲根本不想谈及这个话题，也根本不相信阳光会照耀到祖父的头上。"你爷爷虽然曾经参加过抗日，还为此负过伤，"父亲很有把握地说，"但他在国民党部队里与共产党打了三年内战，再怎么落实政策，也不会落实到他的头上！"

"他亲口告诉过我，他是潜伏在敌人内部的地下党！"

"瞎扯。"父亲的声音听起来非常愤怒，也许是考虑到除夕的气氛，他的语气随即缓和下来，"他怎么不说他是云南地下党的创始人？关监狱把他关出精神病了！"

"也许的确有什么隐情，"我抗辩道，"否则为什么会把他放出监狱？"

"因为他太老了，想坐监牢人家也不要他坐了，"父亲气急败坏地说，"人家怕他死在监狱里麻烦，就把他赶了出来！"

每一次与父亲交流，总是很困难，固执的文化局长不知道他的儿子已经长大，有了自己的看法。

祖父失踪以后，我父母有过一次寻找，可是那样轻描淡写的寻找，与其说是父亲因为担忧，不如说他是为了避免别人说他不孝。在与父母的交谈中，我甚至能感觉到，祖父的消失，对他们来说是一种解脱。除夕的那个夜晚，我第一次觉得自己的父母是那样的陌生和冷酷，不像是我熟悉的亲人。

祖父在返回丹城前，一直在一个叫大坪农场的地方劳动改造。从距离上来说，大坪农场离丹城并不遥远，不到三百公里的路程，当年坐车也只需要一天的时间就可以抵达，但我不知道为什么祖父从不与丹城的亲人联系。我猜想祖父是担心他没有澄清的历史问题，会连累到我们全家。但父亲不这样认为，他说："如果你祖父真这样想，他就会在出狱以后找个石头撞死，而不会又厚着脸皮回来。"

除夕夜，我一晚上都没有睡好。躺在冰冷的被子里，我总是想起祖父的模样来，想他此刻究竟在这个世界的什么地方，还活没活着。闭上眼睛，我大脑的深处，他瘦削而单薄的背影渐行渐远。几个月前，就在我高考结束后的某天晚上，我到楼下炭房看望他，祖父曾经神秘地告诉我说，真相会有水落石出的一天。他还许诺说，如果我真的考上大学，给聂家增光，那么等他落实政策，补发工资，他会每个月给我二十元的生活补贴。

当代中国最具实力中青年作家书系

祖父失踪十多年以后，仿佛有某种预感，父亲中风之前的某一天晚上，破例与我聊起了祖父，这让我意识到，有一段尘封的历史即将被打开。在这之前，祖父、爷爷这样的称谓是我们家的敏感词。甚至祖父的名字聂保修，从小就是我们日常生活中需要刻意回避的几个字。我记得童年的时候，父亲曾经不止一次告诫我说，如果有人问起你爷爷，你一定要说不知道。

　　我的确不知道。在我十五岁以前，祖父一直在我的生活中缺席，他是我的家中需要刻意隐瞒的不堪，记忆中没有值得怀念和感动的细节支撑，一度让我觉得祖父与祖母，虽然是我的亲人，可他们虚幻得就像是一段久远的传说。

　　没有想到的是，一九九九年初夏的某个夜晚，父亲竟然来到我的屋子，沉默了一会儿之后，他主动与我谈及失踪的祖父。那时候雨季已经来临，空气中散发着一股潮湿的味道，屋子里的木门受潮膨胀，水汽撑开的身体，让原本活动自如的门轴开关都变得凝滞和生涩。屋子外面，细细密密的雨下得均匀而又执着，落在了马路、草地和水沟里，而那些落在我房顶的雨滴，仿佛大战以后失散的士兵，在沥青涂抹过的屋顶汇合，又在顶缘的凹槽里形成小小的水流，最后从我窗子旁边掉落到楼下的青石板上，哗哗的雨水声掩盖了我父亲推门进来的声音。

　　我是感受到脖颈处传来父亲的鼻息才意识到他进来了。回过头去，我看见父亲脸上浮现出难得的笑容。那时我正准备从父母家搬出去住，毕竟结了婚，又有了孩子，一大家子人挤在一起有诸多不便。当时妻子带孩子回娘家去了，我的屋子一片混乱，床铺没有收拾，墙边堆着一捆捆打好包的书。由于我的屋子里只有一个凳子，我只有站起来把凳子让给父亲，自己坐在床上。我注意到，父亲那天进来的时候，手中端着一个茶杯，像有什么话要对我说。

就像父亲一生与祖父没有什么交流一样，我与父亲也彼此隔膜，没有倾诉的欲望，仿佛总在回避着什么。我已经记不清楚上一次与他单独坐在一起是什么时候了，再次近距离坐在一起，头顶白炽灯的照射下，我发现父亲像是突然苍老了许多，他头发花白，面部浮肿、暗淡，眼睛下面有因长期失眠形成的两个明显的眼袋，感觉就像是那儿挂着两个泪囊。

有一会儿，我望着他带进来的水杯发呆，红豆杉木制作的茶杯，据说吃了泡在里面的水之后，身体会百病不侵。水杯是我有一次到丽江旅行时带回来的，我还记得杯体上雕有一幅寒江垂钓图，一个身披蓑衣头戴笠帽的人手持一根钓鱼竿，注视着眼前的一片开阔水面。

世纪之交之前的半年，父亲从丹城文化局长的岗位上退了下来，成为闲职。最初，他根本无法适应轻松下来的生活，每天早起，做上班前的准备，却又因为到单位后无事可干而在办公室里不知所措。我知道，直到从岗位上退下来的前一天，父亲还一直觉得人生大有可为。的确，自命不凡的父亲在他职场生涯的最后时光，还向有关部门争取到了一笔经费，为丹城新建了一座少儿图书馆，他只是没有想到，自己的万丈雄心以及对未来的诸多规划，会因为档案上的年龄限制戛然而止。当年，因家庭出身不好，没机会进入大学读书的父亲为了早一天参加工作，私自改大了年龄。档案上的年龄，最终导致父亲提前一年多从实职岗位上退下，这让雄心勃勃的父亲很是郁闷，他想向组织申辩，诉说自己的委

当代中国最具实力中青年作家书系

屈，但到了那个时候，父亲再怎么解释也没有用了。

是否是这个挫折以及一次次无效的申诉，让父亲想起了祖父，从而愿意尝试着站在祖父的角度去理解他？其实，我之所以要租房子搬出去住，很大程度上是为了摆脱父亲的抱怨与母亲的唠叨。所以，我很意外父亲会跑到我房间来，不习惯，屋子里的气氛让我觉得有些尴尬，而他似乎也有些难开口。奇怪的是，我在那天晚上变得非常有耐心，我给他的杯子里斟满了水，也给自己倒了一杯茶，坐在他对面的床上。我知道，是因为我即将搬出去住，与父亲的对抗才突然减轻了。

父亲头发花白，这让我心里一阵难过，发现此前对他的关心不够，就像祖父多年来没有进入过父亲的生活一样，父亲似乎也从来没有真正走入我的内心。

我其实知道，我与父亲的冲突，在于他与祖父一样，都曾经是一个理想主义者。我是快到知天命的年龄，才发现理想主义者可疑，因为他们的身上，容易潜藏秘而不宣的专制主义的基因。年少的时候，每当我与他的愿望冲突，他总是讽刺我说以后干不了大事，而我则带有挑衅式的回答："我从来没有想过要干大事，我一生只想做小事！"与父亲的冲突导致我一生乐意碌碌无为，我似乎是决心以我一生的平庸，来反击父亲对我的严苛与厚望。

大学毕业以后，父亲曾希望我进入党政机关，尽快结婚，以便可以一门心思在仕途的大道上阔步前进。父亲也许是想让我替他重新活一次，但恰恰是父亲过强的愿望，让我内心产生了抵触，并且在与他的对抗中，感觉到了隐隐的快乐。分配回丹城以后，我有意违忤父亲的愿望，选择了一条与他的期待背道而驰的道路，做了一名历史老师，还找了一个他不喜欢的姑娘做了妻子。在父亲看来，我的人生是如此的懒散和无所追求，我们父子之间的矛盾从我结婚后也变得越来越深。

出乎我意料的是，父亲进来以后，与我谈起的竟然是祖父。"你爷爷，他好像真的不像我们想象的那样简单！"父亲面带歉意地说，"也许，真像你爷爷所说的那样，他需要落实政策，是我们误解了他。"

交谈中，我发现父亲在谈论起祖父的时候言语中充满愧疚。我注意到一个小细节，父亲在我面前不再直呼聂保修的名字，而是说"你爷爷"。

一九九九年：寻找

祖父当年是如何的绝望，才让他在人生的暮年，做出如此肝肠寸断的选择。他像一只预感到大限的猫，离开前，小心擦拭掉自己在这个世界的一切痕迹，而我父母在祖父消失以后所谓寻找，其实就是做做样子，他们潦草地张贴过几张寻人启事，甚至，都没有把祖父失踪的事情，告诉在外地读书的我。

十多年以后，我之所以重新想起要寻找祖父，完全是因为中风的父亲。我与父亲一生隔阂，彼此都不愿意了解对方真正的内心世界。但作为儿子，我知道祖父如果真是潜伏在敌人阵营的地下党，对父亲来说意义重大。我希望阳世的谜底解开，从而让将来，他们父子在阴间相遇，能够握手言和。

不知道去哪儿求证祖父地下党的身份，无数的典籍、档案、纪录消失在晦暗的时光中。世纪之交的一九九九年，祖父的同龄人大多已作古，我在昆明市中心的弥勒寺找到了云南党史研究室，接待我的是一位五十多岁的大姐，善良，友好，当她得知我祖父十多前年走失，答应尽可能的帮助我。她认识我祖父一再提及的黄敏文，可她对我说，当年的地下组织，为了安全，通常都是单线联系，如果黄敏文还活着的话，事情会好办一些，可黄敏文都已经过世十多年了，他如何来替你祖父作证？

"我祖父曾经保存着黄敏文写给组织的一份证明材料。"我对党史办的大姐说，"记得我祖父说，当年，就是因为有那样一份证明材料，他才从劳改农场释放的！"

"那黄敏文写的那份证明材料还在不在呢？"

"那份材料祖父总是随身带在身上，生怕给掉了！"

"这就比较难办了，即使是真有黄敏文的证明材料，那也不足以证明你祖父的地下党身份，还需要有其他的证明人，这个事情很复杂，也很麻烦！"

"是很麻烦，"我说，"祖父失踪之前，一直在给组织写申诉材料，但一直到他走失，都没有任何结果！"

"你祖父都已经失踪十多年了，"党史办的大姐不解地问，"人都可能早死了，证明了又有什么意义呢？"

从位于弥勒寺的云南党史研究室出来，正值中午。昆明冬天的阳光明亮，城市在它的照耀下，喧嚣中有着异样的寂静。我穿过马路，经过几棵巨大的桉树，有些恍惚地站在人行道边的公交车站牌下。绿色的公交车一辆接一辆驶过，我不知道自己要去哪儿。我的身后，一位手握摩托罗拉手机的中年男人镶嵌在避雨棚下面的橱窗里，手机广告的右下角，我在橱窗玻璃上看到了一个办证的电话号码。我甚至想，能否请那些制作假证的专业人士，为我失踪的祖父做一个身份证明？

远远望去，绿色的水塘几乎静止，但是走近仔细观察，平静的水面其实泛着细小的涟漪，水的皱褶中，藏着肉眼难以观察到的小秘密。在喧嚣的城市楼群间，海鸥盘旋着，像灰白色的福报不断降临，落在塘埂、桥头的栏杆和水面上。偶尔，它们会整齐划一从水面上起飞，就像是有人发出号令，而那个被蓝藻污染了的水塘，转瞬间成为它们自由起飞的机场。

我在大观河旁的五一巷找到了安青。那是一九九九年的冬天，之前的半年，父亲中风，从脑部溢出的血液淹没了他主管语言和行动的区域，抢救过来以后，他已经很难正常表达，说话含混不清，听上去像是在说一门完全陌生的语言，而且行动从此变得迟缓，像一个木偶人。所幸的是他的记忆区域作为大疾之后的幸存地，还能清晰地保存着他的人生档案。那个时候我才知道，在临近退休的时候，父亲曾经有个打算，他想等卸下工作担子之后，去寻找我失踪的祖父。但随着他中风，父亲的愿望只能由我来帮助实现了。

就在父亲中风后的某个晚上，他让母亲打电话叫我回家，瞬间老掉的父亲，让人心生悲悯，我觉得他似乎比我失踪的祖父还要苍老。即使是在家中，父亲的行动也要借助轮椅，老掉的婴儿，坐在我的对面，嗫着嘴，费劲地发出一些无法听懂的音节，只有与父亲朝夕相处的母亲，才能从父亲的嘴形上，猜测出父亲要表达的含义。充当翻译的母亲告诉我说："你爸爸这段时间不知道怎么啦，总是提起你爷爷，他都失踪十几年了！"

那天我离开家之前，父亲颤颤悠悠递给了我一封信，那是安青在我祖父失踪之后，从昆明寄给我父亲并请他转交给祖父的，

当代中国最具实力中青年作家书系

信已被我父亲拆开来看过了，主要是询问我祖父回到丹城后的情况，同时也有对他们三十多年后重逢的感慨。看得出来，尽管信中没有什么热烈的词句，但能感觉得到，安青对我祖父的确有很深的感情。

母亲曾经悄悄地告诉过我，父亲曾经把安青寄给祖父的十多封信烧了，我这才知道，不仅是祖父想擦拭干净他留在这个世界的痕迹，父亲也想。但不知道是什么原因，也许是疏忽，父亲在他办公桌抽屉里，保留下了一封安青写给祖父的信，直到从岗位上赋闲下来，在收拾办公室时才发现。就是这封信，为我后来找到安青，留下了难得的蛛丝马迹。

我上昆明寻找安青之前，曾经仔细研究过那封信。发黄的信封是自制的，信封的左下角，寄信人用钢笔画了一小幢房子、一条小路和一排栅栏作为装饰，而丹城邮局的邮戳，恰巧就盖在那个房子上，时间是一九八四年一月十五日。

因为年代久远，信封上寄信人的地址暗淡，我在昆明城里找了一个又一邮局，请他们帮看看寄信人的地址。模糊不清的字迹，没有确切的指向，也让一个个邮递员看过之后，不断地摇头。最后，是在新闻路邮局，一位年纪比我还大的邮递员，如同检查一张钞票的真伪一样，不断调整着信封的角度，是他认出那几个模糊的字——大观路五一巷。

沿着一条长长的通道走进去，两侧是红砖砌成的围墙，每隔十米，围墙上就会出现一块两三平方米大的画，城市的墙体装饰，上面画渔舟唱晚、大理三塔、西山龙门、建水古城楼，大约是想把云南名闻遐迩的景点，囊括其中。安青所住的屋子，就在这条小巷的尽头，那是一处占地七八亩的小院，里面有六七幢五层楼高的红砖房，是过去师范学校的教工宿舍，夹在附近几幢几十层高的巨型商住楼中间，显得格外的低矮、卑微和落寞。值得庆幸的是，安青所居住的那个小院，在昆明城肆无忌惮的改造中得以保留下来，否则只凭一封信和信封上留下的模糊地址，我很难在日新月异的昆明城里找到安青。

世纪之交的那一年，当我找到安青的时候，老人已有七十多岁了，头发花白，梳了一个上海头，这使她的面孔看上去显得圆润而年轻。富态的老人，皮肤很好，白里透红，脸上几乎没有那个年纪的妇女容易沉淀的黑斑，我猜测她年轻的时候应该是个美人，否则以祖父的见识，也不会背着我的祖母，和她有那么一段难以割舍的感情。照顾安青起居的是她的大女儿，一个四十多岁的中年女人，沉默得几乎安静，是她告诉我说，自从她父亲查老师走了以后，母亲安青迅速苍老并且出现了抑郁症迹象。

我掏出那封信递给了安青，望着自己十六七年前写的信，她的表情有些困惑。但是当她抽出信纸来，还没看完信，我看见她的手开始抖动起来。

"宁国强，噢，聂保修是你什么人？"

"是我祖父！他一九八三年冬天走失，后来就再也没有找到他。"

"一九八三年冬天？"安青的目光离开信纸，抬起头来望着窗外。

"是一九八三年冬天，"我说，"我就是那年进的大学，寒假回家，祖父已经走失了，所以印象深刻。"

安青把头低了下来，好长时间没有说话，看上去像是在打盹。突然，她像是自言自语地说："一九八三年冬天我在昆明见过他，那年的雪真大！"

我与安青聊祖父的时候，她女儿不时会走过来，往我空掉的茶杯里添水。我一开始以为，安青的女儿不会知道我祖父与安青的关系。来找安青的时候，我编了一个自以为令人信服的理由。我说我的姑妈，也就是我父亲那个患再生障碍性贫血的姐姐，她去世了。而在去世之前，她嘱咐我上昆明来时一定要给安青阿姨，她曾经的中学同学带一点家乡的特产——天麻。安青的女儿一开始相信了，她甚至还找出几本陈旧的相册，想让我在她母亲的那些青春合影中，找到我的姑妈。我的这个谎言后来肯定穿帮，当安青的女儿知道我来自于丹城，又知道我姓聂的时候，神秘地笑了笑说："你是聂保修的孙子吧？"

　　祖父一九八三年冬天走失以后，来到昆明并见过安青，这让我有些微的安慰。听安青说，我祖父当年在昆明住了几天，后来他离开昆明的时候，告诉安青说他回丹城了，但事实上祖父并没有回去。尽管此后安青再也没有祖父的消息，她还是连续给我祖父写了好多封信，但从来没有只言片语的消息反馈回来。当安青患了抑郁症以后，她忘记了我祖父从来没有给她写过回信，有的时候她会把我祖父的照片拿出来，放在书桌上仔细端详。女儿由此知道了母亲的心事，似乎也非常理解母亲的行为。每一次，安青把写给我祖父的信交给女儿，总是吩咐她要把信投到邮局的邮箱。

　　"路边上的邮箱我不放心，"安青告诫她的女儿说，"我担心他收不到！"

　　谈及我的祖父，安青的女儿说："我妈总是时而清醒，时而糊涂！有几次，她在信封上写的是寄给宁国强，可等我把信投到邮局以后，她又让我把信找回来，说是要把收信人宁国强改为聂保修，否则信寄不到，我这才知道我妈与你祖父的关系。"

我不知道该称呼安青阿姨还是奶奶，与祖父的特殊关系让我在称呼她时心里有了顾虑。"还是叫阿姨吧！"安青的女儿说。

"阿姨寄给我祖父的十多封信，"我说，"他一封也没有收到，那次上昆明来见阿姨之后，他就再没回丹城了！"

"难怪我妈从来没收到你祖父的回信，"沉默了一会儿，安青的女儿带着遗憾的口吻说，"我妈与我爸一同生活了几十年，他们两人的通信加起来可能都不到十封。"

"我祖父可能都没有给我祖母写过信！"我说。

坐在安青的家里，当她的女儿告诉我说她知道母亲与我祖父的关系时，我感到特别羞愧，仿佛是我做了一件特别对不起她的事情。另外，在安青家的那些旧相册里，我见到了查老师的照片，收藏旧时光的黑白照片，有单独的，也有与安青一起照的。仅从照片上看，查老师的年龄也比安青大得多，而且奇怪的是，查老师看上去，与我祖父长得有几分相像。

"我父亲也去世好几年了！"安青的女儿说。

前来寻找安青之前，我曾计算过他们彼此的年龄，也曾在见到安青之后，问过老人与我祖父是怎么相识的。但安青一直语焉不详。不过我后来还是从她的只言片语中，梳理出了他们相识的过程。

安青原本是省立昆华女中的学生，绸缎老板的女儿，一九四四年，她十七岁的时候，报名参加了抗日战地服务团，在滇南重镇蒙自认识了我祖父。那一年祖父只有三十多岁，英气勃发，脸部在经过一次次恶仗之后变得有棱有角，再加上因抗战而残疾的右臂，让安青对我祖父一见钟情。那一天，坐在安青家的客厅里，老人听说我是聂保修的孙子，目不转睛地注视了我好一段时间。她的表情一开始冷淡，目光也冰冷，带着难以掩饰的警惕、防范与审视，这让我感到有些紧张和尴尬。幸好老人的表情后来变得柔和了，也许是安青的记忆复苏，我听见她自言自语地说，没错，你应该是宁国强的孙子。那一瞬间，我不知道安青是不是从我向中年过渡的脸上，看到了当年祖父的影子。

在安青那里，我得到了确认，聂保修就是宁国强。但她也不清楚，祖父为什么要把聂保修改成宁国强，更不知道是什么时候改的，认识我祖父的时候，只知道他叫宁国强。"一九八三年冬天，"安青说，"事隔三十多年以后见到你祖父，他才告诉我，他的原名叫聂保修！"

"至于他当年为什么改换名字，"安青又说，"也许只有你祖父才知道。"

"会不会与他加入云南地下组织有关？"我问。

"黄敏文可能会知道！"安青说。

我因此见到了祖父留在安青那儿的申诉材料，厚厚的十多封申诉信，不是原件，而是用复写纸誊写的，上面的确是我祖父的字迹：硬朗、狭长，笔画的转折控制有些吃力，是用左手写的。祖父在材料中说，黄敏文是他的入党介绍人，也是他潜伏到六十军后联系的上线。如果祖父的申诉材料属实，那么一九四三年，祖父在黄敏文的介绍下，加入了中共的地下组织。那个时候，云南地下党对滇军的秘密渗透工作已经开始，黄敏文通过关系，让祖父去了六十军。但当年祖父是如何认识黄敏文的，黄敏文又是如何发展他为党员的，祖父的申诉材料里并没有详细说明。

但有一点可以肯定的是，从那个时候开始，祖父就成为了两个人，在故乡亲人的记忆中，他叫聂保修；而在六十军中，大家叫他宁国强。

在安青的家里，我不仅看到了祖父写的申诉材料，还看到了安青给祖父照的照片——那张祖父身穿国军上校军服的照片。安青将它保存至今，让我有些感动。

后来我书桌上放的祖父照片，就是安青保存的那张照片的复制品。那是我再次去看安青的时候，她送给我作纪念的。我记得在把照片递给我之前，安青长时间凝视着照片，完全忽略了我的存在。我还记得安青在看照片上的祖父时，表情柔和，含着淡淡的笑意，用两只手的拇指与食指捏着照片的下角，在自己眼前慢慢推远，在一个适当的距离停住，她的双眼眯着，一动不动，仿佛回到了一九五〇年春天那个让她留恋与缅怀的日子。

"你爷爷年轻时长得可真帅！"安青轻轻感叹说，"一九八三年冬天我再见到他时，老得我都快认不出来了！"

第一次去家里看望她之后没几年，安青的身体急转直下。当我把电话打过去之后，她的女儿在电话中对我说，她母亲抑郁症更严重了，拒绝与人交流，但是不时会提到我，说宁国强的孙子为什么不来了。

我能感觉得到，安青的女儿对我去看望她的母亲并不拒绝。有一次，她曾经在送我出门的时候，有些伤感地对我说："我爸与我妈一起生活了三十多年，两人相濡以沫，可到头来她最怀念的，竟然会是你的祖父！"

谁都没有想到安青的生命力很顽强，此后又摇摇晃晃活了好些年。我最后一次见到她的时候，安青已经是八十六岁的老人，搬了家，与女儿一起住在滇池路的阳光花园小区，我费了很大的劲，找了一个又一个人询问才找到。那个时候，我的年纪，与祖父二十世纪五十年代初离开安青时一般大了。基因的力量这个时候显现出来，让安青女儿意外的是，她母亲见到我之后，主动与我打招呼。

"国强？"安青当时目不转睛盯着我看了一会儿，才抱歉地笑了笑说，"哦，是国强的孙子！"

之前，我每次从丹城去昆明，如果时间允许，我都会去看看她，顺便也从她那儿打听一些我祖父的事情。安青的女儿发现，每当我去的时候，原本沉默不语的安青会变得健谈，完全换了个人似的。不止一次了，安青说我长得特别像我祖父，她端详着我说眼眉像、鼻子像、嘴也像。距离太近，近到我能从安青的眼中，看到她怦然心动的目光，和这目光后面刻骨铭心的往昔。

最后一次去看安青，她大病初愈，尽管是夏天，可她坐在那个可以晃动的藤椅上，膝上覆盖着一床薄薄的小花棉被。我们的交谈无一例外地又会绕到我祖父身上。令我吃惊的是，安青虽然老得行动都不太方便了，却能够清晰地记得与祖父在一起的许多细节。甚至，她还告诉我一九八三年冬天，我祖父来昆明时，他们两人在拓东路南诏旅馆楼上相会的情景。

提起那年冬天与我祖父再次见面，安青变得话多起来。"我们一起在拓东路的那家旅馆聊了一夜，"安青有些不好意思地说，"一夜未归，查老师又不知道我去哪里了，急得差点去报警！"

"可那个旅馆被拆掉了，就在拓东体育场后门的对面，现在那儿建起了一座博物馆！"安青有些怅惘地说。

我很意外，一个患抑郁症的人，在回忆起我祖父的时候，记忆会如此清晰，而且表述准确，这让我怀疑，安青所谓的抑郁症，是否是她要在有限的记忆里，适当地屏蔽掉一些东西，以便为她更为珍视的隐秘生活，留下可供回味的空间？

　　那年冬天，强大的寒流翻山越岭一路南下，丹城迎来了数十年最为寒冷的冬天。而在离丹城数百公里以外的昆明，也下了一场百年罕见的大雪，气温降到零下六七摄氏度。劫后重逢，漫长的时光并没有让他们两人感觉隔膜和陌生。当天，两人就那样躲在拓东路那家小旅馆，围着一盆炭火叙旧，依旧有说不完的话。

　　"那是我最后一次见到你爷爷！"安青说。

　　也就在我最后一次见安青之后没两个月，她就去世了。安青的女儿后来在电话中告诉我说，她母亲是在睡梦中走的，走得很安详，没有痛苦。

　　遗憾的是，我没能参加安青的葬礼，我在接到她女儿电话的时候，正在上海出差。准确地说，正坐在外滩的河堤上望着江水发呆。不远处，一艘停泊在水中的轮船好像要起锚，我听见它"呜"地叫了一声，声音浑厚而沙哑。伴随着船鸣声，我看见船体明显震动了一下，船尾的烟囱喷出一团黑烟，当船身扭动起来的时候，江水中的浪头变大，跳跃着过来，有节奏地拍打着我身边的堤岸，发出"叭叭叭"的声响。挂掉安青女儿的电话之后，很奇怪，我竟然想起了祖父那个灰色提包上的白色图案，而且觉得祖父就藏在外滩的某个地方，偷偷地从身后打量着我。

　　后来当我再次到昆明的时候，我特意去了安青的安息地金宝山。去之前，我在国防路的花店，买了一大束黄色的"懒梳妆"。

　　给祖父秘密的女人献花，我像是一个隔世的偷情者，内心有种穿越时空的惆怅与不安。站在山上往下眺望，滇池的水面有几个巨大的圆形图案。半个小时以后，当我驱车驶临湖边，近距离察看，才发现圆圈里面生长着用以净化水质的水葫芦。蓝色的花朵从生机勃勃的绿色叶片中蹿出，小小的火焰，在天空一样的水面星罗棋布。如果还能找到祖父的话，尽管这个希望已经非常渺茫，我会把他也埋在金宝山，我估计祖父会喜欢。那个公墓的位置就在西山龙门往南走七八公里，隔着一片宽阔的水面，对岸就是高楼林立的昆明城。祖父也许不知道，金宝山是滇池边最大的一个公墓，有十几万人埋在那里，入口处还修建了一个用于超度魂灵的空心佛塔。尖顶的鎏金佛塔，那里面终年回荡着寺庙清冷的音乐。不知道为什么，当我站在金宝山那些林立的墓碑里，隔着滇池眺望对岸，我就会觉得金宝山是另外一个昆明城，而无数的人正从对岸的那座城市踏波而来。

一九八三年：重逢

不知道一九八三年冬天，祖父离开丹城来到昆明，是怎样在茫茫人海中找到旧日相好安青的。事隔多年，昆明城早已面目全非，祖父当年在盘龙江边购置的房产也几次易主，曾经生活其中的安青早已不知去向，但是这并没有难倒我祖父。安青说，她当时刚刚退休，有一天早晨外出买菜回来，竟然在门上看到我祖父留下的纸条，惊得手中的菜全掉在了地上。安青的吃惊是可以理解的，几十年没有任何消息，她早已接受了我祖父不在人世的现实，而对于一个亡灵的突然来访，没有人能够做到真正的处之泰然。

"幸好是你爷爷留下了纸条，"安青笑了笑说，"要是回到家里突然看到你爷爷宁国强站在门口，没准会被他吓疯！"

"当然，你爷爷不会那样做的！"安青又说。

在安青眼里，我祖父宁国强是这个世间最体贴入微的男人，直到她的晚年，安青依然把与我祖父相遇相识看成是一生的幸运。

我想起了祖父那一年来到我们家的情景。说实话，我很难将我见到的祖父，与安青保留的照片上的那个人等同起来。时间和命运是两把雕刻刀，祖父在它们的合谋下，早已面目全非。

但是，对于几十年来一直惦念着祖父的安青，祖父的再度出现，对她来说真是悲喜交集。我祖父留下的那张纸条，被安青小心放在钱夹的内层，接下来的那天夜里她一夜未眠。那时，安青与查老师早已分床睡，整个夜晚，她不时扭开床头的台灯，拿出钱夹，借着光线一遍遍看我祖父留下的纸条，就像一个怀春的少女对待心仪的男子送来的情书。

那个夜晚对安青来说，注定是个不眠之夜，失真得都让安青感到虚假。借着床头的台灯，安青又偷偷翻出了我祖父的照片，但是当她再次查看纸条时，她发现上面的字突然变得陌生，仿佛都成了不认识的字，以至于天快亮的时候，安青已经怀疑钱夹里藏的纸条是不是我祖父写的。不能怪安青疑神疑鬼，而是祖父几十年没有任何消息，突然又离奇出现，让人觉得不真实。

安青说，等她确信还是宁国强写来的字条，她又才又放下心来。对于纸条上的字迹，安青说她实在太熟悉了，面孔会随时间苍老，笔迹不会。接下来的那个上午，安青一直生活在紧张和不安中，她曾经在卫生间，面对墙上的镜子，仔细审视自己的脸。三十多年的时光对一个女人的改变是巨大的，安青说，她当时是既迫切地想要见到我爷爷，又害怕见到。

当代中国最具实力中青年作家书系

一九八三年冬天，昆明下了一场百年不遇的大雪。一早起来，安青就盼望着能够早一点到南诏旅店，见到我祖父。坐在自己卧室的床上，透过床脚墙上的那扇小窗，能看到外面铅灰色的天空。临近年底，天气是一天比一天冷了。往年，南下的寒流抵达滇中腹地时已是强弩之末，往往只冷上那么一两天，昆明城又会天空蔚蓝阳光灿烂。但那一年不一样，南下的寒流没有停下脚步的迹象，它们继续向南。天气已经阴沉了几天，到安青要去与我祖父相会的时候，终于有细碎的雪粒从天空飘落。

雪从上午开始下，越下越大，到了中午，当安青步行去拓东路的时候，雪已经下了半尺深。街道两侧的银杉不耐冻，根又浅，积雪落在浓密的枝叶上，让树枝难以支撑。从街上走过，不时能听到身后传来树枝折断的声音。街边的电线被砸断，公交车已经停开，整座城市一下子退回到了农耕时代，但同时也成为一个巨大的游乐场。满街都是打雪仗或堆雪人的，他们奔跑和追逐着，也有人各怀心事，安静地走在积雪的道路上。

安青告诉我说，我爷爷与她约定的见面地点，是拓东路的南诏旅馆，那是个门脸很小的旅馆，街道办的集体企业，毫不起眼。她到那儿以后，旅馆的服务员查了住宿登记本，说没有宁国强这个人。安青不相信，她把登记本拿过来仔细看了几遍，都没有找到宁国强的名字。

"我那时还不知道你爷爷原来叫聂保修！"安青说。

站在服务台外面，安青失望地望着门外纷飞的雪花，幻想着我祖父这时能够从远处走过来。"我不死心，"安青笑了笑说，"又从钱夹里抽出你爷爷写给我的纸条，递给了服务员，她接过去看了又看，一脸的困惑，说南诏旅馆应该就在这里！"

"那个时候还没有身份证，住宿的话，凭的是工作证，或者介绍信！"安青神情迷离，像是回到了多年前的那个中午，"服务员后来告诉我说，前天有一个七十多岁的老人住了进来，不知道是不是你要找的人。"

"我问服务员，那个人是不是右手有些残疾？服务员想了想说，好像是，还告诉我那人住在里院二楼，上楼梯左手边最后的一间！"安青说。

穿过服务台旁的甬道，南诏旅馆的格局，里面是个四合院，天井的左右两侧，各放置一口巨大的水缸，天气的确寒冷，水缸里的水结了一层薄冰，上面覆盖着白雪。

安青告诉说："我刚走进里面的院子，就感觉你爷爷住在里面。"

"你爷爷是个相当严谨的人，说住在南诏旅馆，就一定不会错，"安青接着说，"雪地上的脚印杂乱，不知道那一行是你爷爷的。我沿着楼梯走上楼，年久失修的木楼板，发出咯吱咯吱的响声。你爷爷的房门关着，我敲了敲，没有听见里面有任何声音！"

四合院天井上空，雪花飘落，寂静地掉落在天井里，安青有些失落，站在二楼的楼道上，望着四合院的入口。

"与你爷爷分开的那几十年，"安青感叹，"好像是生活在一个长梦中。"

"后来，我就看见你爷爷了！"安青说。

此后，每当我在冬天的夜晚，凝视着祖父身穿上校军服的照片，我常常会想起一九八三年冬天，祖父从故乡丹城失踪之后，跑到昆明见安青最后一面的情景。想象弥补了我不在场的遗憾。

安青描述过，当时她站在楼上，看见一个人从外面进来，身体消瘦，黑色的棉衣上落满了积雪。

是我的祖父聂保修。他站在天井里，注意到了二楼的回廊上有人，祖父抬着头望了望，迟疑了一下才轻轻叫了一声："安青？"

安青告诉我说，尽管隔了三十多年，她还是一眼就认出了我苍老的祖父。

"他看去太老了，身体又瘦又黑，还满脸的皱纹！一看就知道吃了许多苦！"安青说着，眼睛湿润起来。

那天夜里，安青没有回去。作为查老师的续弦，我不知道在她与查老师数十年的婚姻生活中，谈没谈到我祖父。事实上，从上午的时候离家步行到南诏旅店赴约，安青就做了不回去的准备。她告诉我说："三十多年的时间没见，我与你爷爷有太多的话要说！"

在拓东路那个叫南诏的小旅馆，祖父将一生的秘密向安青和盘托出，包括他什么时候加入组织、他的上线、他的家庭和孩子、他为何在一九五〇年初失踪，他的原名叫聂保修而不叫宁国强，等等，祖父都告诉了安青。

"没想到你爷爷的人生会如此复杂！"安青说。

"我们做梦也没有想到他会是地下党，"我对安青说，"我父亲多年来一直都不愿意原谅我爷爷，认为是我爷爷影响了他的一生。"

"你爷爷或许有他的难处！"安青平静地说，"我相信他当年不是有意向我隐瞒那些事情，而是组织纪律不允许！"

"是！"我说，"一九八一年底，我爷爷刑满释放回丹城之前，我们全家都以为他早就去世了！"

"一九四九年底，云南和平解放，不久以后你爷爷告诉我，他接到任务要返回部队，可一去不回，"安青说，"怎么也没有想到他后来会去缅甸，我专门问过他，可他说一两句话说不清楚。"

让我至今没有弄明白的一点是，如果当年祖父不辞而别，已经做好了离开丹城就不再返回的打算，那么他为什么还要给安青留下他在丹城的地址？在那封安青写给祖父的信上，收信人的地址是丹城文教局，收信人是我的父亲。这会不会是我祖父到了昆明以后，又有所犹豫，从而留下一条线索，让我后来可以找到安青，也找到他所经历却又无法面对的一段时光？

真的无法知道祖父的真实想法。

我很遗憾父亲当年收到安青请他转交的信之后，没有及时与安青联系，否则他可能提前找到我祖父失踪后的线索。尽管那封信寄到我父亲手里时，我祖父已经离家出走，但我还是觉得，如果父亲早一些相信祖父曾经肩负神圣使命，为了理想深入虎穴，置个人荣辱得失于度外，他们父子的关系会得到改善。我之所以这样说，是因为我发现，当我父亲发现我祖父的确有可能是地下党以后，他其实对我祖父怀了深深的愧疚。

父亲的一生，活得谨小慎微，他怎么会想象得出，祖父会有藏得如此深的身份以及曲折的经历？

祖父离开昆明时，给安青留了一个包裹，用一个大牛皮纸口袋装着，看上去陈旧、暗淡，散发着一股陈腐的气息。打开之后，是数十封内容完全不同的申诉信，用复写纸誊写的，原件已不知去向，估计是寄给了有关部门。刚刚从监狱里出来的那两年，祖父不停地向组织申诉，说他不仅不应该坐牢，还应该享受离休待遇。

当代中国最具实力中青年作家书系

大学毕业以后，我回到故乡丹城做了一名历史老师。因为工作的原因，我采访过一个叫李茂的抗战老兵，他比我祖父小十岁，当我们一群志愿者提着大米和食用油去看望他的时候，李茂已是九十五岁高龄的老人，比我祖父失踪时的年纪大了二十岁。他对我们的来访感到既突然又警惕，当我试图从他那儿打听中国远征军的事情，老人缄口不言，我知道他的顾虑，就说："您是打小日本的，是抗日英雄！"

　　让我始料不及的是，李茂望着我们，片刻之后，他突然放声号啕大哭起来，我看见他用骨节粗大的双手蒙面，指甲缝里有着难以清除的污垢，那是底层生活的印迹。当时我就愣住了，完全没有料到一个九十多岁的老人还会像孩子一样伤心哭泣，他垂着头，一副受难的样子，抽搐的双肩瘦削，在浆洗得发白的蓝布衣服里伸缩，用目光就能触摸到骨头。等他抬起头来的时候，我才注意到老人的眉毛和胡子由于缺乏打理，就如同冬天地里的衰草，他的眼光直直地望着前方的墙壁，但我能够感觉到，他看到的是七十年前的那段抗战岁月。

　　"我不该参加国军抗日！"老人说，他的眼泪顺着满是沟壑的脸慢慢地往下流淌。而他的老伴，一个同样九十高龄的老妇人，用满是皱纹的脸贴着他的脸，她努力地微笑着，像是在哄一个在外面受到委屈之后回家的孩子。

　　与李茂相比，我不知道祖父是幸运还是不幸，也不知道他如何看待命运过于残酷的安排。但我知道，他曾经作为中国远征军的一员，西出缅甸作战。在祖父的申诉材料中，对此有明确记载："一九四二年三月八日，我作为国民革命军第六军的团副，跟随部队到达了仰光城北的同古。"我曾经查过缅甸地图，却根本查找不到他所说的同古城，这让我对他申诉材料的真实性产生了怀疑。是我孤陋寡闻。后来，我在一本《从怒江峡谷到缅北丛林》的书中得知，同古其实就是缅南平原上的东吁。

一九四二年，位于缅甸中部的重镇曼德勒至仰光的铁路已经开通，同古城位于这两座城市的中间。那一天，当祖父所乘坐的那列满载士兵的火车抵达东吁郊外时，已近黄昏。三月的缅南平原，正是一年中最好的季节，泛绿的稻田从铁路两侧铺陈到远方，点缀其间的一座座村庄在日暮时分显得格外宁静和安详。没有谁会料到，仅仅十天后，同古，这座宁静的小城会陷入重炮和飞机轮番的轰炸中。三月二十日，也就是祖父所在的部队抵达同古半个月后，在城郊的鄂克春村，我祖父的右臂被日军的弹片击中，一块蚕豆大小的弹片刺穿皮肤和下面的肌肉，卡在了他上臂的肱骨上。

同古战事胶着，日军的飞机炸断了铁路，远征军消耗殆尽的军需得不到及时补充，没有消炎药品，为了避免伤口感染，军医只好用电来为我祖父疗伤。那种疼痛不是一般人能够忍受，好在他的卫兵不知从哪儿弄来了半瓶白酒让他喝了下去，军医是趁着我祖父酒醉，才替他完成手术的。

祖父的这段历史，我不止一次听到过。高一结束的那个假期，他曾经带我去看过祖坟。正是一年中最炎热的季节，半路我们两人坐下来休息的时候，他与我谈起了四十年前，在缅甸与日军作战的经历。我第一次听到戴安澜这个名字就是祖父告诉我的。"戴师长是个英雄！"祖父说，"曾经为坚守同古城立下过遗嘱：如师长战死，以副师长代之，副师长战死，以参谋长代之，参谋长战死，以某团团长代之，全师上下均如此效法。"

祖父说，他当时的确是抱着必死信念的，哪里知道并没有战死沙场，而是负了伤。撤出战场的那天夜里，祖父说他看见鄂克春村外，用于阻止日军前进的森林大火正熊熊燃烧，火光映红了村庄上面黑暗的夜空。

祖父失踪多年以后，我曾经有一次去怒江。离开州府泸库，公路沿着怒江一路北上。夏季，空气潮湿，狂怒的江水在身旁的峡谷中夺路而逃，传来巨大的轰鸣。在怒江拐弯的地方，转折的地方常常会出现几十亩或几百亩不等的沙洲，上面能看到傈僳族人家的房屋。也有更小的沙地，在山崖下，与世隔绝。同行的朋友告诉我说，当年，曾经有失散的远征军士兵，在山崖下的沙地上住下来，那个时候我曾想，祖父离开丹城以后，是不是也找了一个人迹罕至的地方度过余生？

回忆起祖父出狱以后来到我们家不久，我有时会在夜晚惊醒，静寂中，偶尔会听到楼下的炭房里发出难以控制的痛哭声，是祖父在哭泣。夜晚的哭泣声，尽管微弱，却让人感到凄厉，毛骨悚然。

父亲当年不理解祖父的悲伤，曾说我们接纳他已是仁至义尽。在父亲看来，我祖父没有养育过他一天，所以他也没有义务对祖父进行赡养。也许我们都误解祖父了，当年他的哭泣，以及垂暮之年不辞而别，除了他在亲人这儿没能感受到应有的接纳和关爱之外，也许还有着更为复杂的原因，以及对他人难以倾诉的委屈。

安青也不知道，我祖父把那些申诉信件留在她那儿是什么意思，是替他继续申诉，还是留作纪念。一九八三年冬天，祖父离开昆明时，雪仍然在下，气温变得出奇的低，除了通往滇南方向还开有长途汽车，通往其他各州市的汽车都已经停班。那一次我祖父离开昆明的时候，安青没有与我祖父再去照相，老了，照出来的相片看了让人心酸。在昆明东郊长途汽车站分手的时候，安青把她偷偷积攒下来的五十元钱和一百斤全国粮票塞给了我祖父。

"他开始的时候拒绝，后来见我流泪，才勉强接受。"安青说。

我曾经不止一次想象安青送祖父离开昆明的那个清晨，气温很低，天灰蒙蒙的，祖父上了一辆不知通往何处的长途汽车。透过车窗玻璃看进去，我祖父坐在窗边，雪花缓缓地飘落，让汽车里的祖父看上去既虚幻而又失真。终于，汽车启动，带着防滑链的车轮，在车场的雪地上留下了清晰的印迹，我仿佛看见安青跟随着汽车跑出车场，站在车站门口，望着祖父乘坐的长途汽车远去，消失在街口的漫天大雪中。

一九五〇年：逃离

一九四九年十二月十六日夜，驻扎在城郊的国民党第八兵团，在完成对昆明城的包围之后，开始攻城。

战斗打响的时候，在祖父怀抱中熟睡的安青醒了过来，她听见院门被人叩响。许多年以后，她坐在我的对面，回忆那天夜里的情景，清晰得就像是发生在昨天。安青说："你爷爷都已经睡了，听见有人敲门，是咣咣咣的叩门声。你爷爷说是自己人敲的门，他从床上跳了起来，胡乱披上衣服就走了出去，很快，我就听见门吱嘎响了一声，又响了一声，院子的木门打开又关上。后来，我就听到有两个人在堂屋里小声交谈。"

"你爷爷的声音大一些，另外一个人声音小，听不出来是谁，"

安青说，"一九八三年冬天，当我再次见到你爷爷的时候，他才对我说，那天夜里来通知他有任务的，是云南地下党的秘密交通员。"

"是黄敏文派来的。"安青说。

两人重逢的时候，祖父对安青解释说，当年，他曾是云南地下党潜伏在六十军里的谍报人员。一九四六年，当六十军被调往东北以后，他留在了六十军昆明办事处。两年以后，就在六十军起义前夕，在组织的授意下，祖父将六十军即将在长春起事的消息透露给了中统云南调查局的人，获得信任，从而再次打入到了国民党第八军。我不知道是否这些难以理清的历史，妨碍了祖父在二十世纪八十年代初没能及时落实政策。

安青说："那天夜里枪声一直噼噼啪啪地响，你爷爷说有任务，就离开了家。其实那天夜里，是黄敏文派人来找到你爷爷，要他迅速返回部队，弄清围城国军攻城的兵力部署。"

一九四九年深冬那个枪声密集回响的夜晚，祖父是怎样穿过流弹织成的死亡之网，回到位于昆明城南的巫家坝机场的第八军军部不得而知。原来的牧场，高原上的平地，滇池的水缓慢而坚决地渗透过来，让那块土地水草丰美，牛羊成群。祖父所在的部队，当时驻扎在巫家坝机场一侧的解家营，军部就设在村口的土主庙，战斗爆发的当晚，庙里人进人出，嘀嘀嘀的电台声彻夜未停。一周以后，眼看昆明城久攻不下，而驰援赶来的解放军二野四十九师，已抵达离昆明只有一百多公里的曲靖县城，由云南地下党领导的边纵九支队，也已经挺进到城南几十公里的昆阳一线，围城的国军第八兵团见大势已去，只好仓皇南撤。

我想象一支几万人的军队乱哄哄逃离的情景，想象夹杂在其中的祖父模糊的身影。春天即将到来，寒冬正在隐退，南部高山上的残雪即将在阳光的照射下融化，最终隐没于身下的土地。兵荒马乱的日子，祖父无法与黄敏文联系，只好跟随着南逃的国军，离开了昆明。如果可能，我相信他愿意留下来。大动荡的年代，每一个人的生命都有如流星，一晃而逝，这个世界再难找到它存在过的痕迹。因此，我愿意这个世界的某一个地方，也许是档案馆，也许是云南党史研究室那些积满灰尘的资料中，会夹杂着那样一张纸条，上面透露了祖父所在部队南逃的线路。那是祖父在撤离昆明的途中仓促写下的，棉纸上的字，明显出自左手的痕迹。难以受控的笔画，坚硬、直接，即使是到了需要转折的地方，也缺少应有的弧度，尤其是竖画，往往会被拉得很长，这使得他带给地下党的那张秘密情报，特征明显。

黄敏文在给祖父的证明材料中说到了我爷爷让人带来的情报。他承认，正是因为有宁国强同志传递出来的准确信息，我党领导的云南地下武装"边纵"，才将从昆明南逃的国民党部队阻击在了元江北岸。

祖父当年选择离开昆明，跟随国民党残军南逃缅甸时，究竟有多少是组织的安排，又有多少是自己的个人选择，已经不得而知。战争即将结束，是回丹城与妻儿共享大劫之后的天伦之乐，还是留在昆明与安青共度余生，也许祖父内心无比矛盾和纠结。尽管当时新的婚姻法还没有颁布，但一夫一妻已经成为组织成员共同遵守的一条生活准则，面对生命中两个同样重要的女人，祖父不知道何去何从。

祖父想用一枚银圆为自己的未来做决定。手掌中的银圆，泛着暗淡的光芒，我见过那种银圆，一面是袁世凯的头像，头像上

当代中国最具实力中青年作家书系

方从右到左，依次是中华民国三年字样；而银圆的另外一面，中间是一只满帆的小船，两侧分别是圆、壹两个字。祖父用拇指和食指捏住一枚袁大头的两端，用力一搓，银圆在光滑的木桌上旋转起来，土漆木桌，光可鉴人，摩擦极小，快速旋转的银圆有些晃眼，像一枚质地稀疏的银球。

与安青重逢的那天晚上，祖父对她说，他在解家营的驻地，望着那枚旋转的银圆，想让它替自己的去留做最后的决定：银圆停止旋转倒扑在桌上，如果他看到的是袁世凯肥硕的头颅，那他就回丹城与我祖母过安稳的日子；如果看到是银圆背面那条帆船，那他就会选择留在昆明与安青生活。祖父说，银圆旋转的速度开始慢了下来，头像、船帆，头像，船帆，当银圆停止旋转的时候，恰好从桌子边缘落下，他听到银圆掉到地上的声音，可他弯腰搜遍了地下，再也没找到那枚银币。

几个小时之后，祖父跟着部队撤离了解家营。天还没有大亮，南撤的部队乱得不能再乱了，不停地鸣着喇叭的汽车、惊慌的马车、扛着武器疲惫不堪的军人……祖父所在的部队像惊蛰后一条慵懒的大蛇，笨重地扭动着身子，向南蜿蜒，消失在深冬昆明清晨的雾霭中。

祖父告诉安青说，撤离的时候，偶尔有几声枪响从远处传来，尖利、刺耳，带着让人不安的气息。祖父还说，他的头疼得厉害，一周前的那天晚上，当他从家里往部队驻地赶的时候着了凉。有轻微的发烧，感觉头上的帽子变小了，仿佛越匝越紧，轻轻一晃动，就能感觉脑髓撞击在头骨上。

二〇一五年春天，也就是在祖父失踪三十多年以后，我独自驱车顺着玉元高速公路去了元江县城。几个小时的车程，当年祖父他们走了好几天。汽车驶过元江大桥后，我在桥南端的空地上停下了车，顺着左边的一条土路，爬上了桥旁的一座山冈。站在那儿，能看见山脚的红河自西向东而来。这条发源于云南大理巍山的河流沿山势一路浩荡流往东南。后来我查阅过这条大河的前世今生，发现它在云南境内有着川剧变脸一般的名字，就像六十多年前社会大变革时期，祖父所扮演的角色。最初，它在发源地巍山县的褴褛中称为额骨阿宝，彝语父亲河的发音；进入滇中腹地的楚雄地区以后，它称作礼舍江；而在云南的玉溪南部，人们把它叫作元江。此后，它才有个在中国耳熟能详的名字：红河。

　　隔着落差极大的河谷眺望着对面，是蜿蜒的公路、陡峭的山崖以及江边红褐色的土地。大风吹过，带来河水流淌若隐若现的声音。有那么片刻，我仿佛看见数以万计的人影在河谷底部无声地斗争。有多少生命长眠于眼前的这块土地，又有多少人的人生在此发生急剧转折。身穿国军上校军服的祖父在我的大脑里清晰起来，我甚至觉得自己，看见了半个世纪前，他穿越这条河谷之后远去的情景。

　　三月的元江县城，空气闷热而又潮湿，云南南部的坝子，县城四周种满了芒果，猪腰形、象牙形、半月形，成熟以后变得金黄的热带水果，散发着异香，弥漫在县城的每一条街道。住在元江县城的那个夜晚，我梦见了祖父。不过与其说是梦见，还不如说是我的幻觉。就在我睡下不久，我看见祖父从窗子外面进来，穿着照片上的那套国民党上校军服，面目慈祥，与我现在的年龄相仿，那情景更像是镜中我自己，穿上了戎装。我仰躺在床上，望着浮在空中的祖父，他在一点点变小，又一点点靠近。当他缩小到只有两寸照片大小的时候，我感到他像雪花一样，渐渐融入我的身体。

我确信自己是醒着的，只是浑身慵懒，不想动弹。我能感到我的十个手指，触摸到我身下的床单，甚至我无名指敏感的指端，还能感觉到纺织品的纹路和轻微的摩擦。不远处，有一个人正用竹笤帚，清理着大街上的垃圾，安静的小城，传来笤帚划过地面的声音。我轻轻把头转到窗户的方向，两扇窗帘之间，有一个 V 字形的豁口，外面的街灯照射进来，在我床头边的墙上，留下了一条逐渐变窄的光带，仿佛就是从我大脑中延伸出去的一条发光的道路。那一瞬间，我仿佛成了祖父，亲历了一九五〇年跑到缅甸，以及十多年后，从缅甸潜逃回国的情景。

这种灵魂附体的事情，在我的人生中曾数次发生。

一九五〇年初，跟随着部队进入缅甸的那个夜晚，我祖父住在临江的一个傣族村寨里。竹楼上面四处漏光，竹篾的隔板色泽暗淡，弥漫着经年累月的烟火气息。过了午夜，大地退烧，气温变得有些凉，好在没有什么风。屋子正中的火塘已经熄灭，剩下白色的灰烬。从西双版纳打洛镇逃到缅甸，祖父跟随着一群身份不明的国民党残军，迈动着机械的双脚，穿行于遮天蔽日的绿色林莽中。日式军鞋或者美式军鞋踏在泥坑里，泥水溅在了他们皱皱巴巴的裤脚上。

部队里面有人感染上了恶疾，浑身发抖，狂躁，有人传闻是琵琶鬼附身！哀号声不时传来，让人浑身长满了鸡皮疙瘩。在前往缅甸北部城市大其力时，祖父跟随着队伍经过一个静寂的村庄。村口，骨瘦如柴的中年男人早已死去，他的尸体被绑在树上，有恶狗正扑在尸身上撕咬。即使是有鬼魂藏身于男子的尸身，估计也已遍体鳞伤。夜里，祖父梦见了安青，如水一样的女人，用身体抚慰了祖父白天的恐慌。汉族地区生活的姑娘，摇身一变成了傣族人，挑着一对秀气的箩筐，提着一盏纱灯，胯部左摇右摆，从夜幕中走了出来。风情万种的安青，无领的紧身衣服裹着窈窕的身体，饱满的胸部，圆润而细小的肩头，束腰和丰臀，让祖父从幸福中醒过来。

瘴气弥漫的缅北，巨大的阔叶林遮天蔽日，祖父穿行于林莽间，翻过一个山峦，前面是新的山峦，无穷无尽令人绝望的山峦。只有在森林的豁口，才能看到流云涌动的天空。从缅甸孟卡到景栋的路上，祖父的小腿肚中了一枪，所幸没有伤到骨头。天气越来越炎热，伤口化脓生蛆，那些或大或小的白色无脊椎软体动物，在浸透血污的纱布后面不停地蠕动，让人的疼痛中夹杂着难耐的奇痒。

绝望的祖父没有想到，他这一生还有机会向安青讲述南逃缅甸的经历：因为左腿的枪伤，祖父落到了队伍的最后。在缅甸北部茅邦镇宿营的那天夜里，不知是谁盗走了他的那把德式格鲁手枪，等他醒过来的时候，身旁剩下的是一支三八大盖，虚弱的祖父发现，他浑身乏力，已经很难把枪平端起来射击了。

五月，稻子正在灌浆，空气中有一股清甜的味道，有一只长着绿黑相间花纹的蜘蛛在祖父身旁的稻草上结了一个圆形的网，一只水蝇在网上挣扎，它的一只翅膀被蛛网粘住了，另外一只翅膀徒劳扇动，有那么一瞬间，他觉得自己就是那只无望的水蝇，而天空中正有一张巨大的网罩了下来……

谈及刚到缅甸的那段经历，祖父告诉安青说，有几次，他已经把枪管塞进了嘴里，用右脚的拇指扣住了扳机，只要一用力，就一了百了。可他终究还是下不了决心。两天以后，果敢土司救了身陷绝境之中的祖父，短暂的交谈后，土司发现身体羸弱的祖父，竟然是一位文武双全的人才。混乱的年代，有枪便是草头王。祖父在昆明陆军讲武堂的学习经历和他在战场上出生入死的人生经验，让他在土司府获得了一份军事教官的工作。二十多个学员，与祖父一起住在土司府，每天早晨跑操，练习拆装枪械，到附近山林里学习射击。

　　无法与国内的组织联系上。但祖父相信，只要组织知道他到了缅甸，就一定会派人来与他联系。"天王盖地虎，宝塔镇河妖！"后来，在大坪农场看电影《智取威虎山》，祖父说，这两句接头暗号又让他联想起了在缅甸长达十多年的流浪经历。在土司府养好了伤，祖父最后又回到了国军在缅甸的残部。刚刚逃到缅甸的时候，没有人会想到那些走投无路的国军残部能存活下来，并会慢慢强大。身经百战的军人，在生存的压力下爆发出可怕的力量，狼奔豕突的士兵，让缅甸政府军望风披靡。

　　在缅甸度过了一段颠沛流离的日子以后，祖父开始尝试着联系组织。有一段时间，每当有陌生人在身旁出现，祖父都会用奇怪的眼光打量对方，怀疑对方是组织派来的人，但从来没有人来与祖父接头。等待是一个漫长的过程，那些南逃到缅甸的军人，有不少找了当地的女子结婚，只有祖父孑然一身。他跟随部队不停地征战，扩充人马。然而好景并不太长，随着国民党残军在缅甸的势力越来越大，他们也把自己置身于一个命运的十字路口。一九六〇年，束手无策的缅甸政府向联合国提出控告，台湾方面承受不住压力，决定将滞留在缅甸丛林中的部队撤至台湾，无数的人各奔东面，有人选择去了台湾，有人选择回大陆，也有人选择留了下来。

祖父没有选择去台湾，也没有选择立即回大陆，没有组织的指示，祖父无所适从。等祖父决心要离开缅甸回国的时候，十多年的光阴一晃而过，他几乎都已经忘记自己的潜伏身份了。

一九六六年：回国

那个饭盒可能是祖父留下的唯一遗产。自从他离家出走以后，我母亲用它来装一些容易失散的杂物。一本我初中毕业的学生证、我父亲参加单位象棋比赛获得的二等奖证书、妹妹的校徽、密布孔洞的顶针、面值共十多斤以后可以作为文物的粮券，以及一颗三八大盖步枪的子弹……我在饭盒背部的右下侧，看到了用硬物刻出的几个字：昭和一十五年——井上正雄。

饭盒盒盖的形状看上去有些像一颗猪腰，铝制的饭盒，暴露在缅甸长久潮湿的空气中，色泽发暗。盒体两侧有固定提手的旋钮，而在盒体的背部，则有一个铝皮制作的搭扣，行军的时候，可以用布带穿过搭扣将饭盒固定在腰带上。

从缅甸回来，这几乎是祖父随身所带的唯一的东西。二十世纪六十年代中期混乱的缅甸北部，财产带来的未必是安全，相反，它很可能会让一些人见财起意，从而造成意想不到的麻烦。一个铝制的饭盒，被衣服宽大的下摆遮住，一直敲打着祖父瘦弱的臀部。无法猜想祖父从缅甸回来的时候，为何会带上这样一个价值并不大的铝制饭盒，但它在祖父穿越缅甸丛林和云南南部山野时，的确给他带来了极大的方便。野外，三块石头就能搭起一个小小

当代中国最具实力中青年作家书系

的灶台，铝制的饭盒装上水，放在火上，可以煮食祖父随意采摘的瓜果和蔬菜。

我曾经有过祖父灵魂附体的经历，否则我的大脑里不会储存祖父从缅甸返回国内的记忆。当然，也可能是安青的转述。界河边的甘蔗林里，铝制饭盒被祖父当成枕头，风小心地从叶片中穿过，细碎的阳光漏射下来，不规则，却带着让人昏昏欲睡的力量。河流从十多米外的堤坝下流过，听上去有节奏，再仔细听却又变得模糊。

中缅勘界几年前就完成了，229号界碑在对岸一棵合抱粗的榕树旁，隔着界河远远就能看到。祖父从一道数十米高的山崖上滑下来。界河的两岸，有河水经年冲刷留下的沙渚，上面种植着密集的甘蔗。春天的打洛，气温像夏天一样炎热，祖父藏在甘蔗地里，看那些锋利的叶片垂落下来，一只蚂蚁爬到了头顶的叶片上，走走停停，充满疑惑。

太阳西沉，祖父在渐渐暗淡的光线里，悄悄从甘蔗林里溜了出来，滑进界河。河水湍急，就像是有无数只手拽着祖父的双脚，本来想游到正对岸，却力不从心，游成三角形最斜长的那一条边。爬上河岸，祖父把井上正雄的饭盒系在皮带上，沿着河道向上，往勐景来村走去。

一九六六年三月一个安静的黄昏，祖父从勐景来村游过混浊湍急的界河，回到了阔别了十五年的祖国。傍晚的勐景来村，空气湿热，仿佛飘浮着稀释过的糨糊，没有多长时间，身上又变得黏腻，突然，祖父听见身后传来窸窸窣窣的声音，回头循声望过去，甘蔗地里钻出来两位身背斗笠的人，一身的黑衣黑裤。"不准动！举起手来！"两人手中的枪口，对准了一脸惊异的祖父。

一九八三年冬天，祖父住在昆明拓东路的那家小旅馆里，曾经详细向安青讲述过他当年回国时所经历的一切。祖父说，当天夜里，他被关在了勐景来村一座竹楼的楼梯角。三角形的空间，既不能站立，也不能躺下，只能靠着垂直于地的那边木墙坐着。怎么解释都没有用，尽管他能说一口流利的中国话，但勐景来村的基干民兵根据饭盒上的日本名字，把他当成了会说中国话的井上正雄。

　　当年，日本战败的时候，有一些年轻的士兵失踪在缅甸的林莽中，那两位警惕的基干民兵把祖父当成了他们中的一位。逼仄的空间，反绑的双手，透过竹门的缝隙，祖父说他能看见星光闪烁的夜空。而整个村子灯光渐渐熄灭，轻轻重重的鼾声与虫鸣构成了午夜静寂的合唱。

　　在缅甸的时候，果敢土司曾送给过祖父两包春耕牌香烟。香烟抽光以后，祖父把烟壳保留了下来，尽管此后烟壳丢失，但祖父记得烟壳上面有着葵花和麦穗的绿色图案：中间的是平整的土地，上面有一架红色的履带式拖拉机以及远处林立的工厂和远山。当然，祖父对祖国的了解，更多的是缅甸秘密带过去的《人民日报》和《云南日报》，上面报道中国粮食产量连连丰收，那张稻子上躺着小孩的丰收照片，一度让祖父浮想联翩，充满向往。但也有坏的消息传来，说发生了大的饥荒。定期寄来的国民党“《中央日报》”如是说，让祖父分不清真假。

　　被囚禁在楼梯角，祖父仿佛觉得自己走错了地方，空气中有一种他完全陌生的气息，这让祖父对回到国内有隐隐的不安。反绑在身后的双手血脉不通，胀痛，绳索深深地勒进皮肤。祖父对安青说，他没有想到自己回国后的第一个夜晚，竟是如此狼狈和委屈。

不过祖父没有说他是如何从勐景来村脱逃，又是怎样让自己摇身一变，成为一个走村串寨的劁猪匠。也许是他年轻时在贵州学习的特工技术帮助了他。从离开勐景来村开始，祖父变成了一个哑巴，碰到人，他不躲避，而是主动靠过去，张开嘴，咿哩哇啦，谁也不知道他讲的是什么。

小小的铜钹用红线系着，吊在腰间，只有在经过村庄的时候，祖父才会掏出藏在怀中的烟杆，同样铜质的烟嘴，敲打提在手中的铜钹上。铛，铛，铛，金属清脆的撞击声会传出几百米远。戒备森严的土地上，到处是警惕的眼睛，但是货郎、劁猪匠和江湖郎中是例外，在行走十公里就需要介绍信的年代，他们因为自己特殊的职业拥有了穿乡越镇的自由。

我母亲当年曾经在家里养过几只鸡，特殊的动物，年幼的时候，它们彼此模仿，不辨公母。胆怯的叫声、绒毛、瑟瑟发抖的身体，模糊了它们彼此的区别。即使是最有经验的养鸡人，也无法在这种小动物的幼年，判断出它的性别。不过，时间终究会把彼此的区别凸显出来。一旦确定了仔鸡的性别，大多数的养鸡人家总会在第一时间，当劁猪匠途经村庄的时候把他请来家里，将藏在公鸡腹中的腰子取掉。成了太监的公鸡，雄性的歌唱落幕，从此不再有非分之想，终身的目的，就是为主人长肉到地老天荒。

不知道祖父什么时候学会的这门手艺。祖父回到丹城与我们生活的那两年，曾经应我母亲的要求，将她养的那几只公鸡劁了。发现自己有用处，祖父非常兴奋，我看见他用一把细长的刀，把公鸡侧腹划开，两三厘米长的口子，像一只突然张开的眼睛，撑开，从里面能看见公鸡的内脏。一根竹签的端头，绑有一条细细的棕线，挽成活扣，伸进去套住藏在腹中的睾丸，棕线收紧，柔软的刀刃只要稍稍用力，就能把睾丸迅速从鸡的身体里完全剥离。

当年，正是凭借这一走乡串寨的技术，祖父从西双版纳勐海县的打洛入境，花了大半年时间，顺利来到了昆明。祖父留在安青那儿的申诉材料，也提及了那一段经历。祖父说他返回昆明的第一天晚上，住在龙翔街的马店里，那是一九六六年的九月，昆明碰到了几十年未曾有过的漫长雨季，空气中的水汽顺着门下的缝隙中钻了进来，屋子里潮湿得如同缅北的山野。

清晨是在公鸡的第一声鸣叫中开始的。黑暗中的第一声啼鸣，不知道谁家的公鸡起了个大早，宣布自己成为合唱的指挥官，此起彼伏的应合，仿佛光天化日下谈论着隐私。木板床倚墙而搭，结实，坚硬，疲惫不堪的祖父，只想在弥漫着马料味道的屋子里再睡上十分钟。

一觉醒来，祖父仿佛置身于完全陌生的城市。仅仅过了十五六年，昆明城对于他来说已经变成一座迷宫。当他熟悉的正义路改为朝阳路，宝善街改为燎原路，翠湖改名为红湖，祖父记忆的硬盘被彻底破坏。一九六六年，昆明四百多条城市道路一夜之间更名，让这座千年古城，变成了一个文字迷宫。

小西门依旧拥挤，城墙拆除，向西拓宽的大街两侧，建起了两排五六层高的砖房，雄伟，气派，墙体漆成黄色。喧天的锣鼓声从身后响起，一队身穿草绿色军装的年轻人从近日楼那边走了过来，前面的人举着红旗，仿佛他们刚刚攻占了一座城市，祖父看到他们手臂上一律戴着红色的袖套，上面写有黄色的字，距离有些远，不太看得清楚。

茫然地站在街边，祖父抬眼往武成路方向看过去。在他身体一侧的木门上，还有已经褪色的春联，他猜测是半年多前春节时张贴的：东风遍地人民比如常青树；红日当空社员都是向阳花。横批是：公社万岁。有几个脸上挂着泪水的女人迎着祖父走了过来，理着短发的女人，仓皇疾走，不时用手袖擦着眼睑。工农兵路口（原本的大观路），红灯行绿灯停，信号灯调了个，人们像过江之鲫，几个穿草绿色服装的年轻男女站在房檐下，手中拿着剪刀，稚气未除的脸上，多了几分凌厉之气。他们伸长脖颈打量着往来的行人，拦下了留着烫发的媳妇和长辫子的姑娘。不由分说，总是两个男人固定好来人的手臂，一个圆脸留齐耳短发的女人，动作娴熟挥动手中的剪刀，黑发落下，被剪刀光顾的女人瞬间变了模样。站在改变了地名的大街上，祖父感到别扭，就像身上对襟衣服的纽扣错了位。

事隔多年，尽管祖父预感安青已经嫁为人妇，但他还是怀抱一丝幻想去了吹箫巷。祖父与安青住过的那个小院子早已物是人非，里面住了两家人，对祖父所说的安青一无所知。他们之所以住在祖父过去的院子，是政府安排过来的。

抗战胜利的那年，祖父不知道从什么地方挣了一笔大钱，一部分他寄回到丹城给了我的祖母，另一部分他在吹箫巷买了个小院子，与安青同居。在天井左右两边，祖父请人砌了两个小小的花台，然后他在东陆大学校工那儿，找来了两小包菊花种子。此后的每年秋天，黄色的"懒梳妆"灿烂开放。祖父后来对安青说，重回这个物是人非的院子，他站在廊檐下，看着雨水顺着瓦檐垂落下来，觉得一切都在梦中。只有花台上的那两簇菊花，还隐约保存着当年的气息。雨细碎地降落着，落在瓦背、天井的石板以及花台上。

找不到安青的下落，祖父就去找黄敏文。去缅甸之前，祖父与黄敏文的接头地点，通常是青云街的高原书屋。沿着翠湖往五华山方向走，斜坡的顶上有一排两三层楼的瓦屋，沿途的墙壁上每隔两步就贴上一条标语。抗战胜利之后，西南联大的学生们也在街上张贴过标语："争取和平，反对内战！""要民主，要自由！"但重新回到昆明，红色、黄色、绿色的标语，让祖父发现自己变成了文盲。他不知道什么叫"斗私批修"，也不知道什么是"唯生产力论"。世界由文字构成。高原书屋也不是原来的高原书屋了，整面墙壁都贴满了大字报。站近了看，上面写着："工作组大方向错了！""撤销工作组，自己闹革命！""袁霄庭，滚蛋是可以的，赖账不行！"祖父摇了摇头，他不知道袁霄庭是何许人。

大坪农场在离嵩明县城十多公里外的北郊，被几个不大不小的村庄错落包围，高高的围墙用石块砌成。长时间暴露在空气中的石块，颜色变暗，远远望过去，像是长颈鹿斑驳的皮肤。围墙上面，是呈圆弧形的铁丝网，一圈圈朝远处延伸，有几根粗黑的电线，从铁丝网中穿了进去，消失在围墙中。

这一年，是祖父自己把自己送进劳改农场的。之前，祖父满昆明城寻找着黄敏文，他想知道自己的祖国到底发生了什么事情，但是没有人知道黄敏文的下落。祖父在黄敏文以前经常出现的地方，向人打听，一遍遍描述黄敏文的模样：长脸，戴一副圆镜片的眼镜，下巴上的胡子刮得铁青。那个时候，祖父还不知道黄敏

当代中国最具实力中青年作家书系

文早在八九年前就被下放到了大坪农场。

让祖父万万没有想到的是，当他费尽周折，在大坪农场的瓦窑中找到黄敏文的时候，他几乎认不出原本儒雅的黄敏文了。将近十年的体力劳动，让过去书生气十足的黄敏文看上去与大坪农场附近的农民没有什么两样。他皮肤黝黑，头戴一顶破旧的草帽，草帽色泽暗淡，以至于上面印着的一颗五角星，如果不认真看都发现不了。

终于与自己的上线再次见面了，祖父拉着黄敏文的手，激动得想哭，可黄敏文却用警惕的目光打量着祖父。得到消息的农场场长赶了过来，用鹰一样的眼光审视着祖父和黄敏文。场长问黄敏文："你认识他？"黄敏文盯住祖父望了又望，摇摇头说："不认识！"

十多年以后，黄敏文落实政策，摘掉了头上的右派帽子，他在离开大坪农场前去看望了祖父。面对祖父的质问，黄敏文沉默长久之后，承认自己认识祖父。黄敏文解释说，他一直以为宁国强在元江之战中牺牲了。

我想，这或许是黄敏文的一个托词。元江之战的遗址，上面建有一座烈士纪念碑，上面既找不到宁国强的名字，也找不到聂保修的名字。作为祖父的上线，他应该知道祖父还活着，至少没有在元江之战中牺牲。

我曾想，如果说一九六六年我祖父在找到黄敏文时，他因为在一九五七年时被划成右派，被关在大坪农场劳改，断了与外界的联系，不知道祖父的下落，拒绝承认祖父是他的下线还情有可原的话，那么黄敏文在被划为右派之前呢？当祖父失踪，断了与组织的联系，黄敏文为何不站出来，表明祖父的身份？是否是，黄敏文知道祖父跟随国民党残部到了缅甸，他需要祖父继续潜伏，甚至为了让祖父的潜伏显得更为逼真，他宁愿让我们的家庭在新中国成立以后，继续做出牺牲？

这些都是谜。也许是永远也解不开的谜。

黄敏文离开大坪农场之后，恢复了职务，他给祖父写了一个证明材料。谈及当年他不承认祖父是他的下线时，黄敏文说，以他当时的右派身份，即使是站出来替宁国强作证，也不会有用。何况十多年没有联系，不知道我祖父的下落，他也不得不有所提防。尤其是当他从农场管教那儿得知祖父去缅甸长达十余年，他说甚至怀疑过我祖父是一个双面间谍。

二〇一五年：补记

当年，我曾经去找过祖父所说的上线黄敏文，那个前文史馆员已经不在人世了，可我还是去墓地看望了他。没有其他原因，也不是为了哀悼，纯粹就是因为黄敏文是唯一能够证明我祖父身份的人。黄敏文去世以后，被安葬在昆明西山南麓的金宝山公墓，滇池边的一面斜坡上，墓碑密密麻麻，数以万计的亡灵安葬于此，形成一个巨大的迷宫。

长方形的墓地，黄敏文的骨灰藏在一个小小的石匣里，大理石的材质，青色的底色上夹杂着白色的条纹。不知道为什么，我总是觉得那个石匣很单薄，他很冷。在他的墓碑上，我看到刻着黄敏文简短的生平和他的生卒年月。黄敏文生于一九〇三年三月，卒于一九八四年十一月，比我祖父大六七岁，他是在我祖父失踪后一年去世的。在此之前，安青曾去找过他，但他面对安青的询问，长久地沉默不语。他能说什么呢？说一九六六年他在农场劳改的时候，没有站出来作证说他是我祖父的上线？即使站出来又有什么意思呢？无外乎在他右派帽子上再加上一条通敌的罪名，特殊时期，特殊的处境，祖父在大坪农场服刑时早已原谅了他。事实上，一九七九年，当黄敏文从大坪农场释放以后，的确给组织写过一个证明。但我不知道黄敏文作证之后，祖父的问题为什么还是一直迟迟得不到落实。

对于我的家族来说，我祖父的历史永远是笔糊涂账。有迹象表明，祖父当年参加国民党中央军，之后的行伍经历远不像他档案里记录的那样简单。就在祖父失踪后不久，有人曾给家里送来过一笔钱，那一段时期，全国都在落实政策，那些此前几十年走背运的人迎来了一个人生的小阳春。

只有祖父例外。

我曾经去祖父服刑的大坪农场查询，但是在那些密密麻麻的服刑人员档案中，都找不到宁国强和聂保修的名字。

除非用的是化名。农场的管教对我说。

没有谁能对自己的人生进行清晰而准确的还原。离开大坪农场的路上，雨后的空气中散发出一股泥土的腥味，一条湿滑的水泥路正对着农场的大门，很快，我就意识到那股腥味来自于水泥地上蚯蚓的尸体。道路两侧是草地，雨水渗入地下，蚯蚓纷纷从藏身的地方爬出，但只爬到公路的另外一侧，又是沦陷的国土，这使得那条窄窄的水泥路，成为了它们犹疑不定的暂住地。几乎是一步一条蚯蚓，浅褐色的尸体，长短不一，被雨水浸泡的地方颜色变浅、发白，空气中的腥味愈发浓烈。

之前从这条道路上驶过的汽车，成为一个碾压的机器，把一些蚯蚓的尸体压扁，固定在地上。一条、两条，我从农场的出口，一路走，一路数，抬起头来，已经到了公路转弯的地方。左右两个木质岗亭，因长时间暴露在潮湿的空气中，表面已经发霉。阴气密布的远方，树木参天，天空中是低垂的乌云。

在与祖父短暂相处的那两年，我总觉得他身上弥漫着一股南国丛林的味道。说不清道不明的原因，纯粹是一种直觉。我父亲中风后，在他断断续续吃力的表达中，我祖父的历史更是扑朔迷离。

一种说法是，我的祖父聂保修并非是潜伏在国军里的地下党特工，他之所以在一九五〇年初随国民党残部离开云南到了缅甸，完全是走投无路。祖父在缅甸度过了十几年的时光，期待着有朝一日东山再起。但二十世纪六十年代初，随着国军残部撤到台湾，心灰意冷的祖父选择在缅甸留了下来，并在此后历经千辛万苦回到故土，正遇上"文革"。无法自证身份的祖父，被投进了大狱，直到二十世纪八十年代初那次平反大潮的来临。

另外一种说法是，祖父的确是我军打入国军的谍报人员，与上级也并没有失去联系。他没有去台湾，而是肩负新的使命继续在缅甸潜伏下来，直到他年迈无法再从事那项特殊的工作。即便如此，祖父也不能暴露他的身份，哪怕是面对亲人，他也必须遵守纪律，守口如瓶，否则就可能给继续潜伏的同志带来意想不到的危险。这是我父亲最愿意接受的一种说法。那样的话，祖父不仅不是父亲人生的耻辱，反而是他平凡人生的骄傲和自豪。然而这种说法也存在问题。如果真是那样的话，我的祖母，以及我的两个姑妈、我的父亲的人生都应该重写。祖父的上级不至于为了把戏演真，让我的祖母以及祖父的三个孩子经历了那么多屈辱。

当代中国最具实力中青年作家书系

当然，还有这样一种说法，我祖父虽然是地下党肩负特殊使命的谍报人员，同时他是一个双面间谍，否则很难解释他当年为何会跟随国民党部队逃往缅甸……由于祖父一九八三年冬天就已失踪，有关他个人的历史真相永远沉入黑暗的水底，无法再进行求证。急剧变革的时代，多少人的命运沉浮不定，祖父哪怕遭遇了天大的委屈，那也只是他个人的不幸。

　　其实，在有关单位给我祖父送来那笔不菲的钱之后，我的父亲就陷入巨大的矛盾之中。一方面，他真的希望我的祖父是一个肩负特殊使命的地下党特工，那么他背了一辈子家庭出身不好的负担不但可以从此卸下，而且还可以让他扬眉吐气。可真是那样的话，问题又来了。父亲在享受我祖父光荣遗产的同时，也得为祖父回来之后他的冷漠和不孝负责。这种矛盾心理，在祖父失踪以后，一直伴随着父亲。

　　祖父失踪十六年以后的一九九九年，我父亲在中风之前，动了去寻找我祖父的念头，终因他生病放弃了。但我经过多年的寻找，祖父没有找到，祖父失踪原因没有找到，我父亲为什么会动念头寻找我祖父的原因我也没有找到。历史成了一盆杂锅菜，之前条分缕析的个人，经过动乱时代的烹煮，成了一团乱麻麻的历史。

　　每一次到昆明城，我都会沿着盘龙江边走上一段。水草沿水流的方向生长，光滑、柔软，真正的逆来顺受。小花园附近的吹箫巷我去了不止一次，原本那儿有一座石质的拱桥，从桥洞里穿过去，再沿着一条瘦长的甬道往里走。吹箫巷附7号的木质门牌用钉子钉死在弧形拱门的一侧，推开合拢的两扇木门走进去，醒目的是天井的左右两侧，有两个棱形的花台。齐腰高的花台，用青石镶嵌而成，中间生长着杂乱而强劲的"懒梳妆"，弥漫着难以言明的味道。

院子成为公产，走马灯一样的住户，没有人知道之前谁住在这里。堂屋上面的板壁上，色泽暗淡，依稀可看得见一轮正在升起的太阳和它的光芒，以及下面一行支离破碎的仿宋体大字。我想，如果祖父真的离开了这个世界，那么不再受肉身束缚的灵魂，是否也像我一样，在某个宁静的黄昏，逡巡过这里？

偶尔，我也会想起安青来。一九四九年底，昆明城波诡云谲，人心浮动，被爱情滋养得昏头昏脑的安青乐意做一个小妇人，她一点也没有意识到她所生活的昆明城正处在大变革的前夜。那个时候，安青生活在与我祖父白头偕老的幻想中，以至于那个枪声骤响的深夜，祖父从吹箫巷赶到部队驻地，安青还幻想一个风和日丽的傍晚，我祖父会再次出现在她的视野中。但一个星期过去，一个月过去，一年又一年过去，身旁的盘龙江水依旧流淌，她却一直没有等到我祖父归来。通信手段缺乏的年代，人容易像断线的风筝，很难知道最终的下落。安青说，她当时幻想有一天我祖父会神秘出现在昆明，并在状元楼风风光光地娶她。等到镇反开始以后，每天都有几十个人被五花大绑拉出去枪毙，安青这才意识到她的宁国强不会再回来了，可她还是按照心里许下的诺言，等了我祖父五年，一直到一九五五年，她二十八岁的时候，成了别人眼中的老姑娘，才迫不得已嫁给了师范学校教书的查老师做续弦。

祖父颠沛流离，辗转一生，如果最后概括的话，也就短短的几行履历，就像一根吃剩的骨刺不全的鱼骨头。仅凭这根残留的鱼骨，我们无法想象这条鱼活着的时候，它身体的流线、完整而闪耀着光泽的鳞片，更何谈它曾游过的江河、寄身的水草、经历过的炽热或寒冷的岁月。

我不知能与谁谈起祖父。跟儿子说？他根本不感兴趣。电脑青年，十个指头在键盘上跳动，仿佛十个生活在虚幻世界的小矮人。我曾经问他，如果我找祖父两张不同时期的照片，他能否根据两张照片之间相隔的时间，再现我祖父的容貌是怎样一点点被改变的。

儿子头也不抬："菜鸟都会！"

"那能不能往后推呢？"我问，"比如推导出这个人一百岁，或者一百二十岁会像什么样子。"

"也能。"儿子停下敲打键盘的手指，疑惑地望着我说，"有谁能活那么大的年纪？"

既然安青说我长得像祖父，我便弄了一张自己小学时的照片：理着短发的黑白照，我穿一件黑色的灯芯绒外衣，左胸还挂着像章。二十世纪七十年代的旧照，有我今天已经失落的单纯和清澈。我不知道把这张照片与祖父的那张穿国军中校军服的照片进行嫁接，两点固定一线，延伸出去，会留下什么模样。

奇怪的面孔，老得可怕，看不出祖父的痕迹，也没有我的影子。电脑篡改的人，眼眶深陷，眸子就像黑夜里闪烁的磷火。